DIE SCHULD BLEIBT

Von H.C. Scherf

Thriller

AF138788

Bibliografische Information der Deutschen Nationalbibliothek:
Die Deutsche Nationalbibliothek verzeichnet diese Publikation in der
Deutschen Nationalbibliografie; detaillierte bibliografische Daten sind im
Internet über http://dnb.dnb.de abrufbar.

DIE SCHULD BLEIBT

Covergestaltung: VercoDesign, Unna
Bilder von: federicofoto / clipdealer.com
Zelfit / clipdealer.com, nchlsft / clipdealer.com
dmitryelagin / clipdealer.dom

Lektorat: Heidemarie Rabe
rabe.heidemarie47@googlemail.com

Herstellung und Verlag:
BoD – Books on Demand, Norderstedt

ISBN: 978-3738622706

DIE SCHULD BLEIBT

von H.C. Scherf

Wer auf Rache sinnt, der reißt
seine eigenen Wunden auf.
Sie würden heilen,
wenn er es nicht täte

Sir Francis von Verulam Bacon

1

»Bis bald, du lesbische Dreckschlampe. Wir werden uns schon bald hier wiedersehen.«

Der Ruf hallte durch den Zellengang, obwohl sämtliche Türen geschlossen waren. Jede hier wusste, dass eine von ihnen die Hölle des Knasts heute verlassen würde. Dass sich nicht nur freundschaftliche Gefühle entluden, wunderte keinen. Sandra Coburg legte den Arm um die Zellengenossin und strich ihr über das Haar. Zwischen ihnen hatte sich in den letzten fünfzehn Monaten dennoch eine gewisse Freundschaft gebildet, sofern man hinter diesen Mauern von etwas derart Tiefgreifendem sprechen konnte.

»Die verrückten Weiber darfst du nicht ernst nehmen. Die Sprüche kennen wir doch schon lange, wenn jemand von uns entlassen wird. Nimm jetzt deine Plörren unter den Arm und verdufte für immer von hier. Vergiss nicht, was du mir versprochen hast. Hier will ich dich nie wiedersehen. Und schick mir deine neue Adresse. In vier Monaten bin ich hier auch raus, falls die dem Antrag stattgeben. Dann können wir zusammen alles erreichen ... alles, glaube mir. Denke an unsere Pläne, Schätzchen.«

Daniela Weigel nahm die Stirn von der kalten Stahltür, als sie die sich nahenden Schritte zweier Personen hörte. Sie erkannte die Justizvollzugsbeamten schon am Gang, so vertraut waren die Geräusche des Hauses für sie in den letzten sieben Jahren geworden. Als sich die Tür öffnete, legte Daniela ihre Arme um die Freundin und verkniff sich eine Träne. Wortlos, nur die Hand zum Gruß hebend, folgte sie den beiden Männern zur ersten Gittertür, wissend, dass nun ein erbärmlicher Lebensabschnitt sein vorläufiges Ende finden würde.

Der kräftige Wind peitschte den feinen Regen fast waagerecht über das Pflaster. Daniela griff zum Hals, zog an den Schnüren, die ihre Kapuze fest am Kopf hielten. Sekunden später schon spürte sie die Nässe, die sich durch die wollene Joggingjacke zur Haut durchkämpfte. Ihre Augen presste sie zu schmalen Schlitzen, sodass sie nur schemenhaft die Fahrzeuge wahrnahm, die eine graue Wasserwand hinter sich herzogen und an ihr vorbeirauschten. Niemand der Fahrzeuginsassen verschwendete auch nur einen Blick an die einsam dastehende Frau, die sich gegen den Sturm stemmte und schützend ihre Sporttasche vor die Brust presste. Diese enthielt die wenigen Habseligkeiten, die sie besaß, als sie vor über sieben Jahren ihre Strafe in der Haftanstalt antrat. Sieben Jahre ihres Lebens, die ihr dieser verdammte Dreckskerl damals genommen hatte. In der tiefsten Hölle sollte er dafür schmoren. Nur dieser Gedanke half über diese lange Zeit hinter Gittern, gepaart mit der Hoffnung, schon etwas früher wieder entlassen zu werden. Ein Wunsch, der sich nicht erfüllen sollte. Daniela hatte schon sehr früh erkannt: Sie hatte eine Rechnung ohne die Mithäftlinge gemacht.

Sie spürte die Blicke in ihrem Rücken. Blicke von Männern aus dem Vollzug, die ihr noch vor wenigen Momenten Glück gewünscht und ihr mit auf den Weg gegeben hatten, dass man sie nie wieder hier sehen wollte. Sie standen hinter den Panzerglasscheiben und beobachteten sie noch eine Weile, während sich das stählerne Rolltor schloss, das kurz zuvor einen Gefangenentransport durchließ. Dem Fahrzeug entstiegen drei Männer, die jetzt eine möglicherweise lange Haftzeit, Entbehrungen und Qualen vor sich hatten.

Daniela wusste, die Worte der mittlerweile vertrauten Vollzugsbeamten waren ehrlich gemeint. Gleichzeitig schwang jedoch offen der Zweifel darin mit, ob sich dieser Wunsch erfüllen würde. Auch sie selbst hatte in den zurückliegenden Jahren viel zu oft erleben müssen, dass Mithäftlinge in Freiheit schon nach kurzer Zeit wieder einrückten. Das sollte ihr nicht passieren, auch wenn die Perspektiven ungünstig waren. Zu diesem Zeitpunkt wusste Daniela Weigel noch nicht, dass sie lediglich die Hölle des Strafvollzugs gegen eine schlimmere hier draußen eintauschte. Sie beeilte sich, den Schutz der Bushaltestelle zu erreichen. Dort war sie zwar vor dem Regen geschützt, doch der kalte Wind ließ sie in ihren durchnässten Sachen erschauern.

2

Die Regenpfützen spiegelten die trostlosen Häuserwände wider, die diesen Teil der Stadt prägten. Kaum etwas hatte sich hier in den letzten sieben Jahren verändert. Der Ruß von Autoabgasen hatte die Gebäude noch grauer werden lassen. Lediglich der Kiosk, den Walter Steinmann fast sein Leben lang bewirtschaftete, stand nun verlassen und von Unkraut in Beschlag genommen vor dem Eingang zum kleinen Park. Bei ihm hatten sie schon als Kinder Süßigkeiten gekauft, aber auch die ersten Zigaretten, die sie dann mit Freundinnen im Wäldchen geraucht hatten. Sie fuhr sich mit der freien Hand nachdenklich durch das kurz geschnittene Haar, in dem sich bereits jetzt, mit knapp vierunddreißig Jahren, die ersten grauen Strähnen zeigten. Ihr Blick glitt über die Fensterfront in der zweiten Etage der Hausnummer achtzehn. Immer noch zögerte sie es hinaus, nach dem Klingelschild zu suchen, auf dem sie den Namen Howald zu finden hoffte.

Schließlich tastete Danielas Finger über den Klingelknopf, hielt immer wieder inne, um dann doch entschlossen zu drücken. Nichts geschah. Kein Türsummer, keine Frage über die Sprechanlage. Gerade in dem Moment, als sie sich abwenden wollte, vernahm sie die Schritte, die sich der

Haustür näherten. Daniela wich zurück, als die ältere Dame versuchte, den Rollator durch den entstandenen Schlitz zu drücken. Beherzt drückte Daniela gegen das Türblatt, was ihr ein dankbares Lächeln der Frau einbrachte.

»Das ist aber lieb, junge Frau. Vielen, vielen Dank. Diese verdammte Tür geht so fürchterlich schwer auf. Das ist für uns Alte eine Qual. Ich habe schon so oft bei der Verwaltung angerufen, damit die da mal nachsehen. Wissen Sie was? Die kümmert das einen Dreck.«

Mittlerweile stand sie auf dem Bürgersteig, auf dem sich etliche Fußgänger nun einen Weg um sie herum suchen mussten.

»Wo wollen Sie denn hin? Ich kenne Sie gar nicht.«

»Wissen Sie zufällig, ob Frau Howald im Hause ist oder wo ich sie finden könnte?«

Daniela glaubte, in dem Gesicht der Dame eine Veränderung bemerkt zu haben. Zumindest verschwand das dankbare Lächeln, wurde durch Erstaunen ersetzt.

»Die Lea? Sie wollen zur Lea?«

Die faltige Hand zerrte an Danielas Ärmel, zog sie zu sich heran. Verschwörerisch sah sie nach links und rechts, als befürchtete sie Zuhörer, bevor sie die Worte fast flüsternd zischelte.

»Die kommt erst so um Mitternacht nach Hause. Die hat heute Spätschicht. Sind Sie auch so eine, ich meine, so eine Kollegin von ihr?«

Daniela wusste das Augenzwinkern der Hausbewohnerin nicht zu deuten. Während sie einer Gruppe von diskutierenden Männern Platz machte, wandte sie sich wieder an ihre Gesprächspartnerin.

»Was meinen Sie damit, ob ich eine Kollegin von Lea wäre? Sie betonen das so seltsam, als wäre es etwas Besonderes.«

Wieder dieses Zupfen an Danielas Ärmel.

»Na Sie wissen doch, eben eine von den Damen, die an der Straße ... Nicht, dass ich da Vorurteile hätte. Jeder muss wissen, wie er das Geld verdient. Und wenn es auch noch Spaß macht.«

Daniela zuckte zurück, als sie zum zweiten Mal das Augenzwinkern bemerkte. Diesmal wurde es von einem hexenähnlichen Kichern begleitet.

»Junge Frau, das ist doch überhaupt kein Problem. Lasst die Kerle ruhig ordentlich dafür blechen, wenn sie ihre Frauen betrügen. Wenn ich noch ein paar Jahre jünger wäre, dann ...«

Erstaunt sah Daniela immer noch in das verrunzelte Gesicht, das diese Worte scheinbar ernst meinte.

»Nein, nein, ich bin keine ... keine Prostituierte. Lea ist meine Schwester. Wir haben uns lange nicht mehr gesehen. Verdammt, das sind ja noch neun Stunden, bis sie kommt. Ich danke Ihnen auf jeden Fall für Ihre Hilfe. Ich gehe dann mal.«

Es wurde nun schon zur Angewohnheit, dass diese Frau an Danielas Ärmel zupfte. Doch ihre Worte halfen weiter.

»Der Wohnungsschlüssel liegt oben auf dem Türrahmen. Aber das haben Sie nicht von mir. Das müssen Sie mir versprechen. Ich will mir das nicht verscherzen mit Lea. Die ist nämlich eigentlich sehr nett. Aber wenn Sie die Schwester sind ...«

»Vielen Dank. Dann warte ich oben auf sie.«

Die enge Diele war angehäuft mit diversen Schränken und Kartons, als wäre jemand erst vor kurzer Zeit eingezogen. Nur die Gelegenheit fehlte bisher, einzuräumen. Daniela wusste, dass Lea schon mindestens elf Jahre hier wohnte. Sie war so oft Anlaufpunkt für sie geworden, wenn sie einmal mehr von diesem Scheißkerl geschlagen worden war. Daniela war immer für sie da gewesen, wenn es brenzlich wurde. Das würde sie ihr hoffentlich niemals vergessen. In den ersten Jahren stellte sie den einzigen Kontakt zwischen Gefängnis und den gemeinsamen Eltern her. Warum sie in den letzten vier Jahren die Besuche eingestellt hatte, konnte sich Daniela nicht erklären. Bald würde sie es wissen.

Im Schlafzimmerschrank fand sie einen Jogger, den sie gegen ihren immer noch feuchten tauschte. Allmählich wich die Kälte, die sie seit der Entlassung quälte. Zufrieden rollte sie sich auf der Couch zusammen und versank nach wenigen Minuten in einen tiefen Schlaf.

Der Schrei hallte durch das Zimmer und holte Daniela aus tiefen Träumen. Als sie die Augen aufriss und sich aufsetzte, erkannte sie eine große Blondine mit langem, lockigen Haar, die eine Hand vor den Mund gepresst hielt und entsetzt auf die Couch blickte.

»Was ... was machst du hier? Bist du abgehauen? Das kann doch nicht sein. Du müsstest doch ...«

Daniela fasste sich schneller, als ihre Schwester und stand auf. Als sie auf Lea zuging, wich diese zurück und streckte schützend die Hände vor.

»Was soll das Theater, Lea? Du weißt doch ganz genau, dass ich heute rausgekommen bin. Das habe ich dir doch geschrieben. Du tust so, als wäre ich ein Geist. Eigentlich hätte ich eine andere Begrüßung erwartet.«

Es wirkte auf Daniela reichlich theatralisch, als Lea eine Hand auf den viel zu großen Brustausschnitt legte und sich aufstöhnend in den nächstbesten Sessel fallen ließ. Ihre Augen richteten sich nach wie vor in vollem Entsetzen auf die Schwester.

»Ich dachte, dass du noch mindestens ein Jahr absitzen musst. Haben die dir nicht acht Jahre aufgebrummt? Lass mich mal rechnen. Du bist ...«

»Hör jetzt endlich auf damit. Das darf doch wohl nicht wahr sein. Meine eigene Schwester vergisst mein Entlassungsdatum. Kannst du dich überhaupt noch daran erinnern, dass ich es deinem Traummann zu verdanken habe, dass ich dort mein halbes Leben verbringen musste? Ist dir das vielleicht zwischenzeitlich abhandengekommen? Anstatt mich zu umarmen und mich herzlich zu begrüßen, tust du, als wäre ich ein Geist, der dich bedroht. Ganz toll, Schwesterchen, ganz toll. Danke für den herzlichen Empfang.«

Leas Miene veränderte sich im gleichen Augenblick, als Danielas Worte verklangen. Wild riss sie sich die Perücke vom Kopf und warf sie auf den Tisch, auf dem noch zwei halb volle Schnapsgläser neben der Chipsschale standen. Eines davon schnappte sie sich und trank den Rest des Glasinhaltes in einem Zug aus. Ihre Augen funkelten, als sie das leere Glas scheppernd auf den Tisch knallte.

»Habe ich dich damals darum gebeten, dich einzumischen? Manfred war nun mal eben etwas aufbrausend. Musstest du ihm sofort den Schädel einschlagen? Ich habe dich lediglich angerufen, um dich zu fragen, ob ich die

Nacht bei dir schlafen könnte. Ich konnte ja nicht ahnen, dass er mir folgen würde.«

Ungläubig starrte Daniela auf ihre Schwester und trat wieder zwei Schritte zurück. Sie fiel fast zurück auf die Couch, suchte verzweifelt nach Worten.

»Du wagst es, mir das zu sagen? Ich habe dir damals den Arsch ...«

»Nichts hast du. Aber das hast du ja bis heute noch nicht begriffen. Manfred wollte mich nur zurückholen, weil er ohne mich nicht leben konnte. Er hat mich geliebt ... ja das hat er. Was kann ich dafür, dass er dich nie leiden konnte? Er stand nicht auf die dünnen Tussis. Der wollte eine richtige Frau an seiner Seite. Aber das hast du nie akzeptieren wollen, weil du ihn für dich wolltest. Als er dir eins in die Fresse gehauen hat ... konntest du da nicht einfach mal zurückstecken? Musstest du ihm gleich die schwere Vase auf dem Schädel zertrümmern?«

Daniela war anzumerken, dass ihr diese Anschuldigungen schwer zu schaffen machten.

Hatte Lea dieses Problem all die Jahre schweigend mit sich herumgetragen? War der Hass auf sie derart angewachsen, dass sie ihre Schwester vier Jahre lang nicht mehr im Knast besuchte?

»Ja, jetzt bist du schockiert, oder? Mit Rücksicht auf dich habe ich das immer verschwiegen, auch vor Gericht. So bist du mit Totschlag davongekommen. Für mich und auch für Mama und Papa war es kaltblütiger Mord. Du hast nur darauf gewartet, dass er mich wieder einmal schlägt. Du konntest es einfach nicht ertragen, dass er deine Anmachver- suche ablehnte. Sein Angriff in deinem Zimmer kam dir da gerade recht. Glaubst du wirklich, dass ich dir das jemals verzeihen würde? Du bist für uns alle eine brutale Mörderin. Ja, das bist du. Und das wird sich niemals ändern. Hörst du? Niemals!«

Die letzten Worte schrie sie ihrer Schwester ins Gesicht. Ihre Haut verfärbte sich ins Dunkelrot, während sie die Fingernägel in die Polsterlehnen presste. Die nun eintretende Stille besaß etwas Gefährliches, was durch Danielas Mimik noch verstärkt wurde. Viel zu spät bemerkte Lea, was sie durch ihre unbedachten Anschuldigungen ausgelöst hatte. Sie verfolgte mit Entsetzen, wie sich Daniela erhob und auf sie zukam.

3

»Wieso soll gerade ich wieder mal die Listen durchsehen? Das kann doch auch mal jemand anderes machen, Chef. Kann ich nicht mitfahren? Ich war noch nie bei einer Razzia dabei. Mir wird schon nichts passieren, wenn hundert Leute vom SEK um mich herum sind. Bitte, Herr Liebig.«

Rita Momsens Blick hätte in diesem Augenblick Steine erweichen können, aber nicht Hauptkommissar Liebig. Er wollte diese junge Frau, die seit einigen Wochen seiner Abteilung als Praktikantin zugewiesen worden war, nicht ein weiteres Mal in Gefahr bringen. Nur um Haaresbreite waren sie im letzten Fall dem Tod von der Schippe gesprungen. Er wollte dieses schlanke, auf eine besondere Art sogar attraktive Mädel nur langsam an die Welt des Verbrechens heranführen.

»Wie heißt es so schön, liebe Rita? Gebranntes Kind scheut das Feuer. Ich mache solche Fehler nicht am Fließband. Der Einsatz bei dem Ruschtin-Fall hat mir gereicht. Das wäre beinahe fürchterlich in die Hose gegangen. Sie scheinen immer noch zu vergessen, dass Ihre Zeit als Praktikantin noch zwei Wochen läuft. Dann geht es ab in die Ausbildung. Seien Sie froh, wenn Sie diese Clans nicht jetzt schon erleben müssen. Die Einsätze können auch schon einmal ausufern. Die Leute sind nicht zimperlich, besonders wenn es um Frauen geht. Eigentlich sollten Sie als kluges Köpfchen wissen, welche Stellung eine Frau bei denen einnimmt. Also, ein klares Nein!«

Ritas Gesichtsausdruck ließ nicht die Vermutung zu, dass sie dieses Argument gelten lassen wollte. Als sie aufbegehren wollte, hielt die erhobene Hand Liebigs sie schon im Ansatz zurück.

»Ich sagte Nein und damit basta.«

»Menno, ich könnte doch ...«

Der eintretende Kommissar Spiekermann unterbrach den unfruchtbaren Dialog. Beide sahen gespannt auf ihn und warteten ab, welcher Grund sich hinter seinem Auftauchen verbarg. Bevor er sich vor Liebigs Schreibtisch setzte, strich er eine seiner widerspenstigen Locken aus der Stirn, die längst einmal wieder hätten gestutzt werden müssen. Seine Haarpracht passte ganz und gar nicht zur restlichen, so biederen Erscheinung. Obwohl ihn seine Körperfülle stark unterschied, hatte er sich im Präsidium den Spitznamen Atze eingehandelt, angelehnt an den Essener Comedykünstler Schröder. Unaufgefordert legte er sofort los:

»Doktor Schiller, der einmal mehr schneller war, als es die Polizei erlaubt, hat eine Frau auf dem Tisch, die vor zwei Stunden in der Notaufnahme eingeliefert wurde und mittlerweile verstorben ist«, erklärte Spiekermann. »Er ist davon überzeugt, dass es kein natürlicher Tod war. Seiner Meinung nach sollten Sie sich die Dame mal ansehen. Kann ich ihm sagen, dass Sie kommen?«

Spiekermann konnte sich keinen Reim darauf machen, warum Rita Momsen mit breitem Grinsen die Jacke überzog und Liebigs Mantel vom Kleiderhaken holte. Während ihr Grinsen immer breiter wurde, verfinsterte sich Liebigs Gesicht immer mehr. Er riss Rita schließlich den Mantel aus der Hand und schob sie zur Tür hinaus, ohne die Frage von Spiekermann zu beantworten. Der zuckte nur mit den Schultern und griff zum Telefon.

»Der Chef ist auf dem Weg.«

»Das ging ja flott mit Ihnen, Liebig. Gut, dass Sie sich gleich Verstärkung mitgebracht haben. Guten Tag, Frau Kommissarin.«

»Jetzt hören Sie bitte auf, Süßholz zu raspeln, und klären mich bitte darüber auf, was Sie so ruschelig macht«, knurrte Liebig als Antwort.

»Nur nicht so empfindlich, mein Herr. Man wird doch wohl noch einen Scherz machen dürfen. Also, das Ganze mal in Kurzform.

Die Dame, deren Name übrigens Lea Howald ist, wurde heute Nacht in die Notaufnahme eingeliefert. Fenstersturz!«

»Mitten in der Nacht? Da fällt die Frau aus dem Fenster? Hat die tagsüber keine Zeit zum Putzen?«

Liebig konnte den blöden Spruch nicht zurückhalten und erntete dafür verständnislose Blicke.

»Ein Taxifahrer, der einen Gast in der Straße ablieferte, wurde durch einen Schrei aufmerksam und sah noch, wie der Körper der Frau auf dem Gehweg aufschlug«, erklärte Schiller. »Der Mann lief sofort hin und stellte fest, dass die Frau noch atmete. Die Ambulanz wurde verständigt, sodass die Gestürzte relativ schnell eine Erstversorgung bekam. In der Notfallambulanz erkannten die Ärzte jedoch, dass irreparable Hirnschädigungen aufgetreten waren. Sie hat noch eine Stunde gekämpft, aber schließlich verloren.«

»Jetzt mal im Ernst. Wer fällt mitten in der Nacht aus dem Fenster? Stand die Tote unter Alkoholeinfluss? Es muss doch einen Grund geben, warum man da runterknallt. Das passiert doch in der Regel nicht mal eben so. Ist der Taxifahrer noch im Haus? Kann ich den vernehmen? Aus welcher Etage ist die denn abgestürzt?«

»Eine Menge Fragen auf einmal. Da hinten auf dem Tisch liegt eine vorläufige Aussage des Fahrers. Darauf finden Sie auch eine Telefonnummer, unter der er erreichbar ist. Soweit mir bekannt ist, handelt es sich um die erste Etage, also nur etwa fünf bis sechs Meter Höhe. Natürlich kann auch ein solcher Sturz tödlich enden, doch deshalb habe ich Sie nicht kommen lassen.«

Liebig zog die Augenbrauen hoch und wollte seine Praktikantin zurückhalten, die bereits das Leichentuch angehoben hatte und ihre Blicke über den nackten Frauenkörper gleiten ließ.

»Da sind ja Kampfspuren über beide Arme verteilt, die unmöglich vom Sturz herrühren können. Ist es das, was Sie meinen, Herr Schiller?«

Schiller umrundete den Seziertisch und legte lächelnd einen Arm um Ritas Schulter. Er zog das Tuch nun endgültig zurück und zeigte auf bestimmte Punkte.

»Das haben Sie sehr gut erkannt, Frau Momsen. Diese Frau Howald schlug mit dem Kopf auf, was eindeutig an den immensen Schädelverletzungen festzumachen ist. Die Verletzungen an den Armen, die ich als Druck- und Kratzspuren bezeichnen würde, können folglich nur vorher zugefügt worden sein und weisen deutlich auf Abwehrreaktionen hin. Wir können sogar am Hals leichte Würgemale feststellen. Sehen Sie hier und hier. Charakteristisch dafür sind Blutstauungen im Gesicht, ausgeprägte Bindehautblutungen und Nageleindrücke in der Halshaut. Davon finde ich etliche, was darauf hinweist, dass der Täter oder die Täterin mehrfach versucht haben muss, das Opfer zu würgen.«

Liebig stand mittlerweile neben den beiden und betrachtete die Leiche genauer. Er überragte Rita und Schiller um fast einen Kopf. Seine Größe und sportliche Figur flößten vor allem seinen Gegnern stets ein wenig Respekt ein. Eine Hand strich über seine kurz geschorenen Haare, bei denen er nur eine maximale Länge von zwei Zentimetern zuließ, bevor er sie wieder stutzte. Sein Kommentar fiel kurz aus:

»Dann gehen wir davon aus, dass in der Wohnung ein Kampf stattfand und die Frau aus dem Fenster gestürzt wurde?«

»Darauf würde ich mich nicht unbedingt festlegen, Liebig. Sie kann ja auch unglücklich während des Handgemenges gegen das offene Fenster gefallen sein. Was ich eventuell als gegeben anführen würde, ist der Verdacht, dass es sich bei dem Gegner um eine Frau handelte. Ein Mann muss schon sehr schwach gebaut sein, um mehrere Versuche zu benötigen, das Opfer zu erwürgen. Ich werde noch Spuren aus den Wunden aufnehmen und eine DNA-Analyse durchführen lassen. So, Liebig, jetzt sind Sie dran.«

4

»Howald ... Howald. Der Name sagt mir irgendwas. Das muss schon lange her sein, aber ich komme schon noch drauf. Rita, suchen Sie bitte nach Verwandten, denen wir die beschissene Nachricht überbringen müssen. Die Frau ist ja noch nicht so alt, sodass sicher noch Eltern oder Geschwister leben könnten. Ich unterhalte mich währenddessen mit dem Taxifahrer. Der müsste zwischenzeitlich eingetroffen sein.«

Kaum hatte Liebig die Worte ausgesprochen, als auch schon ein Klopfen an der Tür zu vernehmen war. Ohne ein Herein abzuwarten, betrat ein Mann den Raum, der bei Liebig ein Lächeln hervorzauberte.

»Hi. Ich wusste doch, dass mir der Name Holzmann was sagen musste. Wir zwei sind doch vor Jahren mal zusammen in Ihrer Taxe gefahren, als dieser Bankräuber ... warten Sie, ich hab`s gleich ... ja, dieser Schäfer auf uns schoss. Hat die Versicherung damals eigentlich für die Löcher im Blech gezahlt?«

Freddy Holzmann winkte ab und ergriff mit seinen kleinen, aber wurstigen Fingern Liebigs ausgestreckte Hand. Der recht korpulente Taxichauffeur vermied es, sich in den Stuhl vor Liebigs Schreibtisch zu quetschen, da dieser mit Seitenlehnen versehen war. Er zog sich einen lehnenlosen

20

vom Besprechungstisch heran, der jedoch gequält aufschrie, als es sich die einhundertdreißig Kilo darauf bequem machten.

»Herr Hauptkommissar. Wie heißt es immer wieder? Man sieht sich im Leben stets ein zweites Mal. Wie kann ich Ihnen diesmal helfen? Es scheint sich um die arme Frau von gestern Nacht zu handeln.«

»Genau. Wir haben dazu nur noch ein paar kleine Fragen. Toll übrigens, wie schnell Sie reagiert haben, Holzmann. Das hat der Frau letztendlich nicht das Leben gerettet, aber trotzdem haben Sie alles richtig gemacht. Ist Ihnen was aufgefallen, als Sie die Frau fanden? Ich konnte lesen, dass Sie sogar den Sturz selbst mitbekamen.«

Dankbar nahm Holzmann die Tasse Kaffee aus Ritas Händen, setzte sie vorsichtig auf dem Schreibtisch ab. Bevor er den ersten Schluck nahm, schüttelte er den Kopf.

»Menschenskind, es war stockdunkel in der Straße. Da stand auch weit und breit keine Laterne. Ich habe meine Kohle verstaut und wollte gerade wieder losfahren, als ich diesen Schatten sah und dann kam dieses hässliche Aufschlagen auf dem Pflaster. Das hörte sich an, als hätte jemand einen Sack Melonen auf die Erde geknallt. Scheiße, das geht mir nicht mehr aus dem Kopf. Habe dann nur noch das weit offen stehende Fenster in der ersten Etage gesehen. Das Ganze wird dem Karim bestimmt nicht gefallen, der wird stinksauer sein.«

»Halt mal. Wie kommen Sie auf Karim? Kennen Sie die Frau etwa? Und wer ist dieser Karim?«

Nun trat auch Rita näher an den Tisch, die interessiert dem Gespräch gefolgt war.

»Klaro. Sagen Sie bloß, Ihr habt noch nicht ermittelt, wer die Frau ist?«

»Doch, doch, Holzmann. Wir wissen, dass es sich um Lea Howald handelt. Doch wir suchen noch nach Angehörigen. Woher kennen Sie denn die Tote?«

Holzmann wischte sich mit dem Taschentuch einen Kaffeetropfen von den Lippen, nachdem er sich damit den Schweiß von der Stirn entfernt hatte.

»Die kennt doch jeder von uns aus der Branche. Die schaffte für den Karim an, lief schon seit Jahren auf dem Strich. Ab und zu habe ich die nach Hause geschafft, wenn sie zugedröhnt war. Die hat sich stets irgend so eine Designerdroge, diese Legal Highs, reingeworfen. Die hat mir mal gestanden, dass sie diese Scheiße sonst nicht aushalten könnte. Kann ich verstehen. Lea sah an manchen Tagen aus, als hätte man sie durch den Fleischwolf gedreht.«

Liebig hatte gut zugehört. Im Gegensatz zu Rita war das für ihn kein Neuland. Obwohl er nicht im Drogenbereich tätig war, begegnete er viel zu oft den Opfern dieser vermeintlich harmlosen Drogen. Die Hersteller veränderten deren Zusammensetzung regelmäßig, um betäubungsmittelrechtliche Vorschriften zu umgehen. So blieben sie für den Verbraucher im Internet stets in den verschiedensten Darreichungsformen bestellbar.

»Wo finden wir diesen Karim, Holzmann?«

»Glauben Sie, dass der was damit ...?«

»Verraten Sie uns nur, wo wir diesen Zuhälter finden. Derzeit können wir noch gar nichts sagen. Allerdings sind wir für jede Hilfe dankbar, die uns der Lösung näherbringt. Also, wo?«

Schon fast Verzweiflung erschien in Holzmanns Augen, als er sich zu Liebig vorbeugte.

»Das haben Sie aber nicht von mir. Das müssen Sie mir versprechen. Diese Brut knöpft sich jeden vor, der ihnen die Bullen auf den Pelz hetzt. Den finden Sie in der *Ritze*. Sie wissen, das ist die Bar ...«

»Kenn ich. Und wie heißt der Penner mit Nachnamen?«

»Das weiß ich auch nicht. Die haben im Milieu keine Nachnamen. Kann ich jetzt gehen? Ich verlier sonst eine Menge Kohle, wenn der Wagen steht.«

»Gut, Holzmann, hauen Sie ab. Wenn Ihnen noch was einfällt ... meine Nummer haben Sie ja. Und ... danke für alles!«

Kaum hatte der Taxifahrer den Raum verlassen, als sich Rita näher an den Schreibtisch ihres Chefs schob.

»Nein!«, rief Liebig sofort.

Erschrocken blickte die Praktikantin auf ihren Vorgesetzten.

»Bevor Sie fragen, Rita. Da gehe ich alleine hin. Sie suchen mir währenddessen sämtliche Daten der Angehörigen raus. Das ist noch kein Pflaster für Sie. Die sehen dort nicht gerne Frauen, die nicht aus deren Kreisen stammen. Haben wir uns verstanden?«

»Jawohl Sir. Ich habe verstanden.«

Rita erhob sich mit hochrotem Kopf und legte demonstrativ die ausgestreckte Hand zum militärischen Gruß an die Stirn. Mit erhobenem Haupt verschwand sie hinter ihrem Computerbildschirm und hämmerte auf der Tastatur herum. Nachdenklich betrachtete sie ihr Spiegelbild auf dem reflektierenden Bildschirm. Sie sah ein schmales

Gesicht, das von einem frechen Kurzhaarschnitt, einem Knaben-Look umrahmt wurde. Ihr Friseur hatte sie dazu überredet, ihr tiefschwarzes Haar, dem Trend folgend, einmal kürzer schneiden zu lassen. Es würde hervorragend zu ihrer schlanken Figur passen und das hübsche Gesicht viel besser betonen. Sie musste zugeben, dass er recht behielt, nur seine billigen Komplimente hätte er sich sparen können.

5

»Oh, Gott im Himmel, das darf doch nicht wahr sein. Was ... was willst du hier? Hast du uns nicht schon genug gestraft? Geh weg, Daniela! Geh bitte wieder weg. Wehe, wenn Papa dich sieht.«

Hilde Weigel nahm die Hand wieder zurück, die sie vor den Mund geschlagen hatte und rief in den Flur: »Rolf, kommst du mal?«

»Was willst du denn jetzt schon wieder? Ich kann jetzt nicht weg. Die Bekloppten haben schon wieder ein Tor kassiert. Lass keinen rein und mach die Tür wieder zu!«

Selbst an der Haustür konnte Daniela erkennen, dass ihr Vater bereits wieder den Kanal gestrichen voll hatte und bei Bier und Fußball keine Zeit für Nebensächlichkeiten aufbringen wollte. Sein Lallen ließ keinen kompletten, verständlichen Satz zu. Entschlossen schob sie ihre Mutter zur Seite, die fassungslos hinter ihrer Tochter erstarrte und rein mechanisch die Dielentür schloss. Daniela überraschte das Bild nicht, das sich ihr im Wohnzimmer bot. Vater fuhr sich mit aufgerissenen Augen durch das strähnige, ihm verbliebene Haar und schrie gegen den Bildschirm, der eine Szene aus dem Lokalderby des Schalke 04 gegen den Erzfeind aus Dortmund zeigte.

»Ihr verdammten Wichser. Wo habt ihr das Fußballspielen gelernt? Könnt ihr denn nicht ...?«

Die weiteren Worte blieben ihm förmlich im Hals stecken, als sein Blick auf die Person fiel, die wortlos in der Türfüllung wartete. Seine zweite Hand, die er bisher unter dem Stoff seines schmuddeligen Unterhemdes versteckt hielt, kam hervor, um sich aus der weichen Polsterung der Couch hochstemmen zu können. Es gelang ihm erst, als er die Füße von der Tischplatte nahm. Daniela genoss den Augenblick, als ihr Vater nach Worten suchte, mit denen er normalerweise gedankenlos herumwarf. Rolf Weigel schien beeindruckt.

»Willst du mich nicht begrüßen? Möchtest du deine Tochter nach so vielen Jahren nicht vor lauter Wiedersehensfreude ans Herz drücken? Da muss sich doch eine Menge Sehnsucht in den sieben Jahren angestaut haben, in denen du es nicht für nötig erachtet hast, mich zu besuchen. Was ist jetzt? Ich warte.«

Noch immer wirkte Rolf Weigel fassungslos. Seine Augen irrten wie im Fieber zwischen Fernseher, Daniela und seiner Frau hin und her. Schließlich griff er zur Bierflasche, bei der er entsetzt feststellen musste, dass sie leer war. Das wiederum war für Hilde Weigel das eindeutige Signal dafür, in die Küche zu eilen. Daniela vernahm das Klappern von Flaschen, bevor ihre Mutter wieder die Kühlschranktür zuwarf und im Wohnzimmer erschien. Noch während sie den Kronkorken entfernte, verharrte ihr Blick weiter auf dem Gast, mit dem sie in keinem Augenblick gerechnet hatte. Danielas Finger suchten den Ausschaltknopf des Fernsehers, was Rolf Weigel mit Panik in den Augen verfolgte, jedoch, unfähig, ein Wort zu äußern, zuließ. Das Flimmern erlosch und eine unheilige Stille erfüllte den Raum.

»Falls es dir entfallen sein sollte, Vater, ich bin Daniela, die du vor vierunddreißig Jahren gezeugt hast. Ich wollte mich nur mal in Erinnerung bringen, da es dir ja in den vergangenen sieben Jahren nicht eingefallen ist, deine Tochter zu besuchen. Nur zur allgemeinen Beruhigung ... ich habe immer noch keine ansteckende Krankheit. Wie ich sehe, hat sich hier bei euch nichts verändert. Du scheinst wohl immer noch dem Sozialstaat auf der Tasche zu liegen und Mama kommt ihrer Aufgabe als Sklavin nach. Du kannst jetzt den Mund wieder schließen, ich bin es tatsächlich.«

Rolf Weigel nahm die Bierflasche entgegen und setzte sie an die Lippen, ohne den Blick vom Gesicht seiner Tochter zu nehmen.

»Seit wann bist du raus?«

»Hört, hört, mein Vater zeigt plötzlich Interesse an mir. Die haben mich gestern an die Luft gesetzt. Da habe ich mir gedacht, besuche doch als Erstes deine Erzeuger, da die wohl vor Wiedersehensfreude platzen werden. Eure Begeisterung versteht ihr allerdings beeindruckend zurückzuhalten. Kann ich auch ein Bier haben?«

Hilde Weigel wusste mit dieser Situation nicht umzugehen, richtete einen fragenden Blick auf ihren Herrn und Beschützer. Erst als ihr Mann ein Nicken andeutete, begab sie sich in die Küche und erschien wieder mit einer weiteren Bierflasche, die sie zögernd auf den Wohnzimmertisch stellte.

»Öffner?«

Der Blick, mit dem Hilde Weigel ihre Tochter bedachte, war hasserfüllt. Sie kramte den Flaschenöffner aus der Kitteltasche und warf ihn Daniela zu, die ihn geschickt auffing. Nur das Zischen des ausströmenden Bierschaums erfüllte den Raum. Während Daniela die Flasche an den Mund setzte, griff ihr Vater nach der Fernbedienung. Daniela stellte sich demonstrativ vor den Fernseher und blickte herausfordernd auf ihren Vater, der den Mund für einen Fluch öffnete. Daniela kam ihm zuvor.

»Was soll die Scheiße? Du siehst nach vielen Jahren deine Zweitgeborene wieder und hast nichts anderes im Kopf, als weiter Fußball zu gucken? Dich scheint es ja wahnsinnig zu interessieren, was war, oder? Ich bin wieder zu Hause, ihr Luschen ... habt ihr das schon registriert? Eure Tochter ist wieder zurück. Ihr dürft euch jetzt freuen und mir um den Hals fallen!«

Die letzten Sätze schrie sie dem Vater entgegen und verschüttete dabei einen Teil des Bieres. Endlich fiel die Starre von Rolf Weigel ab, der jetzt aufsprang und einen Schritt auf Daniela zuging.

»Bist du jetzt fertig? Was glaubst du, was du in unseren und in den Augen der Nachbarn und Freunde bist? Du bist und bleibst eine Mörderin! Unsere Tochter ist eine verdammte Mörderin! Begreife das endlich.«

»Nein!«, rief Daniela sofort. Sie verfluchte sich innerlich dafür, dass sich Wasser in ihren Augen bildete, ihr eine Träne sogar über die Wange lief. Wie in Zeitlupe ließ sie die Bierflasche sinken, sodass ein großer Teil des Inhalts auf den minderwertigen, fleckigen Teppich lief, den ihnen damals ein Trickbetrüger für viel Geld als hochwertigen Täbriz verkauft hatte. Genau in dem Augenblick, als ihre Mutter ihr die Flasche aus der Hand nehmen wollte, holte Daniela damit aus und verfehlte den Kopf ihres Vaters nur um wenige Zentimeter. Fassungslos folgten seine Augen der kostbaren Flüssigkeit, die jetzt langsam die Blumentapete aufweichte. Mit vorgebeugten Oberkörpern standen sich Vater und Tochter kampfbereit gegenüber, als sie die Türklingel wieder zurück in die reale Welt holte. Hilde Weigel, die jetzt die Hand herunternahm, die sie entsetzt vor den Mund hielt, eilte zur Tür.

Wortlos standen sich die Kampfhähne gegenüber, warteten darauf, dass der andere eine Bewegung andeutete. Erst die Geräusche in Danielas Rücken ließen sie einen Blick zur Tür richten. Irgendwie kam ihr der männliche Gast bekannt vor. Auch der schien darüber nachzudenken, woher er dieses Gesicht kannte.

»Mein Name ist Peter Liebig, Hauptkommissar beim hiesigen Morddezernat. Ich hoffe, ich störe nicht. Doch leider muss ich mit Ihnen sprechen. Darf ich mich setzen?«

Rolf Weigel entspannte sich und stopfte sein Unterhemd wieder in die schlabbrige Hose, zog die Hosenträger über die Schultern. Sein ausgestreckter Arm wies auf einen Sessel, von dem Hilde noch schnell die Sofakissen entfernte, hinter denen zwei leere Bierflaschen zum Vorschein kamen.

»Sie werden sich sicher fragen, was ein Mann der Kripo ausgerechnet von Ihnen will. Deshalb möchte ich Sie auch nicht lange auf die Folter spannen. Ich nehme an, dass ich es mit den Eltern von Lea Howald zu tun habe. Allerdings kann ich Sie, junge Frau, nicht zuordnen. Gehören Sie auch zur Familie ... oder sind Sie eine Nachbarin?«

Einen Augenblick blickte Liebig irritiert von einem zum anderen, bevor sich endlich Rolf Weigel bequemte, Klarheit zu schaffen.

»Das ist die Schwester von Lea.«

»Ich bin sozusagen die andere Tochter dieser Herrschaften, was sie damit ausdrücken, aber nicht aussprechen wollen. Was führt Sie in dieses Haus? Sie erwähnten Lea. Hat Ihr Besuch etwas mit ihr zu tun?«

Liebig besaß schon lange ein feines Gespür für Spannungen, die in diesem Haus fast greifbar waren. Mittlerweile saß auch die Mutter neben ihrem Mann und blickte gebannt auf Liebig, der jetzt mit der Wahrheit herausrücken musste. Er hatte gelernt, dass es angeraten war, mit schlechten Nachrichten nicht lange hinter dem Berg zu halten.

»Sie haben recht mit Ihrer Frage nach Lea. Leider muss ich Ihnen mitteilen, dass es zu einem tragischen Zwischenfall kam, bei dem Ihre Schwester, ich meine natürlich auch Ihre Tochter ... ja, dass sie den Tod fand. Derzeit ermitteln wir noch, ob es sich um einen Unfall handelt, oder um ein Tötungsdelikt. Aus dem Grund haben wir diesen Fall vorerst übernommen. Damit wir ihn schnell abschließen können, müssen wir diverse Ermittlungen in alle Richtungen anstellen.«

Das Entsetzen stand Hilde Weigel ins Gesicht geschrieben, bei ihrem Mann war lediglich die Unterlippe heruntergeklappt. Liebig versuchte, sich einen Reim darauf zu machen, warum die Schwester ohne jede Reaktion blieb. Sie hing lediglich an seinen Lippen und schien auf weitere Erklärungen zu warten. Ihre Frage folgte postwendend:

»Sie sprechen von einem Zwischenfall. Was dürfen wir uns darunter vorstellen? Schließlich stirbt man mal nicht so einfach mit achtunddreißig. War es ein Unfall?«

»Ich sagte bereits, dass wir diesbezüglich noch ermitteln. Sie fiel in der letzten Nacht aus dem Fenster ihrer Wohnung und verletzte sich dabei tödlich. Es gibt allerdings auch gewisse Anzeichen dafür, dass man ihr kurz vor ihrem Tod Gewalt antat. Wir müssen nun herausfinden, ob dies ursächlich dafür verantwortlich war, oder ob der Fenstersturz auf einen banalen Unfall zurückzuführen ist.«

Jetzt meldete sich Hilde Weigel zum ersten Mal zu Wort.

»Sie glauben, jemand könnte sie ...?«

»Halt deine Klappe, Hilde. Wer sollte Lea was antun wollen? Die hatte keine Feinde. Sie war ein liebes Mädchen.«

Hilde Weigel zuckte wie unter einem Peitschenhieb zusammen und verkroch sich wieder hinter den Händen, die sie schützend vor das Gesicht legte. Daniela übernahm.

»Was bringt Sie auf den Gedanken, dass jemand Lea umbringen wollte? Hat sie Verletzungen erlitten, die nicht vom Sturz stammen?«

Peter Liebig überging diese Frage geschickt und stellte seine eigene.

»Kennt jemand von Ihnen einen gewissen Karim?«

Daniela und Liebig suchten in den Gesichtern der Eltern nach einer Reaktion, fanden sie aber nicht. Beide schüttelten lediglich den Kopf. Die nächste Frage ging an Daniela.

»Und Sie? Hat Ihre Schwester nicht mit Ihnen über mögliche Bekanntschaften gesprochen? Das tut man doch so unter Geschwistern, oder täusche ich mich da?«

Bevor es Daniela verhindern konnte, mischte sich Rolf Weigel ein. Ihr blieb fast das Herz stehen, als sie die hasserfüllten Worte ihres Vaters vernahm.

»Die beiden Schwestern konnten nicht über private Dinge sprechen. Die da«, er zeigte mit dem ausgestreckten Arm und fiebrigen Augen auf Daniela, »saß etliche Jahre im Knast. Ich habe nur eine Tochter ... und die ist jetzt tot. Man hat mir das einzige Kind genommen. Der Mörder soll in der tiefsten Hölle schmoren!«

6

Peter Liebig konnte sich der Spannung, die sich plötzlich im Raum verstärkte, nicht entziehen. Gebannt betrachtete er die Schwester der Verstorbenen, rechnete jederzeit mit einem Ausbruch der Gefühle. Das äußerte sich jedoch anders, als er es sich vorstellte. Daniela Weigel, wie sich später herausstellte, war quasi zur Salzsäule erstarrt, bevor sich ein Zittern bemerkbar machte, das sich zusehends verstärkte. Sie wischte sich mit dem Ärmel den Schweißfilm ab, der sich auf ihrer Stirn bildete. Liebig sprang auf, da er befürchtete, dass die Frau umfallen könnte. Kaum spürte Daniela die Berührung des Beamten, stieß sie ihn weg.

»Lass mich in Ruhe! Hast du gehört, was dieses Schwein gerade ausspuckte? Der verleugnet sein eigenes Blut, nur weil ich im Gefängnis saß. Dabei gehört dieses Tier selbst hinter Gitter. Wenn ich ausplaudern würde, was der mit seinen Töchtern früher angestellt hat, was er von ihnen verlangte, säß er selbst hinter diesen verflixten Mauern. Oh, Gott, wie hasse ich ihn dafür. Das will ein Vater sein? Eine versoffene Bestie ist das, die ihren Schwanz in jedes Loch steckt, das er finden kann. Ich muss hier raus.«

In diesem Augenblick schien Daniela jede Kontrolle über Orientierung und Motorik verloren zu haben. Sie blickte wild um sich, suchte die Tür, um sich auf unsicheren Beinen zur Haustür zu bewegen. Langsam folgte ihr Liebig, da er einen Kollaps befürchtete. Daniela Weigel zeigte klare Symptome für einen Entzug. Im Augenblick durfte er sie auf keinen Fall aus den Augen lassen, da eine Selbstgefährdung nicht auszuschließen war. Er griff zum Telefon.

»Ich will hier raus! Ich bin nicht krank. Wieso liege ich in einem Krankenhaus?«

Peter Liebig, der neben Danielas Bett saß, strich ihr beruhigend über den Arm, woraufhin sie den abrupt zurückzog.

»Lassen Sie sich helfen, Daniela. Sie behaupten zwar, dass Sie völlig gesund sind, doch das ist nicht die Wahrheit. Und das wissen Sie ganz genau. Wann haben Sie dieses Zeug zum letzten Mal zu sich genommen?«

»Wovon sprechen Sie überhaupt?«

»Ich spreche von Chrystal Meth. Kommen Sie, das konnten wir sehr schnell über das Blut nachweisen. Sie müssen das Zeug also innerhalb der letzten vierundzwanzig Stunden eingeworfen haben. Außerdem haben Sie fast einundvierzig Grad Körpertemperatur und starken Blutdruckabfall. Was soll das Leugnen? Haben Sie noch mehr davon bei sich?«

»Ach gehen Sie zum Teufel. Mir geht es wieder gut. Ich will hier raus. Wo sind meine Klamotten?«

Beide bemerkten nicht, dass zwischenzeitlich Dr. Rühe den Raum betreten hatte und sich in das Gespräch einmischte.

»Das kann ich nicht zulassen, Frau Weigel. Das Risiko eines Rückfalls wäre derzeit viel zu hoch. Wir nehmen an, dass Sie beim letzten Konsum dieser Teufelsdroge etwas zu viel nahmen. Neben den bekannten Begleiterscheinungen, wie Herzrasen, Muskelkrämpfe und etwa Halluzinationen, traten diesmal sogar eine Überhitzung, Lähmungserscheinungen und eine Intoxikationspsychose, bekannt als Realitätsverlust, auf. Ein Suizid ist in diesem Zustand nicht zweifelsfrei auszuschließen. Folglich müssen wir Sie noch ein paar Tage beobachten und den Körper wieder auf Normal einstellen. Derzeit befinden sich Unmengen an Adrenalin, Noradrenalin und Dopamin in Ihren Adern, was Sie unter Dauerstress setzt. Schließlich täuscht Ihnen dieser Zustand permanent eine Gefahrensituation vor, die eigentlich gar nicht existiert.«

Daniela richtete sich mit Ihrem Oberkörper auf, indem sie sich auf die Ellbogen stützte.

»Das ist doch idiotisch. Ich werde mich irgendwo angesteckt haben und eine Grippe mit mir rumschleppen. Ich hau jetzt ab.«

»Das werden Sie nicht tun, Frau Weigel!«

Jetzt schaltete sich Liebig ein, als er bemerkte, dass die Patientin aufstehen wollte. Mit sanfter Gewalt drückte er sie zurück.

»Das hier ist kein Spaß. Die Ärzte haben nachgewiesen, dass Sie eine verbotene Droge zu sich genommen haben. Sollten wir also bei Ihnen eine Menge von über fünf Gramm finden, wandern Sie für mindestens ein Jahr in den Knast. Ich frage Sie deshalb, ob Sie im Besitz von weiterem Meth sind. Wir finden es sowieso.«

Daniela wurde sichtlich vorsichtiger, legte sich wieder auf das Kissen. Sie wartete ab, bis sich der Arzt verabschiedete, verfolgte beim Blick aus dem Fenster die beiden Krähen, die sich um Futter stritten. Schließlich sah sie dem Hauptkommissar ins Gesicht, der sich geduldig abwartend in seinem Stuhl zurückgelehnt hatte.

»Ich habe bisher nur Speed genommen. Das müssen Sie mir glauben. Mein Lieferant hatte mir zur Entlassung zwei Gramm Meth verkauft. Das konnte ich bezahlen, da ich den Restlohn ausbezahlt bekam. Ich kannte die Nebenwirkungen bisher noch nicht. Nun gut, man hörte davon. Aber man glaubt es erst, wenn es ausprobiert wird. Sie werden außer einem Gramm davon nichts mehr finden. Das war wirklich nicht besonders prickelnd. Diese verdammten Kopf- und Gliederschmerzen. Ich bin schon froh, dass ich das Zeug nicht gesnieft habe, sondern nur als Bömbchen schluckte. Das passiert mir nicht noch einmal. Dafür könnt ihr mir doch nichts ans Zeug flicken, oder?«

»Nein, dafür nicht. Aber wie stellen Sie sich das in Zukunft vor? Wollen Sie diese verfluchten Drogen weiternehmen und riskieren, dass Sie bleibende Organschäden bekommen? Haben Sie schon Bilder von Menschen gesehen, die da nicht mehr von runterkamen? Hören Sie, die sehen mit dreißig aus wie ihre eigenen Großeltern. Und die Lebenserwartung ist relativ niedrig. Gehen Sie um Gottes willen zu einer Beratungsstelle und lassen sich helfen. Sie haben doch noch so viel Leben vor sich.«

Wieder richtete Daniela ihren Blick aus dem Fenster. Ihre Worte machten Peter Liebig nachdenklich, da Daniela mit ihrer Skepsis nicht weit weg war von der Realität.

»Herr Liebig ... so ist doch Ihr Name, oder? Sie wissen gar nichts. Von euch hat noch keiner in dieser Gefängnishölle gesessen und auf den Tag warten müssen, an dem sich die Zellentür für den Abgang wieder öffnet. Ihr erfüllt eure Aufgabe, uns hinter Gitter zu bringen. Das war´s. Danach macht sich doch keiner von euch einen Kopf darum, was mit uns passiert. Die Brut darin sitzt ihre gerechte Strafe ab, am besten lässt man die nie wieder raus. Ist es nicht so?«

Liebig hielt sich mit einer Antwort zurück, wusste aber aus vielen Diskussionen, dass Daniela nicht weit weg war von den Einstellungen mancher Kollegen. Viele vertraten die Ansicht, dass man die überführte Bande wegsperren und den Schlüssel wegwerfen sollte.

»Glaubt ihr Idioten denn wirklich, dass wir in den vielen Jahren unter Psychopaten resozialisiert werden? Ich habe in den sieben Jahren acht verschiedene Zellengenossinnen gehabt. Darunter waren Tiere, bei denen ich keine Nacht ruhig durchgeschlafen habe. Du musstest aufpassen, dass du nicht die falsche Zahncreme benutzt hast, weil die dich dann abgestochen hätten. Ich musste lernen, so zu denken, so zu werden wie die. Nur die Starken überstehen diese Hölle ohne Schaden. Obwohl ... das ist eigentlich gelogen. Keine von uns ist ohne Schaden da rausgekommen. Wenn du nur ein paar Monate kriegst, kannst du von Glück sagen, wenn man dich mit einem leichten Fall zusammenlegt. Ich habe dort Wahnsinnige erlebt. Und glaube mal bloß nicht, dass der Frauenknast weniger brutal ist als der Männerbereich. Genau das Gegenteil ist der Fall. Frauen sind in Gefangenschaft wie wilde Tiere.«

Hier machte Daniela eine Pause und Peter Liebig meinte, ein kurzes Aufstöhnen vernommen zu haben. Er kannte diese Geschichten, die man sich erzählte, zur Genüge und hatte sich schon oft mit vorlauten Kollegen angelegt, die ihre Witze darüber machten. Vor allem fanden sie den Umstand belustigend, dass es dort zu sexuellen Übergriffen kam. Zotige Witze über die Lesbenweiber waren an der Tagesordnung.

»Ich glaube Ihnen, Daniela. Ich habe oft davon gehört. Aber jetzt mal etwas anderes. Könnte es sein, dass wir uns von früher kennen? Kann es sein, dass ich damals sogar Ihren Fall bearbeitet habe? Da ging es doch um Totschlag, wenn ich mich nicht irre. Sie sollen Ihren Schwager erschlagen haben.«

»Ja, Liebig, da haben Sie recht. Sie haben mich damals in den Knast gebracht. Aber glauben Sie jetzt nicht, dass ich Ihnen das nachtrage. Ich habe diesem Mistkerl tatsächlich den Schädel eingeschlagen. Es tut mir nur leid um die schöne Vase, die kaputtging. Diese Sau hat es verdient. Und wissen Sie was? Das würde ich immer wieder in dieser Situation tun. Für meine Familie bin ich aber eine dreckige Mörderin, wie Sie ja eindrucksvoll mitbekamen. Ich wurde ausgestoßen aus der Gemeinschaft, jede Hilfe wird mir verwehrt. Scheiße, Scheiße.«

Mit den letzten Worten flossen die Tränen über ihre Wangen, die sie mit einer wilden Bewegung fortwischte, als wären sie eine Schande. Liebig musste zugeben, dass ihm im Augenblick die passenden Worte fehlten. Sein Schweigen beruhigte Daniela für den Moment sogar. Schließlich nahm er die Unterhaltung wieder auf.

»Wenn ich mich recht erinnere, hat Ihr Schwager ... wie hieß dieser Wahnsinnige noch mal?«

»Manfred Howald!«

»Richtig, dieser Manfred ... der hat Ihre Schwester doch mehrfach ohnmächtig geprügelt und auf den Strich geschickt. Liege ich da richtig?«

»Genau so war das. Und dem hat es eine sadistische Freude bereitet, wenn Lea sich vor Schmerzen über den Boden bewegte und um Gnade winselte.«

»Warum hat sie ihn nie angezeigt? Wir hätten den wegsperren können.«

Fast mitleidig betrachtete Daniela den großen Mann, der vor ihr saß, doch immer mehr Sympathien einheimste.

»Machen Sie das doch mal. Zeigen Sie solche Bestien an. In den seltensten Fällen werden die dafür belangt. Warum nicht, werden Sie sich fragen. Weil es schwer zu beweisen ist, dass man von ihnen geschlagen wurde. Und selbst wenn die ein paar Tage weggesperrt werden ... die kommen wieder. Und dann wird es für die Frauen noch viel schlimmer. Aber eines der größten Probleme ist, dass sich die Frauen entweder schämen oder diesen Tieren verfallen sind. Ja, die bescheuerten Weiber kommen von diesen gewalttätigen Bestien einfach nicht mehr los. Das hat mich fertiggemacht, glauben Sie mir. An dem Tag, als er Lea fast zum Krüppel schlug, hat es bei mir klick gemacht und ich habe den Teufel zurück in die Hölle geschickt. Und es tut mir nur um die sieben Jahre leid, die ich im Knast verbringen musste, anstatt dafür das Verdienstkreuz zu erhalten. Jetzt kriege ich sogar noch die Verachtung der Familie und der Öffentlichkeit obendrauf. Absolut geil, kann ich Ihnen sagen.«

Liebig spürte diese tiefe Resignation und innere Aufgabe bei Daniela. Er konnte sich der Argumentation der Frau nicht vollständig entziehen, obwohl auch er zu denen gehörte, die eine grundsätzliche Sühne für Gewalttaten einforderten. Danielas Frage machte ihn hellwach.

»Könnte es sein, dass Sie es sind, dessen Ehefrau damals den Tod bei einem Raubüberfall fand? Im Knast erzählt man sich davon. Ich meine, in diesem Zusammenhang den Namen Liebig gehört zu haben.«

Daniela wollte sich schon für ihre Neugierde entschuldigen, als ihr Besucher leise sprach.

»Ja, Sie haben recht. Ich weiß nicht, ob sogar darin der Grund liegt, warum ich beim Morddezernat geblieben bin. Sie sollen alle büßen, die ohne Not töten. Verstehen Sie mich richtig, Frau Weigel. Dieses Tier, das meine Frau vor zehn Jahren bestialisch umbrachte, hat es nicht im Affekt getan. Er muss Freude dabei empfunden haben. Und ich werde es mir niemals verzeihen können, dass ich nicht bei ihr war, sie nicht davor beschützt habe. Ich musste ja unbedingt an diesem Abend mein Glück im Spielcasino suchen, während meine Frau noch post mortem geschändet wurde. Bitte entschuldigen Sie meinen Gefühlsausbruch, aber es muss immer mal wieder heraus.«

Daniela hatte aufmerksam zugehört, die tief sitzende Wut im Körper dieses Mannes gespürt. Immer noch hing ihr Blick auf den verkrampften Fäusten des Hauptkommissars, als sie antwortete:

»Sie müssen sich für nichts entschuldigen. Ich kann Sie gut verstehen. Auch ich empfand so oft kalte Wut, wenn ich mir anhören musste, wie großkotzig und selbstherrlich Mitgefangene ihre Taten als gerechte Strafe verkaufen wollten. Viele prahlen damit, Menschen getötet zu haben und belügen sich dabei nur selber. Ich wünsche Ihnen, dass man dieses Schwein, das Ihnen die Frau nahm, irgendwann fasst.«

Als würde er aus einem Traum erwachen, wechselte Liebig ohne Übergang das Thema und fragte Daniela:

»Ich meine, Ihnen schon die Frage nach einem Karim gestellt zu haben. Wenn Sie jedoch erst gestern entlassen wurden, dürfte sich das eigentlich erübrigen. Versprechen Sie mir, dass Sie hier nicht sofort ausbüchsen und die Behandlung abwarten? Und wenn Sie Hilfe bei der Entwöhnung benötigen ... ich lasse Ihnen meine Karte hier. Gerne helfe ich Ihnen, indem ich Ihnen Fachleute empfehle.«

Daniela gönnte dem Polizisten einen Blick, der keine klare Antwort enthielt, jedoch Zuversicht vermittelte.

7

Lange bevor Liebig die Bar betrat, verharrte er auf der anderen Straßenseite und beobachtete den Eingang. Hier traf sich der Abschaum der Gesellschaft, um sich über die Möglichkeiten auszutauschen, wie man den notgeilen Spießbürgern das Geld aus der Tasche ziehen konnte. In den Hinterzimmern dieser Etablissements wurden Pläne geschmiedet, Menschen wie Ware verkauft und gehehlt. Die *Ritze* befand sich in dem Rotlichtviertel, das ein braver Bürger, wenn immer es möglich war, mied. Entschlossen wechselte Liebig auf die andere Seite und öffnete die Tür, schob die schweren Vorhänge zur Seite. Ihm schlug ein typisches Gemisch aus billigem Parfüm, Tabak und Alkohol entgegen. Niemand hielt sich hier an das Rauchverbot. Hintergrundmusik verbreitete eine düstere Stimmung.

An der Theke lümmelten nur drei Männer und zwei Frauen herum, die sich in dem Augenblick, als Liebig durch die Tür trat, über einen Schmuddelwitz amüsierten. Ein Gast, der komplett in schwarzes Leder gekleidet war, betrachtete genüsslich sein vermeintlich attraktives Äußeres in dem breiten Spiegel, der sich über die gesamte Länge der Rückwand vor den Flaschenregalen erstreckte. Mit den Handflächen drückte er sich das gegelte Haar in Form.

Keiner von ihnen nahm Notiz von dem großen Mann, der sich am Ende des Tresens auf den Hocker schwang und hoffnungsvoll darauf wartete, dass ihn jemand nach seinen Wünschen fragte. Schließlich bequemte sich eine wohlproportionierte Schwarzhaarige, deren Locken weit über die fleischigen Schultern fielen, sich auf den Weg zu machen. Sie stützte ihre Ellbogen auf der Thekenfläche ab, sodass Liebig einen prüfenden Blick in das Dekolleté werfen konnte, das mehr freiließ, als es verdeckte.

»Und?«

»Tja, ich entnehme Ihrer ausschweifenden Fragerei, dass Sie sicherlich von mir wissen möchten, was ich trinke. Okay, ich nehme ein alkoholfreies Pils.«

»Haben wir hier nicht, Bulle. Bei uns werden nur härtere Sachen ausgeschenkt. Also, was soll ich bringen?«

Liebigs Gesicht überzog nun ein breites Grinsen, als er die Hand der schnodderigen Bedienung fest umfasste. Er zog die Dame näher heran und senkte die Stimme so weit, dass nur noch sie das verstehen konnte, was er ihr ins Ohr zischte.

»Hör mir bitte zu, Lady. Ich möchte in weniger als einer Minute eine Flasche mit alkoholfreiem Pils vor mir stehen haben. Sollte dir das nicht gelingen, wird sich dein Chef sehr darüber freuen, dass innerhalb kürzester Zeit etliche Leute vom Gesundheitsamt hier auftauchen und jeden Winkel dieses Etablissements unter die Lupe nehmen. Ich bin mir ziemlich sicher, dass sie was finden werden, um den Laden für längere Zeit schließen zu lassen. Und jetzt darfst du zwei Dinge für mich tun. Ich möchte das bestellte Bier und außerdem will ich wissen, wo ich Karim finde. Haben wir uns verstanden?«

Aus den Augenwinkeln bemerkte Liebig, dass sich zwei Männer vom Tresen lösten und einige Schritte auf ihn zumachten.

»Alles klar, Reni? Macht der Kerl Probleme?«

»Nein, nein. Es ist alles gut. Wir haben uns nur unterhalten. Ihr müsst ja nicht alles mitkriegen.«

Reni schaffte es tatsächlich in fünfzig Sekunden, das Bier zu besorgen. Als sie es vor dem Hauptkommissar abstellte und sich wieder verziehen wollte, hielt sie ein Ausruf zurück.

»Was ist mit Karim? Du wirst dich doch wohl an meine Frage erinnern, oder?«

»Ich kenne keinen Mann, der sich Karim nennt.«

Die Gespräche an der Theke verstummten augenblicklich. Eine bedrohliche Stille erfüllte den großen Raum. Nur die leisen Stimmen von Jane Birkin und Serge Gainsbourg, die *je t´aime* durch die Lautsprecher hauchten, verklangen im Hintergrund. Innerhalb kürzester Zeit hatten sich die beiden Männer von vorher vor Peter Liebig aufgebaut, sahen ihn feindselig an.

»Was willst du von Karim? Bist du ein Bulle oder ein Freund von ihm? Wir mögen es überhaupt nicht, wenn hier herumgeschnüffelt wird.«

»Jetzt bleibt mal locker, Jungs. Ich will eurem Karim nicht an die Wäsche. Ich habe nur ein paar Fragen an ihn. Keine Panik.«

Während Liebig das sagte, lag wie durch Zauberhand plötzlich sein Dienstausweis in seiner Hand, den er den beiden Typen nah vor die Augen hielt. Augenblicklich war deren Unsicherheit spürbar, zumal sich Liebig zur vollen

Größe aufgerichtet hatte. Die Männer wechselten einen Blick und wollten sich wortlos entfernen. Liebigs Worte holten sie ein.

»Ihr kennt also Karim. Warum soll ich nicht wissen, wo ich ihn finden kann? Ich könnte eine Fahndung rausgeben und ihn offiziell suchen lassen. Aber das wird bestimmt nicht nötig sein, wenn ihr mir vorher sagt, wo ich ihn finde. Ich will ihn wirklich nur was fragen, nichts, worüber er sich Sorgen machen muss. Es geht lediglich um Lea.«

»Was ist mit Lea? Was hat die mit den Bullen zu tun?«

Liebigs Grinsen verstärkte sich.

»Ach nee, Lea kennt ihr also. Kommt, raus damit ... wo ist Karim?«

»Was willst du Penner von mir?«

Peter Liebig hatte nicht bemerkt, dass sich hinter ihm die Tür öffnete und ein Berg von Mann die *Ritze* betrat. Liebig musste sich beherrschen, nicht herumzufahren, sondern ruhig nach seiner Bierflasche zu greifen. Er nahm sogar noch einen Schluck, bevor er in das brutale Gesicht des Zuhälters blickte, das sich nun nur wenige Zentimeter neben seinem befand.

»Der Bulle hat nach dir ...«

Karim winkte nur schwach, was einen der Männer von der Theke sofort verstummen ließ.

»Dein Freund hat recht. Ich suche nach einem Karim. Mir scheint, ich habe ihn gefunden. Können wir uns ungestört am Tisch unterhalten, oder müssen wir das im Präsidium tun?«

Wieder war es nur eine knappe Kopfbewegung des muskelbepackten Mannes, die für Liebig ein Ja bedeutete.

Bewaffnet mit seiner Bierflasche folgte er Karim zu einem Tisch in der Ecke. Ohne dass er bestellt hatte, stellte ihm Reni eine Cola hin und verschwand schnell wieder. Liebig hatte die Gelegenheit genutzt, den Mann einzuschätzen. Neben sich sah er einen kurzhaarigen, stiernackigen Mann, wahrscheinlich türkischer oder armenischer Abstammung, dessen zu Schlitzen fast geschlossene Augen jede Bewegung in seinem Umfeld aufnahmen. Peter Liebig kannte diesen Typ Mann zur Genüge, und wusste, dass ein falsches Wort eine Katastrophe auslösen konnte. Vorsichtig tastete er sich vor.

»Wir beide kennen uns noch nicht. Ich bin beim Morddezernat. Ich ermittele derzeit in einem Fall, der auch dich betreffen kann. Es geht um Lea Howald.«

Kaum hatte er den Namen der Frau genannt, erreichte er die ungeteilte Aufmerksamkeit seines Tischnachbarn. Alle an der Theke beobachteten ihren Tisch unentwegt und tuschelten miteinander.

»Was hat das Morddezernat mit Lea zu tun? Die ist gestern nicht zur Arbeit gekommen. Zu Hause geht keiner ans Telefon. Eigentlich wollte ich gleich noch nach ihr sehen. Raus damit. Ist ihr was passiert? Hat die etwa ein Freier ...?«

»Nun mal langsam, Karim. Wann hast du Lea zum letzten Mal gesehen? Und wo warst du in der Nacht von Freitag auf Samstag?«

Karim rückte etwas von Liebig ab und schien zu überlegen.

»Wenn ihr Bullen so fragt, hat jemand Lea abgemurkst. Und jetzt vermutet ihr sofort, dass einer von uns ... ihr habt sie doch nicht alle. Warum sollte ich die Frau kaltmachen, wenn die mir reichlich Mäuse einbringt? Ihr wisst genau, dass sie bei mir Miete bezahlt. Dann lege ich die Mieze doch nicht um, verdammte Kacke.«

»Ob die dir Miete bezahlt, oder sonst wie Kohle abdrückt, ist mir eigentlich schnuppe. Ich bin nicht von der Sitte. Wo warst du letzte Nacht, als man sie womöglich tötete?«

Die Riesenfaust des Zuhälters donnerte auf die Tischplatte, sodass die Flaschen hochsprangen. Mit wilden Augen starrte Karim auf Liebig.

»Was soll die Scheiße jetzt eigentlich? Wieso sagst du *womöglich*? Ist die Tussi jetzt kalt oder nicht? Ihr kümmert euch doch von der Mordabteilung nicht um das Weib, wenn die nicht bereits tot ist. Was genau ist passiert? Erst dann verrate ich, wo ich in der Nacht war. Klaro?«

Liebig wusste, dass er so nicht weiterkam. Er musste die Katze aus dem Sack lassen.

»Nun gut. Lea wurde gefunden, als sie auf der Straße vor ihrer Wohnung lag. Zu diesem Zeitpunkt atmete sie noch. Sie starb erst in die Klinik. Sie könnte aus dem Fenster gestürzt sein. Ich sage bewusst, könnte. Gewisse Spuren deuten daraufhin, dass es vorher zu einem Kampf kam. Verstehst du jetzt, warum ich hier bin?«

»Klar verstehe ich das. Bin ja nicht bekloppt. Hat die denn nichts mehr sagen können? Irgendwas? Diese Sau, die ihr das angetan hat, will ich in die Finger kriegen. Dem reiß ich die Eier ab und steck sie ihm ins Maul. Und was mich betrifft, Bulle ... ich war in der Nacht mit einer Menge Freunde in der Spielbank in Hohensyburg. Die ganze Nacht. Willst du Adressen und Telefonnummern?«

»Nein, im Augenblick nicht. Du bist dort ja als Gast eingetragen. Wir brauchen dort nur anrufen. Gibt es irgendeinen Freier in der letzten Zeit, über den Lea gesprochen hat? Ich meine, der sie bedrängt hat?«

Karim wirkte wieder entspannt, als er antwortete.

»Nicht dass ich wüsste. Würde ich so einen Penner kennen, könnte der meine Mädchen bestimmt nicht mehr anfassen. Dem hätte ich die Wichsgriffel abgeschnitten. War`s das für den Augenblick? Ich muss was mit meinen Freunden besprechen.«

Liebig blickte mit Sorge auf die Männergruppe, die sich nun flüsternd an der Theke versammelte. Ein Gefühl sagte ihm, dass sich hier Schlimmes anbahnte.

8

»Das würde ja bedeuten, dass es vor dem Fenstersturz zu einem Kampf zwischen zwei Frauen kam. Sind Sie sich da ganz sicher, dass es Nagellack ist, den Sie in den Halswunden fanden?«

Die Hand, mit der Schiller sich durch den Rauschebart fuhr, blieb augenblicklich in dieser Position hängen. Fast beleidigt richtete sich dessen Blick auf den Hauptkommissar, der die Frage in den Raum stellte, während er den Bericht des Gerichtsmediziners las.

»Sollten Sie Zweifel an meiner Beurteilung haben, steht es Ihnen selbstverständlich frei, zukünftig Ihre Leichen von einer anderen Stelle begutachten zu lassen. Ich bin mit meinen normalen Arbeiten in der Klinik mehr als ausgelastet und benötige die Aufträge der Staatsanwaltschaft nicht zwingend.«

Liebig wusste im gleichen Augenblick, dass er einen großen Fehler begangen hatte, als er die Expertise des Mediziners anzweifelte. Er spürte sogar die missbilligenden Blicke seiner Praktikantin auf sich ruhen und beeilte sich, die überflüssige Frage zu relativieren.

»Mensch, Schiller. So war das doch nicht gemeint. Sie sind ja plötzlich empfindlicher als ein Rennpferd. Ich habe doch nur laut gedacht. Für mich stellt sich dadurch nur eine völlig neue Situation dar. Bisher ging ich von diesem Karim aus, der seiner Stute vielleicht einen Denkzettel verpassen wollte. Oder es hätte ein Freier gewesen sein können, der von Lea Howald besondere Dienste erwartete.«

»Stute sagten Sie? Wieso nennen Sie diese Frau so abfällig? Ich finde es schon sehr diskriminierend, wenn man eine Frau derartig bezeichnet, besonders, wenn sie bereits tot ist.«

»Jetzt fangen Sie auch noch an, mich zu kritisieren, Rita. Das Wort habe ich nicht erfunden. Das ist eben die Sprache im Milieu. Deshalb müssen Sie mich nicht gleich anblaffen.«

Rita Momsen hakte sich bei Schiller ein, der das sichtlich genoss und triumphierend zu Liebig hinüberblickte. Rita ließ nicht locker.

»Das ist noch lange kein Grund, sich dieser Ganovensprache zu bedienen. Die Frau hat zwar angeschafft, besitzt aber weiterhin das Recht auf Würde. Keiner von uns weiß, wieso sie ihren Körper diesen notgeilen Kerlen zur Verfügung stellte. Vielleicht wurde sie einfach nur gezwungen, oder gefügig gemacht. Ihnen muss ich das doch wohl nicht erklären, oder?«

»Ist es jetzt langsam gut? Da bildet sich wohl ein Komplott, um mir den Tag zu versauen. Das wird euch aber nicht gelingen. Ich lass mich von euch nicht fertigmachen. Zurück zum Bericht, Schiller. Haben Sie schon die DNA bestimmen können? Ich lass die Ergebnisse dann durch die Datenbank laufen.«

Irritiert beobachtete Liebig, wie sich die beiden Widersacher kurz ansahen und sich ein Grinsen auf ihren Gesichtern

50

ausbreitete. Rita löste sich aus Schillers Armbeuge und betrachtete den Bildschirm ihres Rechners.

»Der Abgleich läuft noch, Chef. Aber Moment ... gerade kommt ein Treffer rein. Ach du Scheiße, das gibt es doch nicht.«

Beide Männer trafen fast gleichzeitig am Schreibtisch der jungen Frau ein und betrachteten das Ergebnis der Suche. Für einen Moment trat absolute Stille ein, bevor sich Liebig zum Kleiderständer bewegte und seine Jacke vom Haken fischte.

»Kommen Sie, Rita. Wir müssen uns beeilen!«

Ungeduldig warteten beide, bis sich die Öffnung der gläsernen Drehtür zeigte und sie endlich zum Aufzug sprinten konnten. Momsen und Liebig drängten zwei Besucher an der Aufzugtür zur Seite, ignorierten deren Proteste und eilten den Gang entlang zu Zimmer vierhundertachtzehn. Liebigs Stöhnen war nicht zu überhören, als er auf das leere Bett starrte. Die hinter ihnen vorbeieilende Krankenschwester schüttelte nur missbilligend den Kopf, als sie den Fluch des Hauptkommissars vernahm.

»Verdammte Scheiße. Warum habe ich daran aber auch nicht gedacht? Ich hätte einen Wachposten vor die Tür setzen müssen. Jetzt kann ich nur noch die Fahndung rausgeben.«

Er riss sein Smartphone aus der Seitentasche und entdeckte im gleichen Augenblick die davoneilende Schwester.

»Hallo, Schwester. Warten Sie bitte einen Augenblick. Ich möchte Sie etwas fragen.«

Schwester Maria schielte auf den Kripoausweis, bevor sie zum aufgeregt wirkenden Liebig hochsah.

»Wissen Sie zufällig, ob die Patientin aus diesem Zimmer bereits entlassen wurde?«, fragte der Hauptkommissar, während er schon das Telefon hochnahm.

»Wie kommen Sie darauf, dass sie entlassen wurde? Da liegt doch noch die Kopfhörergarnitur auf dem Tisch. Die hätte sie doch bestimmt am Empfang abgegeben, sonst bekommt sie doch die Gutschrift nicht ausgezahlt. Die wird wohl nur eine Zigarette rauchen, unten in der Raucherecke.«

Rita hatte sich währenddessen ins Zimmer begeben und den Schrank geöffnet. Ihr Kopfschütteln signalisierte Liebig, dass dieser leer war. Er drückte an seinem Telefon die Kurzwahltaste und wartete darauf, dass sich Spiekermann meldete.

»Spiekermann, hören Sie. Geben Sie sofort die Fahndung nach Daniela Weigel raus. Die Beschreibung finden Sie auf meinem Schreibtisch. Es besteht der begründete Verdacht, dass sie ihre Schwester getötet hat, oder zumindest an der Tötung beteiligt war. Wir sind in weniger als einer halben Stunde wieder im Büro.«

Liebig wirkte abwesend, als er auf dem Parkplatz des Krankenhauses hinter dem Steuer des Wagens saß und wortlos durch die Frontscheibe starrte. Rita beobachtete ihren Chef von der Seite. Sie ließ ihm Zeit, bevor sie ihre Frage einfach nicht mehr zurückhalten konnte.

»Sie sind sich nicht wirklich sicher, ob die Frau wirklich ihre Schwester getötet hat? Liege ich da richtig? Ich meine, Sie haben sie ja bereits kennengelernt.«

Erstaunt betrachtete Liebig die junge Frau, die wieder einmal in seinen Gedanken las. Tatsächlich kreisten seine Gedanken um ein Motiv, das diese Frau hätte haben können. Sie musste doch damit rechnen, dass gerade sie als Täterin sehr schnell in den Fokus der Ermittler geraten würde.

»Wir müssen zur Wohnung dieser Lea. Ich werde das Gefühl nicht los, dass wir etwas übersehen haben. Ach, übrigens. Lassen Sie das in Zukunft.«

»Was meinen Sie damit, Chef?«

»Ich möchte Sie darum bitten, sich aus meinen Gedanken herauszuhalten. Das macht mich nervös.«

Liebig startete den Motor und ignorierte das Glucksen, das Rita nicht vollständig unterdrücken konnte. Kurze Zeit später parkten sie vor dem Haus, in dem sich Lea Howalds Wohnung befand. Liebig überlegte, auf welchen Knopf er drücken sollte, um ins Haus zu gelangen. Den Schlüssel der Wohnungstür besaß er noch vom letzten Besuch, doch die Haustür stellte noch ein Hindernis dar.

»Darf ich mal vorbei, junger Mann? Die Tasche ist so schwer und ich will aufschließen. Wohin möchten Sie denn, ich kenne Sie gar nicht?«

Irritiert trat Peter Liebig zur Seite, um der älteren Dame den Vortritt zu lassen. Die war darum bemüht, dass ihre prall gefüllte Einkaufstasche nicht umfiel, während sie in ihrem Mantel nach dem Schlüssel suchte. Bereitwillig hob Liebig die Einkäufe an und gab den Weg frei.

»Ich trage Ihnen die Tasche gerne ins Haus. Suchen Sie in Ruhe nach dem Schlüssel. Ich heiße übrigens Liebig, meine Kollegin Momsen. Wir sind beide von der Kripo Essen. Darf ich Sie etwas fragen?«

»Von der Polizei? Wie aufregend. Die waren doch gestern schon hier bei der Lea und haben alles auf den Kopf gestellt. Wissen Sie das nicht? Das arme Kind. Jetzt ist sie tot und hat noch nichts von ihrem Leben gehabt. Wie ist noch mal Ihr Name? Wissen Sie, ich vergesse mittlerweile ...«

»Liebig, gnädige Frau, Hauptkommissar Liebig. Kannten Sie Lea Howald gut? Könnte es sein, dass Frau Howald in der vorletzten Nacht Besuch hatte? Ab und zu bemerkt man so was ja durch Zufall, meine ich nur. Hat sie des Öfteren Besuch gehabt?«

Mittlerweile war die ältere Dame fündig geworden, legte einen Finger auf das Türschloss und schob den Haustürschlüssel mit der anderen Hand in das Schloss.

»Das ist aber clever, gnädige Frau. Den Trick muss ich mir merken, wenn ich mal einen zu viel getrunken habe.«

»Die Augen, junger Mann, es sind die Augen. Ich sehe diese Feinheiten nicht mehr so genau und ...«

Bevor er wieder mit Erklärungen über die Alterungsprozesse überfallen wurde, unterbrach Liebig an dieser Stelle den Redefluss.

»Konnten Sie denn an dem Abend vor dem Tod der Frau Howald eventuell jemanden erkennen, der sie besuchte?«

Die Dame registrierte dankbar, dass Peter Liebig seine Ankündigung wahr machte und die Tasche wieder anhob. Auf halber Treppe blieb sie plötzlich stehen und schien sich an seine Frage zu erinnern.

»Was diese Männer angeht, die sie häufig besuchten, da kann ich mich an diesem Abend nicht an einen erinnern. Aber da war ihre Schwester. Ein so nettes Wesen, sage ich Ihnen. Die war ganz anders als Lea. Wissen Sie, der Lea sah man mittlerweile an, womit sie ihr Geld verdiente. Aber die Schwester war so freundlich. Ich habe sie aber nur kommen sehen. Der habe ich verraten, dass der Wohnungsschlüssel oben auf dem Türrahmen liegt. Die ist dann in die Wohnung gegangen.«

»Wann könnte das gewesen sein? Und Sie haben nicht gesehen, dass sie die Wohnung wieder verlassen hat? Ich meine, so ganz zufällig.«

Rita konnte die Frage nicht mehr zurückhalten, sah die Dame abwartend an.

»Nein, junge Frau. Ich bin schon früh ins Bett. Diese Serien im Fernsehen interessieren mich nicht und meine Quizsendung war schon zu Ende. Danach fallen mir meistens die Augen zu.«

»Würden Sie die Dame wiedererkennen, wenn ich Ihnen ein Bild von ihr zeigen würde?«

»Aber sicher, Herr Hauptkommissar. Meine Augen sind noch sehr gut. Und die war wirklich sehr nett. Wir sind übrigens da. Hier wohne ich. Und noch mal vielen Dank fürs Hochtragen. Darf ich Ihnen beiden einen Kaffee ...«

Spontan wandte sich Liebig ab, um die Treppe zu Leas Wohnung zu erreichen, die eine Etage tiefer lag.

»Darauf komme ich gerne später einmal zurück, wenn ich darf.«

»Sie dürfen, Sie dürfen.«

Rita musste sich abdrehen, als sie das beinahe unanständig zu bezeichnende Augenzwinkern bemerkte, das Liebig fassungslos zurückließ. Er stolperte nahezu die Treppe hinunter und stoppte erst, als das Zuschlagen der Wohnungstür durch das Treppenhaus schallte.

»Tja, dann darf ich mir wohl derzeit keine weiteren Hoffnungen auf ein Date machen. Sie scheinen diesbezüglich versorgt zu sein.«

Wieder wandte sich Rita ab, um den giftigen Blicken ihres Chefs zu entgehen.

»Lassen Sie diese Scherze bitte, sonst machen Sie ab morgen Streifendienst, Sie respektlose Person. Nachdem mich die Frau mit ihren widersprüchlichen Aussagen bezüglich ihrer Sehkraft total irritiert hat, muss ich mir wohl keine Gedanken zur Verwertbarkeit von Gegenüberstellungen bei ihr machen. Wir werden uns die Wohnung noch mal vornehmen. Kommen Sie.«

9

»Warum sollte ich dir in die Eier treten, Karim? Wir wollen alle in dem Geschäft leben und sollten Frieden halten. Ich habe deiner Lea damals nur ein Angebot gemacht, verdammt. Das weißt du genau. Als du ihr aber dein Brandzeichen auf den Arm tätowiert hast, war die Sache doch gegessen. Ich kenne die Regeln in unserem Geschäft. Nimm endlich das verfickte Messer von meinem Hals!«

Luca, der im Milieu die *Einreiter* für die neuen Nutten bereitstellte und selbst etwa ein Dutzend von ihnen auf die Straße schickte, hätte sich gerne den Schweiß von der Stirn gewischt, konnte es jedoch mit gefesselten Armen nicht. Die Angst entstellte sein männlich schönes Gesicht, als er die grausame Entschlossenheit in Karims Augen sah. Der stand direkt neben der Fahrertür, an der die Seitenscheibe heruntergelassen war. Die gesamte Szene wusste, dass dieser Anatole zu allem fähig war. Karim wurden schon mindestens zehn Morde angelastet, die ihm den schnellen Weg an die Spitze der Zuhälterszene ermöglichten. Keine einzige dieser Gewalttaten konnte ihm bisher bewiesen werden. Die Opfer blieben einfach verschwunden. Luca sah die einzige Chance, dem Clanboss zu entkommen, darin, die Sinnlosigkeit einer Tötung von Lea zu verdeutlichen. Das

Grinsen auf den Gesichtern der umstehenden Kumpels von Karim ließ die Hoffnung ins Uferlose sinken, lebend aus dieser Situation herauszukommen. Die Mordlust stand allen ins Gesicht geschrieben.

Luca versuchte, eine bequemere Position im Fahrersitz seines sündhaft teuren Jaguars zu erreichen, als das Geräusch eines kräftigen Diesels auf dem im Dämmerlicht liegenden Schrottplatz zu hören war. Der einsetzende Regen tauchte die Umgebung in diesigen Nebel, sodass er den Greifarm des riesigen Baggers erst bemerkte, als dieser sich in das Dach des Luxusautos bohrte. Im letzten Moment konnte er den Kopf zur Seite drehen, bevor der von der Schaufel zerquetscht werden würde. Lucas irrer Schrei ging unter im Lärm des sich verbiegenden Stahls über ihm. Sekunden später traten ihm fast die Augen aus den Höhlen, als er das Schaukeln spürte. Schon einige Meter unter ihm konnte er mehrere Männer erkennen, die schweigend beobachteten, wie der Jaguar an Höhe gewann, sich ständig dem großen Stahlbehälter näherte.

»Karim, was tust du? Ich habe mit dem Mord nichts zu tun, glaube mir!«

Luca war sich nicht einmal sicher, dass seine Worte in dem infernalischen Lärm noch den Adressaten erreichten. Sein Auto schwang rhythmisch quietschend über dem riesigen Maul einer Schrottpresse. Der Kranführer schien sich einen Spaß daraus zu machen, den Fall in das dunkle Loch hinauszuzögern. Dann endlich war es so weit. Nur das Kratzen auf Metall begleitete das Öffnen des Greifarmes, dann trat eine gespenstige Ruhe ein, die Sekunden später vom Aufschlagen des Fahrzeugs in dem Behälter abgelöst

58

wurde. Noch vernahm Luca das Kratzen von Metall an Metall, bevor die einsetzende Stille Todesangst verbreitete. Gerne hätte er seine Angst herausgeschrien, doch wurde das durch eine spitze Stahlstrebe verhindert, die sich seitlich in seinen Nacken gebohrt hatte. Das warme Blut strömte stoßweise gegen die Reste des Seitenfensters.

Als hätte die Natur dutzende Saurier in Aufruhr versetzt, so laut setzten sich nun die stählernen Seitenwände in Bewegung, näherten sich erschreckend langsam dem eingekeilten Wagen. Luca glaubte, dass sein Verstand aussetzte, verfolgte die von schrecklicher Angst produzierten Farbringe vor den Augen. Diesen Zustand kannte er nur aus Momenten, wenn er sich eine kräftige Dröhnung reingezogen hatte. Nur diesmal setzten zusätzlich unsagbare Schmerzen ein, als sich die Fahrzeugteile unerbittlich in seinen Körper pressten. Der Todeskampf dauerte mehrere Minuten, bis ihn ein Herzstillstand gnädig erlöste. Er verschwand, bis zur Unkenntlichkeit zerdrückt in einem Paket aus zerdrücktem Metall und Kunststoff. Nur ein schmales Rinnsal allmählich eintrocknenden Blutes zeugte noch davon, dass sich im Inneren des Metallblocks etwas Organisches befinden musste. Die Maschine schob den ehemaligen Sportwagen in eine Reihe von gepressten Schrottwagen. Das Schicksal eines italienischen Menschenhändlers fand hier ein unrühmliches Ende.

10

Den Zettel, mit dem Hinweis, dass Liebig Schiller unbedingt zurückrufen sollte, fand dieser, als er sein Telefon enttäuscht auf die Schreibtischunterlage warf. Er tippte auf die Kurzwahltaste und wartete darauf, dass sich der Mediziner meldete. Die etwas piepsige Stimme hallte durch das Büro.

»Gut, dass Sie endlich anrufen. War Ihr Mobilteil abgestellt? Ich habe es mehrfach bei Ihnen versucht.«

Liebig öffnete die Schutzhülle und musste erkennen, dass sich sein Telefon, warum auch immer, im Flugmodus befand. Während er das wieder änderte, sprach er weiter mit Schiller.

»Was war denn so wichtig?«

»Ob das wirklich jeglichen Verdacht von dieser Daniela Weigel nimmt, kann ich noch nicht mit Bestimmtheit sagen, aber ich finde schon, dass es zumindest starke Zweifel an deren Schuld zulässt. Lea Howald hatte noch kurz vor ihrem Tod Geschlechtsverkehr. Und das geschah meiner Meinung nach nicht unbedingt mit ihrer Zustimmung. Sie wurde mit an Sicherheit grenzender Wahrscheinlichkeit vergewaltigt. Ich habe Abwehrspuren ausmachen können. Allerdings werde ich Ihnen keine Samen-DNA liefern können, falls Sie danach fragen möchten. Aber ganz so schlau war der Vergewaltiger nun auch wieder nicht. Er hat uns ein paar Sackhaare dagelassen.«

Einen Moment zu spät riss Liebig den Hörer hoch, unterbrach damit das Lautsprechen. Rita Momsen hatte die letzte Bemerkung dennoch mitbekommen und befand sich schon auf dem Weg zu Liebigs Schreibtisch. Ein tiefgründiges Lächeln in ihrem Gesicht zeigte Liebig, dass sie bereits Blut geleckt und neugierig auf weitere Einzelheiten war. Er drückte wieder die Freisprechtaste.

»Wann kann ich die Werte haben? Das sollten wir unbedingt mit der Datenbank abgleichen. Vielleicht ist ja einer unserer Kunden der Verursacher. Ich werde die Weigel dennoch weiter suchen lassen. Die DNA am Hals ist definitiv von ihr. Also war sie bei ihrer Schwester. So ganz problemlos scheint die Unterhaltung zwischen den beiden Schwestern nicht abgelaufen zu sein. Haben wir sonst noch was Verwertbares?«

»Eigentlich nicht. Ich kann Ihnen lediglich sagen, dass die Verletzungen am Hals zwar auf eine Auseinandersetzung hinweisen, doch nicht so gravierend waren, dass es zwingend zu einer Luftnot führen musste. Viel stärker sind bei mir die Zweifel daran, dass die vaginale Vergewaltigung ausschließlich mit dem Penis vollzogen wurde. Sicher, die besagten, fremden Haare an der Scham weisen klar darauf hin. Doch die Verletzungen in der Vagina sind mir zu heftig. Da wurde meiner Meinung nach ein stumpfer Gegenstand nachträglich eingeführt. Der verursachte sogar Verletzungen am Gebärmutterhals. Es könnte sein, dass der Täter damit den vorangegangenen Geschlechtsverkehr verschleiern wollte.«

Mit Sorge bemerkte Liebig, dass sich Rita abgewendet hatte und aus dem Fenster in den zugezogenen Himmel sah. Sie atmete schneller und presste eine Hand vor den Mund.

»Halten Sie mich auf dem Laufenden und schicken Sie mir die DNA-Analyse schnellstmöglich rüber. Ich muss jetzt Schluss machen. Ein dringender Fall ruft nach mir.«

Entschlossen ging er um den Schreibtisch herum und setzte sich auf die Fensterbank, direkt vor Rita. Ihm entgingen nicht die beiden Tränen, die sie sich beeilte, abzuwischen. Seine Stimme nahm Rita wie durch einen Nebel wahr. Dennoch hörte sie genau hin.

»Es sind genau diese Dinge, die uns anfangs zu schaffen machen. Als ich damals meinen ersten Fall bearbeiten musste, in dem ein Kind vom eigenen Onkel missbraucht und anschließend in der Heizungsanlage des Hauses verfeuert wurde, fanden wir noch einige Körperteile, die der Kerl schlichtweg im Kinderzimmer vergessen hatte. Er hat den Jungen zersägt ... einfach mit einer Flex zersägt. Wer macht so was? Ich habe mich übergeben müssen und auf den Mann wie besessen eingeschlagen, als wir ihn festnehmen konnten. Damals wollte ich alles hinschmeißen und einen anständigen Beruf ausüben. Die Kollegen haben mich wieder eingenordet und mir klar gemacht, dass ich genau wegen dieser Tiere weitermachen sollte. Sie hatten recht. Wir dürfen nicht aufgeben, weil es unsere Befindlichkeit stören könnte. Wenn wir das tun, haben die gewonnen. Keiner wird sich dem Verbrechen entgegenstemmen, wenn wir hinschmeißen.

Ich bin mir darüber völlig im Klaren, dass meine Seele bereits jetzt schon schweren Schaden genommen hat. Doch jedes Mal, wenn ich einen dieser verfluchten Teufel vor den Richter gezerrt und in den Knast gebracht habe, leuchtet etwas in mir auf und gibt neue Kraft. Eines Tages, darauf hoffe ich inständig, werde ich dem Wesen begegnen, das mir meine Frau nahm. Ob ich ihn vor Gericht bringe, kann ich heute nicht versprechen, aber zumindest wird er dann vor seinem Richter stehen und seine Strafe erhalten. Bitte vergessen Sie, was ich zum Schluss sagte. Es war nur laut gedacht.«

Das Gesicht der Praktikantin hatte sich mittlerweile verändert, hatte eine gewisse Härte bekommen, die allerdings nicht annähernd die erreichte, welche Liebigs Augen ausstrahlte. Seine Lippen lagen hart aufeinander, zeigten pure Entschlossenheit und tiefen Hass. Als wäre nichts geschehen, veränderte sich das jedoch von einem Augenblick auf den anderen. Er zog Rita an seine Schulter und flüsterte ihr ins Ohr.

»Halten Sie durch, Rita. Nicht jeder Tag ist so. Denken Sie immer daran, dass alles, was wir tun, uns eine bessere Welt bescheren wird. Obwohl ... ich habe das Gefühl, dass für jeden, den wir einsperren, drei neue Kreaturen auferstehen. Doch aufgeben ist die schlechteste Option. Glauben Sie mir.«

Schweigend löste sich Rita von ihm und verschwand auf den Flur. Liebig hörte, wie sich die Toilettentür öffnete. Er wusste, dass sie stark war und das durchstehen würde.

11

Zurück in Leas Wohnung. Lea spürte, dass etwas mit Daniela geschehen war, sie eine Reaktion in Gang gesetzt hatte, die sie vorher nicht hatte einschätzen können. Danielas Gesicht überzog in Sekundenschnelle eine Härte, wie Lea sie nie zuvor bei ihr gesehen hatte. Es war kein Hass darin ... es war schlimmer. Sie las eine Mischung aus Gleichgültigkeit und absoluter Kälte darin. Genau das bereitete ihr Angst. Sie kannte diesen Ausdruck von Karim, jedes Mal, bevor er sie verprügelte.

»Was soll das jetzt, Daniela? Kannst du die Wahrheit nicht verkraften? Du hast mir schließlich meinen Mann genommen, hast mich zu einer jungen Witwe gemacht. Ohne dich hätte ich wohl niemals auf den Strich gehen müssen. Gib mir nicht die Schuld daran, dass du zur Mörderin wurdest. Lass mich in Ruhe und hau ab!«

In dem Moment, als sich Lea abwenden wollte, spürte sie den harten Griff ihrer Schwester an ihrem Unterarm, der sie herumwirbeln ließ. Eine Ohrfeige warf ihren Kopf zurück. Die Tränen schossen in die weit aufgerissenen Augen. Speicheltropfen erreichten ihr Gesicht, als Daniela sie anschrie:

»Das war es also, was du ständig vor mir verborgen gehalten hast. Ich habe mich oft gefragt, wenn du mir gegenüber im Besucherzimmer saßt, was dich so kalt und gefühllos erscheinen ließ. Warum hast du es niemals ausgesprochen? Warum gerade jetzt, wo ich ein neues Leben aufbauen möchte? Verdammt ... ich erwarte nicht viel bei Mama und Papa, aber von dir hatte ich mir Hilfe erhofft.«

Danielas heißer Atem prallte auf die angstgeweiteten Augen Leas, die versuchte, sich vom festen Griff ihrer keifenden Schwester zu befreien. Mittlerweile umspannte Danielas freie Hand den Hals Leas, rutschte jedoch ab, als diese sich abwandte. Ein Schmerzensschrei schallte durch den Raum, als Danielas Fingernägel blutige Spuren zurückließen. Eine zweite Ohrfeige drückte Leas Kopf wieder zurück, sodass sie jetzt die wilde Entschlossenheit in den Augen der Schwester deutlich erkennen konnte. Ihre Angst wuchs plötzlich, da sie befürchtete, dass Daniela den Verstand verloren hätte. Mit einer letzten, gewaltigen Kraftanstrengung stieß sie Daniela weit von sich, spürte gleichzeitig, wie sich die Fingernägel abermals in den Hals gruben, aber abrutschten. Das warme Blut lief jetzt über die Brustansätze und versickerte im Stoff der dünnen Bluse.

Schwer atmend standen sich die Schwestern wie Kampfhähne gegenüber, warteten jeweils auf die nächste Aktion der anderen. Daniela wischte mit ihren Händen über die Ärmel ihres eigenen Pullovers, befreite sie vom Blut der Schwester. Mit einem wilden, verzweifelten Satz sprang sie auf Lea zu und griff brutal in ihre Haare, riss den Kopf zurück. Nur wenige Zentimeter befanden sich die Gesichter auseinander, als Daniela sprach:

»Mir fehlt im Augenblick jede Vorstellungskraft, um zu begreifen, was dich zu solchen widerwärtigen Äußerungen antreibt. Unsere Eltern müssen bei dir eine Menge falsch gemacht haben. Vielleicht lag es daran, dass sie dich immer vorgezogen haben. Du warst als Erstgeborene ihr Heiligtum. Ich war es, die immer alle Schläge abbekam, wenn Papa betrunken war. Ich war es, die diese Hausarbeiten erledigen musste, für die du einfach zu fein warst. Mama kaufte dir die neuen Kleider, die ich dann auftragen musste. Niemals habe ich mich darüber beklagt, glaubte, dass es in anderen Familien ebenso ablief. In den letzten Jahren hatte ich Zeit genug, um mir darüber Gedanken zu machen. Und nein ... es war nicht normal. Das haben mich die anderen Frauen im Knast deutlich spüren lassen. Aber ich habe meine Lektion gelernt, liebe Schwester. Ich musste schon sehr früh lernen, dass die Uhren da drin anders ticken und ich lernte, mich an die erste Stelle zu setzen.

Du hast den Weg gewählt, deinen Arsch an geile Kerle zu verkaufen. Da werde ich nicht hinkommen ... das schwöre ich dir. Vorher würde ich den Wichser umbringen, der glaubt, mir das Geld wieder abnehmen zu müssen, das ich sauer verdient habe. Bei mir gibt es keine Zuhälter, die mein Leben bestimmen.«

Noch ein letztes Mal stieß Daniela den Kopf ihrer Schwester gegen die Wand und griff nach ihrer Sporttasche.

»Ich werde es auch ohne deine Hilfe schaffen, du dreckige Nutte. Ich frage mich heute, wie ich überhaupt darauf hoffen konnte, von dir ein Danke oder nur Hilfe zu erwarten. Du warst schon immer eine verwöhnte, verlogene Fotze. Ich hoffe, dass ich dir nie wieder begegnen werde.«

Noch immer sprachlos entspannte sich Lea allmählich, wobei ihr Herzrasen sich nur sehr langsam zurückbildete.

Sie war auf das Schlimmste gefasst gewesen, als sie in die Augen ihrer zu allem entschlossenen Schwester blicken musste. Mit zittrigen Fingern zog sie einen Küchenstuhl heran und ließ sich mit einem tiefen Seufzer darauf nieder. Ihre Finger tasteten vorsichtig nach den Verletzungen, die ihr Daniela am Hals zugefügt hatte. Als sich ihr Puls wieder beruhigte, holte sie die Realität wieder ein und ihr Verstand sagte ihr, dass sie das Geschehene schnellstmöglich wieder vergessen musste. In den letzten Jahren hatte sie schließlich weitaus Schlimmeres erleiden müssen. Minuten später gluckerte das Kaffeewasser durch den Filter. Ein belebender Duft durchströmte die Wohnung.

Das kalte Wasser befreite Lea im Bad zumindest grob von den Blutspuren. Das jetzige Aussehen war nicht gut fürs Geschäft und würde Karim gar nicht gefallen. Auf irgendeine Art und Weise musste sie die Kampfspuren beseitigen. Das Klingeln an der Tür ließ Lea zusammenzucken. Ein Blick auf die Uhr brachte sie zurück in die Gegenwart. *Ich habe den festen Termin mit einem Stammkunden vergessen*, schoss es ihr durch den Kopf. Fahrig fuhren ihre Finger durch das Haar, versuchten, es halbwegs zu richten. Dann eilte sie zur Tür und lächelte den Freier an, dessen Blick sich sofort auf ihre Verletzungen am Hals richtete.

»Sieh mal an, du hast dich für mich hübsch gemacht. So gefällst du mir besser. Bleibt es bei dem vereinbarten Preis, mein Täubchen Lea? Wir werden heute bestimmt Spaß miteinander haben.«

12

Der Trubel auf der Straße hatte sich beruhigt, gab Daniela, die gegenüber von Leas Wohnung an der Hauswand lehnte, Gelegenheit, noch mal über alles nachzudenken. Obwohl ihr der Verstand diktierte, dass sie die Sache pragmatisch sehen und ihr nicht so übermäßig viel Bedeutung zumessen sollte, meldete sich ihr Herz immer wieder zu Wort.

Ich habe mich gerade mit meiner Schwester gestritten, habe sie sogar geschlagen. Sie hat mich verraten, sogar als Mörderin abgestempelt. Verdammt ... es ist mein Blut, meine Familie, die ein solches Urteil über mich fällt. Ich muss es so hinnehmen, wie es ist. Doch es ist so schwer, so verflucht schwer.

Aus den Augenwinkeln registrierte sie den schmalschultrigen Mann, der sich nach links und rechts blickend der Haustür näherte, als wollte er klammheimlich einen Pornoshop betreten. Schließlich verschwand er im Dunkeln des Hauseinganges. Der Mantelkragen war hochgeschlagen und verdeckte die untere Hälfte des Gesichts. Das veränderte sich, als er die Hand aus der Manteltasche zog und die nur angelehnte Haustür aufstieß. Sofort stieg in Danielas Kopfkino das typische Bild eines Kindermörders hoch, so wie es stets in Filmen dargestellt wurde. Was ihr besonders ins

Auge fiel, war die Tatsache, dass die dürren Beine in einer Jogginghose steckten und ihren Abschluss in abgetretenen Joggingschuhen fanden. Eine Konstellation, die selbst in dieser Gegend, wo sich das einfache Proletariat niedergelassen hatte, ungewöhnlich war. Die wenigen Sekunden, als der Linienbus vorbeifuhr und ihr für einen Moment die Sicht nahm, genügten, um den Mann aus den Augen zu verlieren. Vermutlich war er im Haus verschwunden. Daniela machte sich auf den Weg. Ihr stand die Begegnung mit ihren Eltern bevor.

Sie konnte nicht wissen, dass sich Marek Kaspar zur selben Zeit an Lea vorbei schob und den direkten Weg ins Wohnzimmer suchte. Er kannte sich von früheren Besuchen in dieser Wohnung aus. Wie üblich, deponierte er die vereinbarten fünfzig Euro auf dem Tisch und warf den schmuddeligen Mantel, der ein altmodisches Fischgrätmuster besaß, über die Sessellehne. Lea war ihm gefolgt, bewaffnet mit einem laszivem Lächeln, das sie sich mittlerweile antrainiert hatte, egal, wie widerlich die Gäste auch waren. Sie zahlten ... Lea lieferte.

Sie kannte bei ihren Stammgästen alle Eigenarten, jegliche, noch so perversen Wünsche und erfüllte sie geduldig, duldete nur keine schmerzhaften Torturen durch SM und Sex ohne Kondom. Marek hatte bisher nur darauf bestanden, dass sie die Unterwürfige rauskehrte und so tat, als wäre er der absolute Herrscher über seine Sklavin. Sie wusste aus vielen Gesprächen mit ihm, dass er diese Situation zu Hause wahrlich nicht vorfand. Dort fand er bei seiner dominanten Frau früher nur Verachtung. Sie machte sich einen Spaß daraus, vor seinen Augen mit dem Nachbarn zu vögeln. Schließlich trennte sie sich von ihm.

Lea kniete sich vor Marek und ließ mit geübtem Griff den Geldschein im BH verschwinden.

»Ich habe schon so sehr auf dich gewartet, mein Gebieter. Die Vorfreude auf deinen mächtigen Penis ließ mich vor Wollust erschauern. Zeig`s mir bitte, wie du es vor mir vielen Frauen gezeigt hast. Nimm mich ... bitte.«

Während sich unter Mareks fleckiger Jogginghose bereits die Erektion bemerkbar machte, deponierte Lea das Kondom auf der Tischplatte und wartete darauf, dass Marek damit begann, sie auszukleiden. Diesmal war alles anders, worauf sich Lea erst einstellen musste. Die Augen ihres Gastes waren starr auf ihren Hals gerichtet, fixierten die vielen Kratzwunden.

»Was ist das da an deinem Hals, Sklavin? Hast du dich vor mir einem anderen hingegeben? Hat er dir Schmerzen zugefügt? Erzähl deinem Gebieter davon.«

Lea hatte es in vielen Jahren ihrer Tätigkeit gelernt, sich schnell auf neue Situationen einzustellen. Sie zauberte Tränen in ihre Augen und wand sich vor Schmerzen.

»Du hast es erkannt. Ich musste ihm willig sein, seine Wünsche erfüllen, sonst hätte er mich getötet. In einem Anfall von Wahnsinn versuchte er, mich sogar zu würgen. Nur mit großer Mühe konnte ich ihn abwehren. Du bist anders ... du bist gut zu mir, bereitest mir große Freude und Befriedigung. Nimm mich, damit ich die Schmach und die Schmerzen vergessen kann.«

Mit einer Portion Genugtuung registrierte Lea, dass Marek endlich seine Hose nach unten drückte und sie wie gewohnt bestieg. Sie atmete befreit auf, als sie nach einer halben Stunde die Wohnungstür hinter ihm ins Schloss drücken konnte. Sie lehnte sich von innen dagegen und schloss für einen Augenblick erschöpft die Augen.

Die Türklingel riss sie wieder aus dieser Position. Sofort erkannte sie die Silhouette hinter der Milchglasscheibe und öffnete die Tür. Das professionelle Lächeln erstarb sofort, als Marek sie brutal gegen den gegenüberliegenden Dielenschrank presste und seine schmierige Hand über Leas Lippen legte. Der Faustschlag in den ungeschützten Magen trieb ihr die Luft aus den Lungen und zauberte bunte Kreise vor ihre Augen. Kurz darauf schwanden ihr die Sinne.

Endlich fand Marek das, was er suchte in der Besenkammer. Genüsslich betrachtete er den kräftigen Stiel des Schrubbers, wog ihn in der Hand. Derart bewaffnet stand er nun über Lea, die jetzt nackt, aber immer noch bewusstlos vor ihm lag. Das änderte sich jedoch augenblicklich, als das trockene Holz sich unerbittlich in ihre Scheide presste und den Weg zur Gebärmutter antrat. Der Klebestreifen quer über dem Mund ließ nur ein halblautes Stöhnen zu, das sofort erstarb, als Lea die Ohnmacht erneut von den unerträglichen Schmerzen befreite. Sie musste nicht mehr erleben, dass der Wahnsinnige immer wieder aufs Neue in sie hineinstieß und schließlich mit verdrehten Augen zusammensank.

Für Marek bedeutete es eine gewaltige Kraftanstrengung, die Frau auf die schmalen Schultern zu wuchten und ins Schlafzimmer zu tragen. Schwer atmend öffnete er das Fenster und sah, mit der schweren Last auf den Schultern, hinaus in die Nacht. Er entfernte den Klebestreifen vom

Mund des Opfers. Zu spät bemerkte er das wartende Taxi. Lea befand sich schon auf dem Weg nach unten, schlug mit einem satten Schmatzen mit dem Kopf zuerst auf dem Gehweg auf. Das Haus verließ Marek über die Hinterhöfe, seine Flucht bemerkte niemand.

13

Karim schlug Reinolds Hand von seiner Schulter, mit der er lediglich auf sich aufmerksam machen wollte. Seine Augen verengten sich zu dünnen Schlitzen, als er ihn anblitzte.

»Was willst du? Du siehst doch, dass ich zocke.«

»Ich will dich ja auch nicht lange stören, aber da steht eine Schlampe an der Theke, die nach dir fragt. Sieht ganz gut aus und hat einen geilen Arsch. Die lässt nicht locker und will unbedingt nur mit dir quatschen. Die meint, dass es wichtig wäre und es mit Lea zu tun hat. Kommst du nach vorne oder soll ich das Miststück rausschmeißen?«

Reinold musste sich noch gedulden, bis er eine Antwort erhielt. Karim schob zwei Hunderter in die Tischmitte und forderte: *Ich will Sehen!* Wütend warf er seine beiden Könige neben die drei Damen, die ihm Manni grinsend servierte. Wie eine Klammer legte sich seine Hand über die Mannis, die den Pott einstreichen wollte.

»Erwische ich dich auch nur einmal beim Bescheißen, bist du tot, mein Freund. Du gewinnst mir heute ein paar Mal zu oft. Sei vorsichtig. Ich steig aus. Ihr habt ja gehört, dass nach mir verlangt wird. Die Weiblichkeit will mich sehen.«

Einen Augenblick blieb Karim hinter dem Vorhang stehen, beobachtete durch den Schlitz die Frau, deren

Gesicht er im Thekenspiegel gut erkennen konnte. Auch ihr Blick war im Spiegel auf ihn gerichtet, das spürte er genau. Kurz bevor er Daniela erreichte, drehte sie sich um. Wenn er glaubte, dass die Frau vor Ehrfurcht erstarren würde, sah er sich getäuscht. Ein Gesicht, das Selbstsicherheit, fast schon Arroganz ausstrahlte. Karim musste zugeben, dass er beeindruckt war, zumal die Frau, trotz ihres hohen Alters von geschätzten vierzig Jahren, sehr attraktiv wirkte. Die Figur war ebenfalls nicht zu verachten.

»Ich hörte, du hast was über Lea für mich. Woher kennst du sie? Ich habe dich noch nie hier gesehen.«

»Das glaube ich dir aufs Wort. Bin auch erst seit zwei Tagen raus. Lea ist ... ich meine, sie war meine Schwester. Ich heiße Daniela.«

Die ausgestreckte Hand übersah Karim und ließ die nächste Frage folgen.

»Wenn du drin warst, wieso kannst du mir dann was über den Mord an Lea erzählen? Hast du etwa ...?«

»Hast du sie noch alle? Würde ich dann hier dir gegenüberstehen und ...?«

Die Ohrfeige kam dermaßen schnell, dass Daniela den Schlag mit all seiner Wucht nehmen musste. Sekunden später schloss sich ihre Hand um das Bierglas, das sie geschickt auf die Tresenkante schlug und den messerscharfen Rest blitzschnell unter Karims Kinn hielt.

»Tu so was nie wieder bei mir, denn dann werde ich dir deine fiese Fresse aufschlitzen. Ich bin keine deiner billigen Huren, die du vermöbeln kannst. Das haben schon andere vor dir versucht. Sind wir uns jetzt einig und wirst du dir anhören, was ich zu sagen habe?«

74

Karim wirkte beeindruckt und fand erst nach wenigen Sekunden wieder zum abfälligen Grinsen zurück.

»Du gefällst mir, Mädchen ... ganz ehrlich. Lass raus, was du weißt.«

»Ob ich dir gefalle, ist mir so was von scheißegal. Aber zur Sache. Ich denke, dass ich meine Schwester als Vorletzte gesehen habe. Ich war in der Nacht, in der sie angeblich aus dem Fenster fiel, noch bei ihr. Wir haben uns ganz schön gezofft und ich habe ihr einige runtergehauen. Als ich ging, lebte sie noch.«

Karim griff nach dem Bierglas, das man ihm stumm hinstellte, hielt Danielas Blick stand.

»Das war doch nicht alles, oder? Dafür hättest du dir den Weg sparen können.«

»Da hast du recht, Karim. Ich habe noch eine Weile auf der anderen Straßenseite gewartet, weil ich nicht wusste, wo ich hingehen sollte. Da habe ich das Schwein gesehen.«

»Wen hast du gesehen? Jetzt kack dich endlich aus. Erzähl den Mist in ganzen Sätzen, verdammt.«

Karims Hand donnerte direkt vor Daniela auf die Theke.

»Ein schmieriger Kerl tauchte plötzlich auf und verschwand vermutlich in der Haustür. Ich habe mir nichts dabei gedacht und bin nach einer Weile abgehauen, habe meine beschissenen Eltern besucht.«

»Wieso kommst du darauf, dass der was mit Leas Tod zu tun hat?«

»Wie soll ich dir das erklären? Hast du schon mal was von weiblicher Intuition gehört? Ich weiß es einfach. Fertig. Dieser Kerl sah aus wie ein ekliger Kinderschänder, wie ein Serienkiller. Ich bin mir absolut sicher, dass dieses Tier etwas mit Leas Tod zu tun hat. Der hat sie totsicher auf dem Gewissen.«

»Kannst du den Typen beschreiben, damit wir ihn finden können?«

Lange sah sie in die schwarzen Pupillen dieses brutalen Zuhälters, bevor sie den Kopf schüttelte.

»Nein! Den kann ich nicht beschreiben. Und doch würde ich das Wieselgesicht unter Tausenden herausfinden. Das ist aber auch nicht wichtig. Ich bin aus einem anderen Grund zu dir gekommen. Ich brauche eine saubere Waffe. Ich werde dieses Tier suchen ... und ich werde nicht eher damit aufhören, bis ich ihn gefunden und getötet habe. Haben wir uns verstanden? Ich will eine Knarre!«

Wieder landete die mächtige Pranke des Zuhälters auf der Theke. Sein Lachen schallte durch den Raum, sodass alle Gäste zu ihnen herübersahen.

»Du gefällst mir immer besser, Daniela. Ja, das ist mein Mädchen.«

Im letzten Moment, bevor er seine schwere Hand jovial auf Danielas Rücken schlagen wollte, hielt er sich zurück. Das Blitzen in deren Augen und das hochzuckende Bierglas warnten ihn. Karim dachte nach und betrachtete nachdenklich seine Nachbarin.

»Hast du Knete?«

»Nein, habe ich nicht. Aber du wirst dein Geld bekommen, das schwöre ich dir.«

»Du könntest es bei mir ...«

»Sprich es erst gar nicht aus, Karim. Niemals werde ich für einen von euch Typen den Arsch hinhalten. Such dir deine Sklavinnen woanders. Ich treibe das Geld schon auf.

Doch ich brauche die Knarre, um diese Sau hinzurichten. Der soll dafür büßen, dass er meine Schwester getötet hat. Ich werde ihn langsam sterben lassen und ihm vorher den Schwanz abschneiden. Den schenke ich dir dann, wenn ich dir die Waffe wieder zurückbringe.«

Wieder überzog ein breites Grinsen Karims Gesicht.

»Das mit dem Zurückbringen vergiss mal schnell, Kleine. Ich will eine verbrannte Waffe nicht in meiner Nähe haben. Schmeiß die Knarre in die Ruhr. Aber wenn du fertig bist mit dem Typen, darfst du gerne wieder bei mir vorsprechen. Ich kann dich bestimmt irgendwo einsetzen, wo du dein Talent beweisen kannst. Keine Angst, du sollst nicht auf den Strich gehen. Hast du übrigens schon eine Bude, wo du pennen kannst?«

»Nein, aber da werde ich schon noch was finden.«

»Hast du gerade. Ich habe da eine Adresse, wo du untertauchen kannst, solange du möchtest. Lass mich kurz telefonieren, dann kannst du dort einziehen. Die Puste liegt dann auch für dich bereit. Aber ich warne dich. Treibst du ein falsches Spiel mit mir, wirst du dir wünschen, nie geboren worden zu sein. Klaro?«

Nach einer weiteren Stunde verließ Daniela die *Ritze* wieder. Als sie draußen stand, überfiel sie ein gewaltiges Zittern. Mit einem Mal befreite sich ihr Körper von der gewaltigen Anspannung, von der Angst, die sie über Stunden gefangen gehalten hatte. Erst beim dritten Versuch schaffte sie es, die Zigarette in Brand zu setzen. Die Kühle der Nacht brachte ihr zusätzliche Erleichterung. Noch ein letztes Mal sah sie auf den Zettel in ihrer Hand, auf dem die Adresse ihres neuen Unterschlupfes stand.

14

»So langsam kommen mir erhebliche Zweifel daran, dass Daniela ihre Schwester getötet haben könnte.«

Liebig blätterte dabei in den alten Akten, die alle Aussagen der Zeugen vom damaligen Prozess gegen Daniela Weigel enthielten.

»Hören Sie zu, Rita. Lea sagte aus: *Meine Schwester betrat gerade in dem Augenblick das Zimmer, als mich mein Mann, also Manfred Howald, an den Haaren zerrte und mir in den Unterleib trat. Sie versuchte, ihn zu beruhigen. Doch mein Mann schlug mir mit der Faust ins Gesicht, sodass mein Kiefer brach. Ich konnte im Fallen noch erkennen, dass Daniela eine Vase vom Hocker hob und Manfred über den Kopf schlug. Er brach augenblicklich zusammen und bewegte sich nicht mehr. Daniela bemühte sich eine Zeit lang um ihn, rief dann jedoch den Notdienst an.*«

Rita war Liebigs Worten gefolgt und sortierte weiter die Fotos auf ihrem Tisch, die den tödlich verletzten Manfred Howald nach der Tat zeigten. Der stark tätowierte Körper des Opfers lag völlig verkrümmt auf dem Teppich. Obwohl mit Blut besudelt, zeigte das Gesicht noch ein gewisses Erstaunen. Nachdenklich betrachtete Rita das Foto und suchte dann den Blickkontakt zu ihrem Chef.

»Ich weiß, dass Sie das nicht gerne hören werden, Chef. Aber wenn ich die Aussage der Schwester höre und mir das Gesicht dieses miesen Kerls ansehe, kann ich mich nicht dagegen wehren, dass ich ihm das gönne. Das wird der wohl nicht zum ersten Mal mit seiner Frau gemacht haben. Vermutlich hat sich da was in Daniela angestaut, was jetzt mit Wucht zu diesem Ergebnis führte. Und dafür musste die arme Frau ganze sieben Jahre sitzen? Die hätte das Verdienstkreuz ...«

»Rita ... hören Sie auf damit. Ich will das nicht gehört haben. Hüten Sie sich davor, Sympathien für Menschen zu äußern, die jemanden getötet haben. Keiner hat den Tod auf diese Art verdient ... keiner. Selbst Täter müssen wir vor äußerer Gewalt schützen.«

Liebig konzentrierte sich wieder auf seine Akte, glaubte, damit das Thema beendet zu haben. Doch er unterschätzte die Beharrlichkeit und Schlagfertigkeit seiner Praktikantin gewaltig.

»Sie sind ein Pharisäer, wissen Sie das?«

Augenblicklich besaß Rita die absolute Aufmerksamkeit ihres Chefs, dessen Miene sich verfinsterte. Bevor er zu einer Entgegnung ansetzen konnte, legte Rita nach.

»Sie können mich ja jetzt an die Luft setzen, aber das muss raus. Sonst ersticke ich daran. Sie ... ausgerechnet Sie wollen mich mit diesen Phrasen zutexten? Waren Sie das nicht, der mir sehr bildhaft darstellte, was er mit den Typen anstellen würde, die Ihre Frau damals vergewaltigt und getötet haben? Waren das nur Machosprüche? Ich habe Ihnen zugehört, Sie ehrlich bedauert und hätte Ihnen dabei sogar geholfen, die Schweine zu bestrafen.«

»Das ist etwas ganz anderes, Rita.«

»Nichts daran ist anders. Oder kommt es immer darauf an, wer etwas tut? Sie würden sich, ohne darüber nachzudenken, über das Gesetz stellen, wenn es um die Bestrafung der Täter in dem Fall Ihrer Frau geht. Gleichzeitig soll ich Mitleid für einen solchen Dreckskerl aufbringen, der seine wehrlose Frau in solch brutaler Weise angeht? Erklären Sie mir das bitte. Kommen Sie mir aber nicht wieder damit, dass es Ausnahmen geben darf. Das klingt einfach nur verlogen. So. Jetzt schmeißen Sie mich raus.«

Nur das Zuschlagen der Gerichtsakte unterbrach die Stille im Raum. Liebig starrte auf seine Praktikantin, die sich tatsächlich von ihrem Schreibtisch erhob und Anstalten machte, ihre Sachen zusammenzupacken.

»Setzen Sie sich wieder hin, verdammt noch mal. Ich bestimme, wann Sie gehen und wann nicht. Ab und zu gehen Sie mir gewaltig auf den Senkel, Rita. Sie sind so ...«

»... vorlaut?«

»Nein, so verflucht direkt und ehrlich. Damit kann ich noch nicht so richtig umgehen. Aber ich werde mich bemühen. Soll ich Ihnen was sagen? Ich kann Ihnen jetzt und hier keine Antwort geben, die nicht wieder verlogen und gegen meine wirkliche Natur wären. Nur bitte verstehen Sie mich richtig. Es kann nicht unsere Aufgabe sein, Gründe dafür zu suchen, die Tat zu rechtfertigen. Dazu ist die Gerichtsbarkeit eingesetzt worden. Wir werden in erster Linie dafür bezahlt, die Tat aufzuklären und den dringend Tatverdächtigen genau diesen Gerichten zuzuführen. Recht, das wissen wir doch alle mittlerweile, ist nicht gleichbedeutend mit Gerechtigkeit.

Wir erleben doch fast täglich, dass wir brutalste Verbrecher nach anstrengender Recherche dingfest machen und sie Tage später wieder auf der Straße treffen. Sie lachen uns ins Gesicht, weil Ihre teuren Anwälte eine Lücke im Gesetz fanden. Die arme Socke sitzt ersatzweise zwanzig Tage Haft ab, weil er sein Bußgeld nicht bezahlen konnte. Doch ich will Ihnen die Motivation für Ihren zukünftigen Beruf nicht nehmen. Sagen wir, dass wir pari sind und damit dieses unfruchtbare Gespräch beenden?«

Rita stand mit hochrotem Gesicht vor Liebigs Schreibtisch und nickte kaum merklich. Obwohl Sie noch eine Menge nachschieben wollte, senkte sie den Kopf. Der eintretende Spiekermann spürte sofort, dass in dem Raum eine gewisse Spannung vorhanden war, fragte aber nicht nach und eilte auf Liebig zu.

»Es gibt eine erste Spur von dieser Daniela Weigel. Sie wurde vor der *Ritze* gesehen, konnte jedoch nach Eintreffen der Kollegen nicht mehr angetroffen werden. Niemand des Personals will die Frau dort gesehen haben.«

Rita kam ebenfalls zum Schreibtisch.

»Ist das nicht die Bar, in der Sie den Karim befragt haben, Chef? Könnte es sein, dass sie jetzt Kontakt sucht, um im Milieu unterzutauchen? Oder versucht sie sogar, die Stelle ihrer Schwester einzunehmen? Sie dürfte wohl vermuten, dass wir zwischenzeitlich von ihrem Besuch bei Lea Howald wissen und sie mit der Tat in Verbindung bringen. Schließlich hat sie wegen Totschlag gesessen und befand sich um den möglichen Tatzeitpunkt herum nachweislich in der Wohnung. Da wäre der Gedanke doch naheliegend. Einmal Täter – immer Täter.«

»Jetzt ist aber gut mit dem Philosophieren, Rita. Sicher ist an Ihren Überlegungen was dran, doch das, was man denken könnte, muss ja nicht zwangsläufig auch unsere Theorie sein«, antwortete Liebig, »lassen wir es dabei, dass wir sie nach wie vor suchen. Aber ich möchte sie als Zeugin vernehmen und den dringenden Tatverdacht vorerst zurückstellen. Auch ich bin ein Feind von Vorverurteilungen. Was hat eigentlich der DNA-Abgleich der Haarspuren an der Scheide des Opfers ergeben? Gibt es da Ergebnisse, Spiekermann?«

»Das wäre der zweite Punkt, weshalb ich gekommen bin. Es gibt da was. Könnten wir kurz unter vier Augen ...«

Liebig spürte sofort, wie sich Rita versteifte und die Gesichtsfarbe wechselte. Er hielt sie am Ärmel ihrer Wolljacke zurück, als sie den Raum verlassen wollte.

»Sie bleiben hier, verdammt. Sie gehören zum Team und sollten von Ergebnissen, mögen sie noch so schockierend sein, erfahren. Setzen Sie sich auf ihren Hintern und hören Sie zu, was uns der Kollege so Geheimnisvolles zu berichten hat. Also? Wir hören.«

Spiekermann war deutlich anzumerken, dass es ihm schwerfiel, die Nachricht zu überbringen. Endlich zog er die schmale Mappe hervor, die er schon eine Zeit lang hinter dem Rücken verborgen hielt.

»Wir haben nur einen Teilerfolg durch die Suche erzielt, das vorneweg. Doch Spuren dieses Täters sind schon zumindest bei einem früheren Fall aufgetaucht. Uns fehlt nur das passende Gesicht dazu.«

»Sind Sie so nett und übergeben mir nun die Ergebnisse? Dieses Rumeiern gefällt mir nicht und bringt uns keinen

Schritt weiter. Also her mit der Mappe, Spiekermann!«

Zögernd hielt Spiekermann seinem Vorgesetzten die Liste hin und trat einen Schritt zurück. Rita wusste nicht, warum jegliche Farbe aus dem Gesicht des Hauptkommissars wich und er die Liste extrem langsam wieder vor sich hinlegte. Das Flackern in seinen Augen sagte ihr jedoch, dass sie ihm jetzt besser keine Fragen zu den Ergebnissen stellen sollte. Ihr war nicht wohl dabei, als sie ihn aufstehen und fortgehen sah. Wie unter Trance griff er nach seiner Jacke und trottete mit schweren Schritten aus dem Zimmer.

15

Liebigs Schatten zeichnete sich klar gegen den Horizont, der die Skyline der Essener Innenstadt erkennen ließ, ab. Er bewegte sich um keinen Zoll, obwohl er spüren musste, dass Rita Momsen hinter ihm die Stahltür zur Dachterrasse geöffnet hatte. Die Kiesel knirschten unter ihren Schuhen, als sie sich vorsichtig dem gebeugt dastehenden Mann näherte.

»Was wollen Sie?«

Die drei leise gesprochenen Worte stoppten sie für einen Moment, hielten sie aber nicht davon ab, sich neben den groß gewachsenen Mann zu stellen, zu dem sie vom ersten Tag an aus anderen Gründen aufsah. Beide blickten nun schweigend über die Häuser, unter denen das pure Leben unbeeindruckt weiterlief. Liebig war keine Reaktion anzumerken, als Rita sich rücklings gegen das Geländer lehnte und ihm ins Gesicht blickte.

»Geht`s wieder besser? Sollte der Tod von Lea Howald ein Wink des Schicksals für Sie gewesen sein? Ich glaube, dass ich Sie gut verstehen kann, Chef.«

»Nein, das können Sie nicht, Rita. Sie haben niemanden auf diese grausame Art und Weise verloren. Sie können sich keine Vorstellung davon machen, wie ich diesen Mann hasse. Manchmal fürchte ich mich vor mir selber, glauben Sie mir. Tausend Arten habe ich mir zurechtgelegt, wie ich das Schwein töten werde, sollte er mir jemals in die Finger geraten. Ich weiß, dass ich so was niemals zu Ihnen sagen dürfte. Aber etwas zwingt mich bestimmt irgendwann dazu.«

Ruhig lagen Ritas Augen auf dem Gesicht des Mannes, der im Augenblick absolut nichts Heldenhaftes ausstrahlte, eher gebrochen wirkte. Er sah in die Ferne, ohne Gegenstände klar zu erkennen. Sie bemühte sich, seine Züge zu deuten, die momentan von Traurigkeit, aber auch von Trotz geprägt waren. Irgendwann stellte sich wieder diese ihr bekannte Härte ein, die andeutete, dass er wieder zur Normalität zurückfand.

»Was wollen wir nun tun? Sollten wir nicht erneut die Hausbewohner vernehmen? Es könnte doch sein, dass jemand diesen Mann gesehen hat und wir eine Beschreibung erhalten. Wenn dieser Kerl tatsächlich Lea Howald und Ihre ..., ich meine, wenn er beide umbrachte, wird er weitermachen. Das ist Ihre Chance, dem Morden ein Ende zu setzen.«

Rita lief eilig hinter Liebig her, der, ohne auf ihre Frage zu reagieren, auf die Stahltür zum Treppenhaus zusteuerte. Sie ergänzte, während sie hinter ihm die Stufen hinunterstürmte, noch eine Überlegung.

»Könnte Daniela Weigel möglicherweise mehr wissen, als wir vermuten? Ich könnte mir sehr gut vorstellen, dass sie sich vor der Polizei versteckt, da sie befürchten muss, dass man ihr den Mord in die Schuhe schieben wird. Wenn ich an ihrer Stelle wäre, würde ich vielleicht auch den Schutz des Milieus suchen. Halten Sie mich für verrückt, Chef, aber ich werde einen Gedanken plötzlich nicht mehr los.«

Liebig stoppte mitten im Lauf und fing Rita geschickt auf, die gegen ihn rannte.

»Wollen Sie mir eventuell sagen, dass Daniela Weigel den Mörder gesehen haben könnte und nun selbst zur Jagd auf ihn bläst? Ist es das?«

»Wow, Chef, jetzt können Sie von sich behaupten, dass auch Sie Gedanken lesen können. Die Gesuchte hat vielleicht sogar Karim und seine Zuhälterbande um Hilfe gebeten. Die werden sich nicht zweimal bitten lassen, wenn es um die Jagd auf Leas Mörder geht. Schließlich hat dieser Mann ihnen einen Goldesel geklaut. Ich möchte nicht wissen, was die mit dem anstellen, wenn ...«

»Das könnte ein Grund sein, warum sie sich unsichtbar macht. Sie haben recht. Auf keinen Fall dürfen wir zulassen, dass diese Ganoven unsere Arbeit übernehmen und Selbstjustiz üben. Dann herrscht hier das Chaos und wir verlieren jegliche Gewalt über diese Brut. Ich muss noch mal mit Karim reden, bevor da was außer Kontrolle gerät. Kommen Sie!«

Die typische Barmusik empfing Rita und Liebig schon, als sie die Tür zur *Ritze* aufstießen. Rita kniff die Augen zusammen und versuchte, das Halbdunkel im Inneren zu durchdringen. Die kreisende, lichtblitzende Kugel über der Tanzfläche brachte Bewegung in die ansonsten ruhige Szenerie. Mehr gelangweilt rekelten sich verschiedene Personen an den Tischen und auf den Barhockern, verfolgten den müden Auftritt einer drallen Blondine an der Poolstange. Rita musste zugeben, dass es ihr erster Besuch in einem solchen Lokal war. Liebig, der hinter ihr eingetreten war, geduldete sich einen Moment, stieß Rita aber nach einigen Sekunden diskret vorwärts, da die beiden bereits sämtliche Blicke auf sich gezogen hatten. Als sich der Hauptkommissar im Raum umsah, schlenderte Reni, die er noch vom ersten Besuch kannte, in seine Richtung.

»Na, soll es wieder was Alkoholfreies sein? Haben Sie heute Ihre Tochter mitgebracht, so als Verstärkung?«

»Wo finde ich Karim? Ist er hinten oder müssen Sie ihn erst anrufen? Ich muss ihn dringend sprechen – dienstlich, meine Schöne.«

»Also nichts zu trinken – nur labern, oder?«

Rita schob sich neben ihren Chef und musterte Renis Arbeitskleidung eingehend.

»Ich nehme Cola, wenn Sie schon so nett fragen. Ist diese Polyesterkleidung nicht sauunbequem? Die lässt doch überhaupt keine Luft durch. Ich würde mich darin totschwitzen.«

Renis Erstaunen währte nicht lange. Sie rückte ihr mächtiges Dekolleté zurecht und grinste.

»Alles zu seiner Zeit, Kleines. Hat dir schon einmal ein Kerl Geldscheine in die Jeans gesteckt? Ich schätze nicht. Dieser Ausschnitt hier hat schon viele Tausend Euro aufgenommen. Scheiß auf den Sauerstoff, wenn die Kohle fließt.«

Bevor Rita die fruchtlose Unterhaltung weiterführen konnte, legte sich Liebigs Hand auf ihren Arm. Sie schluckte eine schnippische Bemerkung vorerst runter. Ihnen näherte sich ein Hüne von Mann, der nur einen Schritt vor ihnen stehen blieb. Karim taxierte Ritas Körper wie eine Ware.

»Na, auf wie viel Kilo tippen Sie? Eventuell könnte ich dann heute auf das tägliche Wiegen verzichten. Die Maße sind übrigens 85, 60, 88. Hilft Ihnen das weiter?«

Karims Lächeln hatte etwas Gefährliches, wie Rita für sich feststellte. Trotzdem grinste sie den Zuhälter an. Liebig stieß seine Praktikantin, von Karim unbemerkt, in den Rücken.

»Hat die Kleine immer so eine verdammte Schnodderschnauze, Superbulle? Sie sollten ihr öfter den Arsch versohlen, damit sie lernt, was Respekt bedeutet. Lassen Sie diese Rotznase ein paar Tage hier und sie wird folgen wie ein Hündchen.«

Diesmal musste Liebig die aufbrausende Rita an der Jeansjacke zurückziehen, die sich anscheinend auf den Menschenberg vor sich stürzen wollte. Karims Grinsen wurde immer breiter, als er sich an Liebig wandte.

»Was wollen Sie eigentlich schon wieder hier? Sagen Sie nicht, Sie hätten den Täter bereits gefunden.«

»Wir sind zwar schon sehr gut, mein Freund, aber gezaubert wird erst ab Morgen. Doch ich denke, wir sind auf einem guten Weg. Allerdings fehlt uns da noch eine klitzekleine Auskunft. Die kann uns allerdings nur jemand liefern, der erst vor kurzer Zeit hier gesehen wurde. Ich suche eine mögliche Zeugin. Wo ist Daniela Weigel?«

Karim zog sich den nächstbesten Barhocker heran und setzte sich auf die Kante.

»Da war schon einer Ihrer Kollegen hier und hat das Gleiche gefragt. Glaubt ihr wirklich, dass sich zwischenzeitlich der Boden aufgetan und diese Daniela Weigel hier reingespült hat? Das ist doch die Schwester von Lea, wenn ich nicht irre? Warum, in Gottes Namen, sucht ihr die überhaupt? Was kann die Schlampe über den Mord an Lea wissen?«

Rita trank ihre Cola direkt aus der Flasche, ohne den Zuhälter aus den Augen zu lassen. Als sie diese wieder auf der Theke absetzte, platzte es endlich aus ihr heraus, bevor Liebig sie wieder stoppen konnte.

»War es eigentlich der übermäßige Genuss von Alkohol und Drogen, oder die Prügel im Elternhaus, was Ihnen jeglichen Respekt vor Frauen genommen hat? Solch hohle Sprüche wie von Ihnen habe ich bisher selten gehört, wenn über das andere, schönere Geschlecht gesprochen wird. Stellen Sie sich vor, wir würden ständig von Schwanzlutschern reden, wenn die Sprache auf euch Männer käme. Ich denke nicht, dass Ihnen das sonderlich gefallen würde. Ist es eigentlich so schwer, dem Hauptkommissar eine klare Antwort zu liefern, wenn er Sie anständig fragt? Ihre Fäkaliensprache kotzt ...«

Liebigs Hand schoss vor und umklammerte den Arm des Zuhälters, der gerade damit ausholen wollte.

»Lassen Sie das, Karim. Das Mädel hat recht. Mir geht das mittlerweile auch fürchterlich auf den Senkel, wie Sie über Frauen denken. Wenn wir hier nicht wie vernünftige Menschen miteinander reden können, sollten wir es eben in meinem Büro versuchen. Vielleicht ist Ihnen das lieber. Und noch eins. Versuchen Sie nie wieder, einer Polizistin Gewalt anzutun. Sie stecken schneller im Knast, als Sie denken können. Und merken Sie sich das gut. Wer unsere Ermittlungen bewusst boykottiert, landet auf der Liste der Verdächtigen. Ich werde Sie beobachten lassen. Ab sofort können Sie nicht mal mehr einen drögen Pups lassen, ohne dass ich davon erfahre. Noch einen schönen Abend. Kommen Sie, Rita, hier stinkt`s gewaltig.«

Liebig erwartete weitere Wutausbrüche des Verbrechers, als er Rita vorsichtig Richtung Ausgang schob. Die jedoch riss ihre Hand aus der Hosentasche, sprang zurück zur Theke und warf einen Zehneuroschein auf die Theke. Mit einem kräftigen Zug trank sie den Rest Cola und ging rückwärts zum Ausgang. Liebig atmete wieder aus.

»Die Schlampe möchte nicht mit Schulden am Hals diese heiligen Hallen verlassen. Stimmt so, den Rest können Sie sich irgendwohin schmieren, Sie ...«

Die letzten Worte bekam Karim nicht mehr mit, da Liebig seine große Hand auf Ritas Mund legte. Wortlos, aber schwer atmend, saßen beide im Auto, beobachteten scheinbar interessiert die vorbeieilenden Passanten. Nach gefühlten fünf Minuten trafen sich, als hätte man sich abgesprochen, ihre Blicke. Liebig hob warnend seinen Zeigefinger, setzte zu einer Ansprache an. Außenstehende hätten sie für ein herumalberndes Pärchen halten können, als sie laut losprusteten. In einer Pause brachte es Liebig doch stockend über die Lippen.

»Machen Sie so was nie wieder ... hören Sie? Nie wieder. Ich glaube, der Kerl mag Sie nicht, Rita.«

16

Fest umklammerte Daniela den Schlüssel, den ihr eine Frau im Parterre in die Hand gedrückt hatte. Das zehnstöckige Haus verfügte über einen Aufzug, der sie in die oberste Etage brachte. Bevor sie das Apartment mit der Nummer achtzehn aufschloss, beugte sie sich über das Geländer des langen Außenganges und genoss die Aussicht über die anderen Häuser und Schrebergärten. Nur schwach drangen die Geräusche des Verkehrs bis hier oben. Sie sog den Duft von Bratkartoffeln ein, der ihr angenehm in die Nase stieg. Es erinnerte sie daran, dass es auch einmal Abende gab, in denen sie mit ihren Eltern und Lea beim Essen zusammen-saß. Vater, wenn er mal nüchtern war, übernahm immer die Aufgabe, diese Bratkartoffeln zuzubereiten. Das konnte er gut. Daniela lächelte für einen Moment, erinnerte sich jedoch sehr schnell wieder an die Prügel, die sie zumeist grundlos von ihm erhielt, wenn der Alkohol sein Hirn umne-belte. *Die Pest soll ihn dafür holen!*

Daniela lehnte sich von innen gegen die Wohnungstür, genoss das, was sie zu sehen bekam. Spontan verglich sie diese Luxuseinrichtung mit der Ausstattung ihrer Zelle. Ergriffen schloss sie die Augen, versuchte, die Gefühle niederzukämpfen, die sich ihrer bemächtigten. Sie konnte nicht verhindern, dass sich ein paar Tränen verselbstständigten und über ihre Wangen liefen. Genau danach hatte sie sich in den vergangenen sieben Jahren immer wieder gesehnt. Das war diese Freiheit, die man ihr genommen hatte, weil sie ihrer Schwester damals helfen wollte. Und doch war alles umsonst. Sie litt unter der Hölle des Knasts, während Lea für einen Dreckskerl auf den Strich ging. Und nun stellte Daniela fest, dass keiner auch nur ein Wort des Dankes an sie verschwendete. Sie war eine Mörderin in deren Augen.

Oh Gott, warum tut man mir das nur an? Ich habe doch nur helfen wollen. Und jetzt das ... wo soll ich nur hin?

Sie hatte gelernt, mit scheinbar aussichtslosen Situationen und Verzweiflung umzugehen, ersetzte diese Gefühle durch Hass. Immer wieder war sie in der JVA auf Menschen getroffen, die ausschließlich sich selbst, nur ihren eigenen Vorteil suchten und von den Schwächen der Mitgefangenen profitieren wollten. Das harte Training im Knast war ein guter Lehrmeister, um auch draußen überleben zu können. Daniela konnte zu diesem Zeitpunkt noch nicht wissen, dass sich das Tor zur Hölle für sie bisher nur einen Spalt geöffnet hatte.

Die Beretta 92 FS fand sie wie verabredet hinter einem sehr gut versteckten Verschlag im Wandschrank. Zwei Magazine mit jeweils fünfzehn 9-mm-Patronen lagen direkt daneben. Sie überlegte, ob die Entscheidung, eine solche Waffe zu benutzen, klug war. Sie wog die fast ein Kilo schwere Waffe in der Hand und übte den Anschlag. Nach wenigen Zielversuchen legte sie die Beretta wieder zurück und begutachtete die Wohnung, die ihr jeglichen Luxus bot.

Selbst der Kühlschrank war für sie gefüllt worden. Daniela griff nach der Wodkaflasche, holte sich ein Glas aus dem Schrank und warf sich auf das breite Boxspringbett. Mit jedem Schluck mehr wich die Furcht vor dem, was sie sich als Plan zurechtgelegt hatte. Sie würde dieses Schwein irgendwann finden ... und wenn es Jahre dauerte. Doch morgen musste sie zuerst beim Jobcenter vorstellig werden, bei dem sie schon vor zwei Monaten einen Antrag auf ALG II gestellt hatte. Mit dem Überbrückungsgeld kam sie nicht weit. Sie musste lächeln, als sie daran zurückdachte, wie sie während eines Hafturlaubes vor wenigen Wochen bei ihrer früheren Bankfiliale ein Konto eröffnen wollte. Erst als ihr ehrenamtlicher Begleiter die Dame am Schalter auf ihre Höflichkeitspflichten und die gesetzliche Pflicht auf Zustimmung zur Kontoeröffnung hinwies, änderte sich ihr Verhalten gegenüber einer Strafgefangenen.

Ihre Gedanken gingen zurück zu dem Tag, bevor sie den offenen Vollzug bei der JVA-Verwaltung beantragen wollte. Nichts deutete darauf hin, dass genau dieser Tag ihr Leben im Knast einschneidend verändern sollte:

Der Hofgang bescherte ihnen heute einen wolkenverhangenen Himmel, aus dem der kalte Regen herunterprasselte. Die einzelnen Gruppen der Frauen drängten sich unter den Schutzdächern, die man über den Raucherecken angebracht hatte. Daniela drückte die Kapuze ihrer Joggingjacke fester am Hals zusammen und trat unruhig von einem Fuß auf den anderen. Der Regen zog mittlerweile durch das dünne Gewebe bis auf die Haut. Sie fror erbärmlich und zog heftig an ihrer Zigarette. In der übernächsten Raucherbucht hielten sich die Strafgefangenen aus dem Baltikum auf, die im Haus fast das gesamte Drogengeschäft des Frauentrakts kontrollierten. Das warnende Aufblitzen in den Augen ihrer Zellennachbarin Anke hätte Daniela eigentlich schon vorwarnen müssen. Als sie die aufkommende Gefahr bemerkte, war es schon zu spät. Daniela spürte die Spitze des stählernen Dorns schmerzhaft im Bereich ihrer rechten Niere. Neben ihrem Kopf tauchte das hässliche Gesicht von Mara auf, die ihr noch vor zwei Tagen *Speed* zugesteckt hatte und der sie bereits für gestern die Bezahlung zugesagt hatte. Mittlerweile machte sich niemand mehr darüber lustig, dass Mara im weißrussischen Sprachgebrauch eigentlich *Traum* bedeutete. Genau den verhökerte diese brutale Frau jeden Tag aufs Neue. Wie sie den Nachschub organisierte, war und blieb ihr Geheimnis. Doch alle vermuteten dahinter die Nähe zur russischen Mafia. Nicht zuletzt wurde das durch ein unsauber gestochenes Tattoo untermauert, das eine Madonna mit Kind zeigte. Dieses Bild stand für unbedingte Clan-Loyalität und den Schutz der Gottesmutter. Gleichzeitig bewies es auch, dass der Häftling bereits als sehr junger Mensch hinter Gittern saß.

Der von Knoblauch geschwängerte Atem der Drogenkurierin verursachte Übelkeit bei Daniela. Sie wendete ihren Kopf ab und versteifte ihren Körper, jederzeit den vielleicht tödlichen Stich erwartend. Gleichzeitig drang dieses gefährliche Zischen an ihr Ohr.

»Mich zu ignorieren, war keine gute Idee, du kleine Schlampe. Wo bleibt meine Kohle? Du scheinst vergessen zu haben, was wir mit denen machen, die ihre Schulden nicht bezahlen. Ich gebe dir noch einen Tag, dann lässt du die

Mäuse rüberwachsen. Wenn nicht, werden wir dir die Titten abschneiden. Hast du mich verstanden?«

Zur Bekräftigung ihrer Warnung drückte Mara den Dorn weiter durch die Haut. Daniela schrie ihren Schmerz hinaus und wirbelte herum. Sie bekam die Handfessel der Gegnerin zu fassen und presste nun den Dorn gegen deren Bauchdecke.

»Du kannst es vergessen, bei mir zweimal abkassieren zu wollen, Mara. Die Knete habe ich schon gestern bei Kairi abgeliefert. Wenn du deinen Laden und deine Sklavinnen nicht im Griff hast, ist das nicht mein Problem. Frag dieses Miststück, was die mit deinem Geld macht. Ich finde das klasse, dass dich deine eigenen Leute bescheißen. Und jetzt verpiss dich hier, bevor dein Theater unnötig auffällt.«

Der Hass, der sich in Maras Gesicht abzeichnete, war unübersehbar. Es mochte der Eigenkonsum der Drogen schuld daran gewesen sein, dass sie plötzlich ihre Hand losriss und Daniela den Dorn kurz unterhalb des Rippenbogens in den Bauch stieß. Nur der Kürze der Waffe war es zu verdanken, dass die Verletzung lediglich eine stark blutende Wunde verursachte und keine lebenswichtigen Organe verletzte. Daniela riss den Dorn aus der Wunde. Geistesgegenwärtig griff Anke in den kurzen Haarschopf von Mara, die sich blitzschnell in Richtung ihrer Gruppe entfernen wollte. Sie verlor den Halt und stürzte auf den Rasen. Ihr Schrei schallte über den Gefängnishof, als sie ihren eigenen Dorn in der Schulter spürte. Alle Gefangenen aus Danielas Gruppe starrten auf das Bild, das sich ihnen bot. Kurioserweise steckte der Dorn exakt in dem Körper des Madonnakindes ... das Tattoo schwamm im Blut.

Eine Sirene, die eine Justizvollzugsbeamtin aktiviert hatte, übertönte das laute Schreien der Gefangenen. Eine große Traube von Neugierigen hatte sich um die am Boden liegende Mara gebildet, die mit zusammengebissenen Zähnen die Hand auf die Wunde presste. Noch immer steckte der Dorn in ihrem Schulterblatt. Ihre Augen zeigten den geballten Hass, den sie Daniela entgegenschleuderte.

»Du bist tot, Schlampe ... du weißt es nur noch nicht.«

Mit diesem Vorfall verschwand die Chance der vorzeitigen Entlassung auf Bewährung im Nirwana. Daniela konnte zwar den Angriff und somit die Notwehr beweisen, landete allerdings wieder im geschlossenen Vollzug. Dort verblieb ihr lediglich noch die Möglichkeit, gegen Ende der gesamten Haftzeit auf begleiteten Hafturlaub, um die Zeit in Freiheit vorzubereiten. Vom Zeitpunkt dieses Vorfalls an lebte Daniela in ständiger Angst vor der Rache des russischen Clans. Es war mehr einem Zufall zu verdanken, dass sie einen anderen Drogenlieferanten im Frauenblock fand.

17

Kerstin verstand sich darauf, ihre Gefühle nach den vielen Jahren in diesem Beruf nicht zu zeigen. Trotzdem zog sich vieles in ihr zusammen, als sie den hageren, schmuddelig bekleideten Mann mit dem schütteren Haar vor ihrer Tür stehen sah. Ihre Telefonnummer war in fast jeder Zeitung zu finden, unter der sie ihre Liebesdienste anbot. Sie nahm in der Regel auch alle Männer an, sofern sie keine Besonderheiten forderten, die über das normale Maß hinausgingen. Der Anrufer erwartete lediglich etwas SM von ihr und deutete an, dass er in ihr die Domina sehen wollte. Das gehörte zum Geschäft.

»Schön, dass du pünktlich bist. Ich habe schon diverse Extras für dich bereitgelegt. Bezahlung im Voraus, wie wir es vereinbart haben. Ich geh mal vor. Das Bad ist das letzte Zimmer im Flur. Dort kannst du dich duschen.«

Kerstin trat zur Seite, um dem Gast Platz zu machen. Der unangenehme Schweißgeruch ließ sie erschauern.

»Ich habe keine Zeit für solche Spielchen. Lass uns einfach anfangen, damit ich wieder verschwinden kann. Wo geht`s lang?«

»Hör zu. Bei mir gibt es Regeln. Ohne Duschen und Gummi geht gar nichts. Damit das klar ist. Wenn dir das nicht passt, darfst du dich gerne woanders umsehen ... nur nicht bei mir. Ich will mir doch nicht die Pest bei euch holen. Das sind mir die paar Mäuse, die du zahlst nicht wert.«

Mit beiden Händen zerrte sie den dünnen Pulli über ihren drallen Brüsten zusammen und machte Anstalten, die Wohnungstür wieder zu öffnen. Von Anfang an war ihr *dieses Wiesel* unangenehm. Sie versuchte erst gar nicht, gegen ihre Antipathie anzukämpfen. Er sollte einfach wieder verschwinden. Scheiß auf die paar Kröten, die er für ihre Liebesdienste ablieferte.

Entsetzen machte sich in ihr breit, als sie in die kalten Augen des Besuchers blickte und gleichzeitig den kalten Stahl eines Messers unter ihrem Rock, direkt vor der Scheide spürte. Kerstin wagte nicht, zu atmen, versteifte ihren Körper automatisch. Oft hatten sie im Kreis der Kolleginnen solche Situationen durchgespielt, das weitere Vorgehen abgesprochen. Doch jetzt, wo es Realität wurde, versagten all diese Rollenspiele, rückten in weite Ferne. Nur die Angst blieb. Die pure Furcht vor dem qualvollen Leiden, wenn ein solch perverser Kerl sie verstümmeln wollte. Geräuschvoll trieb sie den verbrauchten Sauerstoff aus ihren Lungen, begann unbewusst zu hecheln. Einschießendes Adrenalin trieb ihr das Blut in den Kopf, ließ das Weiße in den Augen hervorquellen. Eine Abwehrbewegung war ihr derzeit unmöglich. Unverständliches Gestammel verließ ihre Kehle und zauberte ein hässliches Grinsen auf das Gesicht des Gastes.

»Ich sagte bereits, dass ich diese Spielchen nicht mag. Ich zahle und du tust, was ich von dir verlange ... so läuft mein Spiel, du dreckige Nutte. Das Beste, was du jetzt tun kannst, um am Leben zu bleiben, ist, die Schnauze zu halten und das zu tun, was ich von dir erwarte. Bewege jetzt deinen Arsch in das Spielzimmer und zieh dir endlich was Passendes an. Du sagtest am Telefon, dass du mir die Krankenschwester machst. Also los. Siehst du nicht, dass ich krank bin, wie ich leide?«

Ein stummes Nicken sollte dem Mann zeigen, dass sie verstanden hatte. Erst als sie den Flur entlanggingen, konnte sie einen Blick auf das schmale Stilett werfen, das noch Sekunden zuvor unter ihrem kurzen Rock verborgen war. Sie wusste um die Verletzungen, die eine solch scharfklingige Waffe erzeugen konnte. Sie gehörte zur Standardausstattung fast aller Zuhälter. Während sich Kerstin mit zitternden Händen umkleidete, betrachtete sie diese dürre Kreatur, leckte sich dabei des Öfteren über die schmalen Lippen. Das fettige, dünne Haar fiel ihm durchschwitzt in die Stirn, verdeckte teilweise die kleinen, gierig dreinblickenden Augen. Mit der Spitze des Messers ritzte er sich kleine Wunden in die erschreckend dürren Oberschenkel. Seine Jogginghose hatte er längst abgelegt. Er stand in einer fleckigen Unterhose vor ihr, in der sich eine harte Erektion abbildete.

Oh Gott, lass es an mir vorbeigehen. Ich will nicht sterben. Das ist doch nur ein böser Traum, aus dem ich gleich wieder erwache. Bitte.

Kerstin konnte den Blick nicht vom Gesicht des Peinigers abwenden, versuchte, darin zu lesen. Sie erhoffte, dass diese erschreckende, abstoßende Gier daraus verschwinden würde. Seine Worte rissen sie wieder zurück in die brutale Gegenwart, nahmen ihr auch noch die letzte Hoffnung.

»Schwester, kommen Sie bitte. Ich habe Schmerzen, fürchterliche Schmerzen. Sehen Sie nicht, wie ich leide? Singen Sie mir ein Lied. Bitte, ich möchte ein Lied hören, so wie es meine Mama immer sang, wenn ich mir wehgetan habe. Kennen Sie das Stück *Oma so lieb*? Ja, genau das will ich hören. Und Sie müssen mich dabei streicheln, immer wieder streicheln.«

Für einen kurzen Augenblick, als sich der Wahnsinnige zur Couch bewegte, um sich auf den Rücken zu legen, überfiel sie der Gedanke an Flucht. Doch das Messer, welches immer noch in seiner Hand ruhte, raubte ihr jeglichen Mut. Noch ein letztes Mal rückte sie sich mit zitternder Hand das Schwesternhäubchen zurecht und trat näher heran, betrat den Dunstkreis des Mannes, dessen ekelerregender Geruch sich jetzt noch mit dem Duft der Geilheit vermischte. Der Unterleib des Mannes streckte sich ihr begierig entgegen, sodass Kerstin sofort wusste, in welcher Region sie mit dem Streicheln zu beginnen hatte. Sein lautes Stöhnen ließ ihr die Haare zu Berge stehen. Sie kam seinen verschiedensten Wünschen nach und hoffte darauf, dass er endlich seine ersehnte Befriedigung und sie schließlich Ruhe vor ihm finden würde.

Mindestens eine Viertelstunde später erfüllte ein letztes, aber auch heftiges Stöhnen den Raum, bei dem Kerstin erleichtert aufatmete. Mitten in ihrer Erleichterung verspürte sie den scharfen Schmerz im oberen Halswirbelbereich. Die scharfe Klinge durchtrennte in Bruchteilen von Sekunden den gesamten Nervenstrang, der ihren Torso mit dem Hirn verband. Der Tod erlöste sie gnädig. Sie bekam nicht mehr mit, was später ihrem Körper angetan wurde.

Marek Kaspar zog sich die Kapuze über den Kopf, blickte sichernd nach links und rechts und verließ das Haus des Schreckens. Mamas Grab wartete darauf, dass er frische Blumen darauf legte. Sie liebte Nelken, rote Nelken. Er steuerte das Blumengeschäft an, das er zwei Straßen weiter wusste.

18

»Die Nachbarn haben die Polizei angerufen, als sie den ekligen Geruch im Hausflur wahrnahmen. Aber lange kann die Frau noch nicht tot sein, Liebig. Ich würde auf drei, maximal vier Stunden tippen. Die Starre hat gerade erst im oberen Körperbereich eingesetzt.«

Liebig stand neben Schiller, der immer wieder das Haar der Toten anhob und eine Stelle im Nacken betrachtete. Geduldig wartete Liebig auf weitere Erklärungen, die jedoch erst einmal ausblieben.

»Das kann doch nicht alles sein, was Sie bei der Erstuntersuchung erkennen können. Was sind das für Hämatome am ganzen Körper? Das sind definitiv keine Leichenflecken. Und was bedeutet das Blut im Nacken? Jetzt lassen Sie mich hier nicht wie einen Blödmann stehen.«

Schiller konnte sich darauf verlassen, dass ihm Liebig die Hand anbot, um aus der Hocke in die Senkrechte zu kommen.

»Sie haben recht, Liebig. Das sind keine Totenflecken. Die entstehen ja bekanntlich durch hypostatische Senkung des Blutes in tiefer gelegene Zonen des Körpers. Diese Flecken liegen jedoch auch oberhalb des Körpers. Ich muss gestehen, dass ich so was heute zum ersten Mal in dieser ausgeprägten Form an einem Opfer sehe. Beginnen wir mit Ihrer letzten Frage. Der Täter tötete sein Opfer durch einen Stich mit einer schmalen Klinge, vermutlich ein Stilett. Das sehe ich auch primär als Todesursache an. Aber was er dann tat, ist für mich einfach nicht fassbar. Er hat das Opfer danach quasi zertrampelt. Besser gesagt ... er muss wie ein Irrer gegen den Leib dieser Frau getreten haben, hat den ganzen Körper mit massiven Tritten malträtiert. Das macht einfach keinen Sinn, denn sie war doch schon längst tot, als er das tat.«

»Er hat sie getreten, sagen Sie?«

»Aber damit nicht genug. Die Kollegen haben frische Samenspuren auf der Couch gefunden. Die werden wir selbstverständlich untersuchen. Jetzt kommt es aber noch dicker. Der Wahnsinnige hat, nachdem die Frau bereits tot vor ihm lag, Geschlechtsverkehr mit ihr gehabt. So wie ich es sehe, war die Scheide furztrocken und er ist gewaltsam eingedrungen. Die nähere Untersuchung in der Klinik wird zeigen, ob die Samenspuren mit denen von der Couch identisch sind. Oh Gott, wie groß muss der Hass bei dem Kerl gewesen sein, damit er so was getan hat. Das ist nicht mehr menschlich.«

Die beiden Männer machten Platz, damit die Spurensicherung weitere Fotos vom Tatort herstellen konnte. Sie ließen sich im Schlafzimmer auf der Bettkante nieder. Ihr Blick schnellte hoch, als sie unter der eintretenden, in Folie eingekleideten Person Rita Momsen erkannten, die die letzten Erklärungen des Mediziners noch mitbekommen hatte.

»Der Kerl hat diese Frau noch post mortem vergewaltigt? Warum tut man so was? Das macht für mich keinen Sinn.«

Die beiden Männer sahen sich vielsagend an, verständigten sich stumm darüber, wer es diesem unerfahrenen Mädchen kompetent erklären sollte. Einmal mehr fiel die Wahl auf Schiller.

»Das ist ein weitgestecktes Gebiet der Sozialpsychologie, in die Sie eindringen möchten, meine Liebe. Von der verstehe ich nicht allzu viel. Aber ich möchte versuchen, es mit meinen Worten zu erklären. Es gibt Männer, die unter einer Nekrophilie leiden, was heißt, dass sie sexuelle Befriedigung bei bereits Verstorbenen finden. Die dringen sogar in Totenhallen ein, um dort ... na, Sie wissen schon. Aber sie sind auch grundsätzlich als gefährlich zu bezeichnen, da sich ihre nekrophilen Neigungen in der Befürwortung von Krieg und Gewalt ausdrücken. Derartige Typen rekrutierte man früher als Henker. Ich habe davon gehört, dass sie sogar eine Vorliebe für schlechte Gerüche, wie sie z. B. bei Verwesung auftreten, haben.«

»Das haben Sie doch gerade erst erfunden, Herr Doktor. Sie wollen mir nur Angst einjagen. Oder?«

Schiller bemühte sich, empört zu wirken, fuhr jedoch mit seinen Erklärungen fort.

»Es ist aber ebenso möglich, dass es sich um einen Menschen handelt, dem es nicht möglich ist, einen Orgasmus bei einer erwachsenen Frau zu bekommen. Daran Schuld sind häufig Erziehungsfehler in der eigenen Kindheit. Das könnte eine sehr dominante Mutter gewesen sein, die Sexualität als widerwärtig verurteilte. Aber diesbezüglich informieren Sie sich besser bei einem dafür geschulten Fachmann. Ich will mich da nicht zu weit aus dem Fenster lehnen.«

Liebig schaltete sich nun dazwischen und klopfte neben sich auf das Bettlaken.

»Setzen Sie sich, Rita. Sie sollten doch nachforschen, ob es in der letzten Zeit eine Häufung von Hurenmorden in dieser Region gab. Es ist sicherlich auch Ihnen nicht entgangen, dass es sich bei diesem Opfer um eine Professionelle handelt, die zu Hause arbeitete. Gibt es da Ergebnisse?«

»Ja, schon, Chef. Aber anders als bei Lea Howald und dieser Kerstin hier, hinterließ der Täter in weiteren vier Fällen keine DNA-Spuren. Spiekermann erzählte davon, dass man in der Szene ziemlich nervös sei und schon hohe Belohnungen auf Hinweise zum Täter ausgelobt habe. Schließlich geht es bei denen um sehr viel Geld, das sie verlieren. Ich möchte nicht in der Haut des Täters stecken, wenn die ...«

Liebig winkte ab und zog Rita zur Leiche, die man mittlerweile mit einem sauberen Laken abgedeckt hatte. Er legte den Kopf frei und forderte Rita auf, zu ihm nach unten zu kommen.

»Sehen Sie sich den Kopf der Frau an. Was glauben Sie, was wahrscheinlich ihren Tod hervorgerufen hat? Sehen Sie genau hin.«

Rita, die sich wie alle anderen Latexhandschuhe übergezogen hatte, bewegte anfangs zögerlich den Kopf der Frau, der man mittlerweile die Augen geschlossen hatte. Als sie das Nackenhaar freilegte, bemerkte sie die Stichwunde.

»Das sieht für mich danach aus, als hätte ihr jemand in die obere Wirbelsäule gestochen und sämtliche Nervenbahnen durchtrennt. Liege ich da richtig? Das kann man doch nicht überleben, so viel wie ich weiß. Die blauen Flecken im

Gesicht dürften von Schlägen herrühren. Habe ich noch etwas übersehen, Chef?«

»Nein, nein, alles gut, Rita. Ich bin nur erstaunt darüber, dass Sie diese ersten Begegnungen mit einem Gewaltopfer nicht schockieren. Da habe ich in der Vergangenheit mit Praktikanten ganz andere Erfahrungen gemacht.«

Liebig blickte irritiert in Ritas Gesicht, auf der sich ein mildes Lächeln ausbreitete.

»Das steht auch nicht in meiner Bewerbungsakte. Ich habe einige Jahre bei meinem Onkel im Westerwald zugebracht, der eine Landmetzgerei mit eigener Schlachtung führte. Der Tod ist mir nicht so gänzlich unbekannt. Aber ich muss zugeben, Chef, etwas übel ist mir schon. Kann ich für einen Moment nach draußen gehen? Bin gleich wieder okay.«

Liebig gesellte sich wieder zu Schiller, der die Szene mit Genuss verfolgte.

»Eine toughe Frau, die Kleine. Die wird mal Karriere bei Ihnen in der Abteilung machen. Sie entwickelt Ideen, kombiniert gut und kann auch mal um die Ecke denken. Außerdem besitzt sie die unbedingt notwendige Neugierde, ohne die ihr aufgeschmissen seid. Mit ihr an der Seite werden sogar Sie noch besser. Gehen Sie schon, Liebig. Ich kümmer mich hier um den Transport.«

19

»Oh Gott, der auch noch.«

Obwohl Liebig die Worte sehr leise vor sich hingesprochen hatte, bemerkte er das unverschämte Grinsen auf Spiekermanns Gesicht, der vor seinem Schreibtisch saß. Ihnen war die tiefe Stimme von Kriminalrat Rösner nur zu vertraut. Er verstand es hervorragend, sofort nach Erscheinen Unruhe im Büro des Morddezernates zu verursachen. Die beiden Männer taten so, als wären sie vom Erscheinen des hageren, fast schon krank wirkenden Vorgesetzten total überrascht worden. Der ließ sich davon jedoch nicht beeindrucken und donnerte los.

»Tun Sie bitte nicht, als wären Sie überrascht, meine Herren. Sie, Liebig, haben doch wohl nicht im Ernst geglaubt, dass Sie dieses kleine Geheimnis vor mir verbergen könnten, oder?«

Nun war Peter Liebig tatsächlich irritiert, da er diese Bemerkung Rösners nicht zuordnen konnte. Sein Gesicht bestand aus einem einzigen Fragezeichen.

»Wollen Sie mich wirklich verarschen? Hofften Sie vielleicht sogar, dass mich die Ergebnisse der DNA-Analyse nie erreichen würden? Da muss ich Sie enttäuschen. Ich verfolge den Fall der beiden ermordeten Huren sehr genau. Warum erfahre ich erst von anderer Stelle, dass es bei der DNA klare Übereinstimmungen zum Mord an Ihrer Frau gibt? Das hätten Sie mir sagen müssen ... sofort. Wenn die Staatsanwaltschaft davon erfährt, sind Sie den Fall los. Sie sind befangen und können die Ermittlungen nicht mehr objektiv leiten. Darüber sollten wir uns alle im Klaren sein.«

Der Körper von Hauptkommissar Liebig versteifte sich in Sekundenschnelle, was für Eingeweihte ein untrügliches Zeichen dafür war, dass er kurz vor einem Wutanfall stand. Spiekermann war das nicht entgangen, der reagierte, bevor es sein Chef selber tun konnte.

»Das wollte er auch, Herr Kriminalrat. Wir vom Team haben ihn dazu überredet, dass er damit noch warten sollte. Es wäre nicht klug, zu diesem Zeitpunkt der Ermittlungen genau den Mann aus dem Spiel zu nehmen, der am ehesten dazu geeignet ist, das Schwein zu überführen. Wir müssen gemeinsam daran arbeiten, damit das Schwein in die Psychiatrie kommt, der diese dreckigen Morde begeht. Stündlich kann das nächste Opfer gefunden werden, denn wir glauben dass der Trieb des Killers, warum auch immer, plötzlich wieder aktiviert wurde.«

Rösner blickte von einem zum anderen. Selbst das junge Gesicht von Rita Momsen zeigte unnachgiebige Entschlossenheit und Trotz. Sie hatte sich unbemerkt von allen hinter Liebig gestellt und die schmale Hand auf seine Schulter gelegt. Verwundert sah dieser erst auf seine Schulter, um dann auch diesen unbändigen Willen im Gesicht der Praktikantin zu erkennen, ihrem Chef den Rücken zu stärken. Allmählich verrauchte seine zuvor aufgetretene Wut. Er wartete geduldig auf Rösners Entscheidung. Dem Kriminalrat war unschwer anzumerken, wie sich die Unsicherheit in ihm breitmachte, wie er nach einer Lösung suchte, mit der alle leben konnten. Lange mussten die Anwesenden nicht warten. Er zog sich einen Stuhl heran und ließ sich aufstöhnend darauf fallen.

»Was soll ich Ihrer Meinung nach tun? Ich weiß, dass Sie am liebsten so weitermachen möchten. Das verstehe ich sogar. Aber lassen Sie uns doch einmal ein Szenario durchspielen.

Stellen Sie sich vor, Sie wären an Liebigs Stelle und der Mörder steht Ihnen gegenüber, den Sie festnehmen und der Gerichtsbarkeit übergeben sollen. Kann mir jeder folgen? Also, er und Sie in einem Raum, das Schwein steht direkt vor Ihnen. Der Kerl hat schlimmstenfalls ein Messer in der Hand und bedroht Sie, weil er sich nicht festnehmen lassen will. Sie aber haben die Waffe auf ihn gerichtet, sagen ihm vielleicht noch, dass er stehen bleiben soll. Er kommt aber näher. Merken Sie, worauf ich hinaus will? Sie stehen nun vor der Entscheidung, ihn in die Beine zu schießen oder sofort in den Kopf. Was glauben Sie, wie wird Ihre Entscheidung ausfallen?«

Klug hatte Rösner seine Karten ausgespielt. Das spürte er, als allgemeines Schweigen den Raum füllte.

»Sehen Sie? Genau das meine ich damit. Wäre ich an dieser Stelle, würde ich gar nicht lange darüber nachdenken. Aber wir haben einen Eid geleistet, Herrschaften. Das dürfen wir niemals vergessen. Wir sind dem Gesetz gegenüber verpflichtet und müssen in jedem Fall eigene Gefühle und vor allem Rachegedanken zurückstellen. Scheiße, ihr macht es mir nicht leicht. Aber vielleicht können wir uns auf einen

Kompromiss einigen. Ich belasse vorerst ... ich sage bewusst vorerst ... die Leitung der Soko bei Hauptkommissar Liebig. In dem Fall, wenn wir den Zugriff möglicherweise planen können, wird er sich daran nicht beteiligen. Das muss er mir in die Hand versprechen. Liebig? Was ist? Könnten Sie damit leben?«

»Das wird er, Herr Kriminalrat. Ich verbürge mich dafür.«

»Sie habe ich nicht gefragt, Spiekermann. Ich finde es ja toll, dass ihr alle hinter eurem Chef steht, aber das muss er mir persönlich versichern. Nur sein Wort gilt in diesem Fall. Zum letzten Mal, Liebig ... habe ich Ihr Ehrenwort? Denken Sie bitte daran, dass es auch meinen Kopf kosten könnte, wenn Sie Scheiße bauen. Erfährt die Staatsanwaltschaft von diesem Deal, und Sie drehen bei einer Festnahme durch, bin ich reif für den vorzeitigen Ruhestand. Die Presse wird sowieso von der Verflechtung mit Ihrem persönlichen Verlust erfahren und das als Rachefeldzug eines Beamten abstempeln, der durchdrehte. Selbstjustiz wird man es nennen und den Killer zum Märtyrer machen.«

Rösner blickte auf die große Hand, die sich ihm stumm über den Schreibtisch entgegenschob. Zögernd schlug er ein. Tief in seinem Inneren verblieb der Zweifel, ob Liebig sich an dieses Versprechen erinnern würde, sollte er einmal dem Mörder seiner geliebten Frau gegenüberstehen. Mit einem gewaltigen Kloß im Magen drehte er sich um, nachdem er ein letztes Mal jedem Einzelnen tief in die Augen sah. Als er den Raum verlassen hatte, löste sich die Anspannung nur sehr langsam. Jeder wusste, dass dieser Mann dort sein Versprechen brechen würde ... es sogar brechen musste, um seinen Frieden zu finden.

Peter Liebig nahm ungewohnt langsam die drei Blätter in die Hand, die jeweils die DNA-Diagramme und Analysen zeigten, die von Richter Ströter in Auftrag gegeben worden waren. Sein fachmännischer Blick stellte auf Anhieb fest, dass alle drei Ergebnisse ohne jeden Zweifel übereinstimmten. Ein abschließender Kommentar des Laborleiters bestätigte das am Ende noch einmal. Die drei Seiten waren mit einer Büroklammer zusammengeheftet und mit einem kleinen Spickzettel von Dr. Schiller versehen worden. Seine darauf geschriebenen Worte machten Liebig Mut.

Viel Glück, mein Freund.

»Warum sind sich immer alle so sicher, wenn diese Analysen vorliegen, Herr Liebig?«

Der Hauptkommissar hatte völlig vergessen, dass seine Praktikantin immer noch hinter ihm stand und sich jetzt wieder zu Wort meldete.

»Setzen Sie sich, Rita ... und vielen Dank für Ihre Unterstützung.«

»Ich habe doch nichts gesagt, Chef.«

»Es ist das, was Sie nicht gesagt haben, wofür ich mich bedanken möchte. Aber zurück zu Ihrer Frage. Die DNA ist eine Abkürzung für Desoxyribonukleinsäure und dient dem Zweck der Identifizierung, bzw. dem Ausschluss von Spurenverursachern. Diese Methode ist absolut sicher. Es gibt nur eine winzig kleine, noch unerforschte Unsicherheit bei eineiigen Mehrlingen. Dieser Bereich dürfte jedoch weitestgehend zu vernachlässigen sein.

Ein Richter ordnet eine Analyse an, wobei der sich auf den § 2c DNA-IFG stützt. Alle DNA-ID-Muster werden anschließend beim BKA gespeichert.«

»Ich kann mir einfach nicht vorstellen, dass es unzweifel-
haft möglich ist, einen Täter nur anhand dieser Spuren zu
überführen.«

»Natürlich müssen diese Spuren in Einklang gebracht
werden mit den Ermittlungsergebnissen. Es ist ja immerhin
möglich, dass die DNA zwar identisch ist, aber aus ganz
anderen Zusammenhängen an den Tatort oder die Wohnung
gelangten. Nachbarn und Freunde können über Jahre diese
Spuren hinterlassen haben. Für Sie ist noch wichtig, zu
wissen, dass man bei der Sammlung von DNA sehr
vorsichtig vorgehen muss. Deshalb tragen wir bei der Tatort-
besichtigung zwingend Schutzkleidung. So wird verhindert,
dass sich eigene DNA mit der vom möglichen Täter mischt.
Außerdem könnten biologische Spuren sogar infektiös sein.«

»Wow. Finde ich toll, was man heutzutage alles daraus
lesen kann.«

»Ihre Euphorie in allen Ehren, aber das Wichtigste ist
immer die Erfahrung der Ermittler vor Ort. Sie müssen z. B.
darauf achten, dass keine feuchten, biologischen Spuren luft-
dicht verpackt werden. Diese Feuchtigkeit und Wärme kann
erreichen, dass sich Pilze und Bakterien rasend schnell
vermehren und die DNA abbauen. Aber das werden Sie alles
noch detaillierter während Ihrer späteren Ausbildung
kennenlernen. Lassen Sie uns jetzt weitermachen, bevor es
neue Opfer zu beklagen gibt.«

20

Daniela war sich nicht mehr sicher, ob es wirklich ein Geräusch war, das sie aus dem Schlaf gerissen hatte oder nur ein kühler Windzug, der vom offenen Fenster herrührte. Noch völlig verschlafen blinzelte sie in die aufgehende Sonne, die durch den Schlitz des leicht wehenden Vorhangs blitzte. Ein letztes Mal dehnte sie die steifen Glieder und schwang die Beine über die Bettkante. Nachdenklich betrachtete sie die Haut ihrer Oberschenkel, die erste Anzeichen von Cellulite erkennen ließ. Ein weiteres Mal verfluchte sie die Zeit im Knast, die ihr kaum Möglichkeiten geboten hatte, etwas dagegen zu unternehmen. Mit einem tiefen Seufzer zog sie den schmalen Slip aus der Pofalte und den Vorhang zur Seite. Die grelle Helligkeit sprang sie an wie ein Gespenst. Erst als sie den Arm schützend vor die Augen legte, sah sie ihn als Spiegelbild im Glas der riesigen Schiebetür.

Sieben Jahre, in denen sie permanent Gefahren ausgesetzt war, die sie von hinten anfallen konnten, sorgten jetzt dafür, dass sie blitzschnell herumwirbelte und in geduckter Stellung einem möglichen Angriff entgegensah. Davon völlig unbeeindruckt kam der groß gewachsene Mann einen Schritt näher auf sie zu und setzte sich ans Fußende des Bettes.

Nicht eine Sekunde ließ er Daniela aus den Augen, als er in die Seitentasche seines Sakkos griff. Nachdem das dünne Zigarillo brannte und er den ersten Rauch genüsslich in die Luft blies, entspannte sich Daniela ein wenig. Hätte er sie umbringen wollen, wäre das schon längst geschehen, als sie hilflos unter der Decke schlummerte. Die folgenden Worte schockierten sie trotzdem.

»Geile Titten, Daniela. Hast dich verdammt gut gehalten für dein Alter. Keine Angst, ich will nichts von dir. Karim schickt mich vorbei. Er will wissen, ob du was brauchst. Der hat wohl einen Narren an dir gefressen. Normalerweise ist der nicht so nett zu euch Ischen.«

Die Joggingjacke, die Daniela zwischenzeitlich vom Stuhl gegriffen und um die Schultern gelegt hatte, verdeckte zumindest grob ihre Blößen. Sie nahm Platz und schlug selbstsicher die schlanken Beine übereinander.

»Was meint Karim damit, wenn er wissen will, ob ich was brauche? Natürlich fehlt mir vieles. Wie heißt du überhaupt?«

»Alle nennen mich Hotte. Ein bescheuerter Name, aber Holger fand ich auch nicht so toll. Na ja, so richtig klar hat sich Karim nicht ausgedrückt, aber ich habe zumindest einen Betrag, den ich für dich ausgeben darf. Der hat mir auch ein paar Tütchen mitgegeben. Er hat angedeutet, dass du gegen etwas Speed nicht abgeneigt bist.«

Die Freude über die vielen kleinen Plastiksäckchen, die Hotte aus den Taschen zauberte, war bei Daniela unübersehbar. Doch beherrschte sie sich noch, die an sich zu reißen.

»Schmeiß das Zeug einfach aufs Bett. Werde mich später vielleicht damit beschäftigen.«

Das zynische Grinsen von Hotte überging sie großzügig, obwohl sie am liebsten sofort eine Prise des Amphetamins reingezogen hätte.

»Ich würde vorschlagen, dass du mir die Kohle von Karim auf den Tisch legst und dich wieder vom Acker machst. Ich werde mir dann ein paar Plörren kaufen. Die Sachen, die ich habe, sind immerhin schon mindestens sieben Jahre alt.«

Als Hotte sich vom Bett erhob, musterte Daniela diesen Hünen ausgiebig und kam zu dem Ergebnis, dass er sich angenehm von den wenigen Männern unterschied, die tagtäglich mit stoischer Miene die Zellentüren öffneten und wieder verschlossen. Seine ausgeprägte Oberarmmuskulatur, die sich durch die Ärmel seiner Lederjacke abzeichnete, ließ darauf schließen, dass Hotte gut durchtrainiert war. Automatisch verirrte sich ihr Blick sogar auf den Hosenschlitz der engen Jeans. Ihre Gedanken verrannten sich einmal mehr in sexuellen Fantasien, die sie zigmal in den letzten Jahren durchlebt hatte. Hotte schien zu spüren, worüber Daniela gerade nachdachte und grinste breit. Mit hochrotem Kopf riss sich Daniela von dem Anblick los und versteckte sich hinter der harten Fassade einer Frau, die es gelernt hatte, sich zu beherrschen.

»Also das mit der Knete kannst du knicken. Ich darf dir zweihundert Kröten bar in die Kralle drücken. Wenn du Klamotten brauchst, soll ich dich zum Einkaufen begleiten und alles bezahlen. Hast du `nen Kaffee für mich? Du willst doch bestimmt noch frühstücken, bevor wir abmarschieren? Ich kann ja schon in der Küche was hinstellen, während du duschst. Wenn du dabei Hilfe brauchst ... ich meine damit, den Rücken schrubben ... einfach rufen. Hotte macht alles.«

»Halt deine Griffel mal schön in der Hose, Hotte. Wenn ich was brauche, besorge ich es mir lieber selbst. Da habe ich mittlerweile Übung drin. Aber den Kaffee kannst du gerne für mich hinstellen. Zwei Zucker, ohne Milch. Und bevor ich es vergesse, lege ein Tütchen daneben!«

Minuten später hörte man das Rauschen der Dusche durch die Wohnung, während Hotte den Kühlschrank nach Essbarem durchsuchte.

21

»Wir haben eine Spur von der Weigel, Chef. Vorhin kam ein Anruf rein, dass sie in einem Einkaufscenter an der Grenze zu Mülheim in Begleitung eines Mannes gesehen wurde. Als die Beamten in die tieferliegende Ebene kamen, waren die beiden allerdings wieder verschwunden. Dagegen meinte einer der Kollegen, dass er sie in der Begleitung eines alten Bekannten gesehen hätte. Das soll ein Zuhälter aus der Innenstadtszene sein, den sie alle Hotte nennen.«

»Kenn ich, der gehört zur Karim-Clique.«

Spiekermann, der sich gerade mit Liebig im selben Raum befand, konnte das Gespräch mitverfolgen und sofort reagieren.

»Dann hat uns dieser Dreckskerl also doch belogen.«

Liebig unterbrach das Gespräch mit der Leitstelle und dachte darüber nach, wie sie die Sache nun angehen sollten.

»Gut. Da wir bei Karim selbst nicht weiterkommen werden, sollten wir uns an diesen *Hotte* dranhängen. Ich spreche mal mit den Kollegen von der Sitte, wo wir diesen Kerl am wahrscheinlichsten antreffen werden. Anschließend sollten wir zwei dem Typen mal einen Besuch abstatten. Vielleicht wäre aber auch eine Beschattung nützlicher, die uns dann zu Daniela Weigel führt. Ich kann mir gut vorstellen, dass die Frau jetzt in die Szene der Prostituierten eintaucht, um wieder zu Geld zu kommen. Schade eigentlich, aber wir kennen das ja zu Genüge. Regeln Sie das bitte, und stellen Sie zwei Kollegen für die Beschattung ab. Sobald man die Weigel gefunden hat, will ich unterrichtet werden. Keinen Zugriff bitte. Die besuchen wir dann selbst. Ich wiederhole noch mal, dass Frau Weigel bisher nur als Zeugin gesucht wird und nicht als dringend Tatverdächtige.«

Ein folgendes Telefonat bei der Sitte gab nützliche Hinweise darauf, dass Hotte in Essen-Rüttenscheid ein Apartment bewohnte und mit einer stadtbekannten Prostituierten zusammenwohnte. Schon wenige Stunden nachdem die Beschattung begann, führte er die Beamten zu einem Miethaus, aus dem Hotte in Begleitung von Daniela Weigel herauskam. Eine schnelle Recherche ergab, dass eine der luxuriösen Wohnungen auf den Namen Karims angemietet war. Peter Liebig machte sich in Begleitung seiner Assistentin Rita auf den Weg, um das Pärchen bei der Heimkehr zu überraschen.

»Da kommen sie. Die Dame war mit dem Typen shoppen, jetzt wird sie den Eisschrank wohl füllen können. Ist es nicht schön, anzusehen, wie der Kerl sogar die schweren Tüten für sie schleppt? Ich schaff mir auch einen Zuhälter an, wenn das so abläuft«, witzelte Rita und grinste.

Rita stieß den neben ihr sitzenden Chef in die Seite, der für einen Augenblick die Lider geschlossen hielt. Liebig war augenblicklich hellwach und verfolgte, wie Hotte nach dem Haustürschlüssel suchte.

»Davon würde ich Ihnen übrigens dringend abraten, Rita. Ich vermute mal eher, dass sie zumindest nicht für diesen

Kerl anschafft. So hofieren die Scheißtypen ihre Mädels nicht. Die Weigel scheint mir da eher einen Sonderstatus erhalten zu haben, wie auch immer sie das erreicht hat. Aber das sollten wir herausfinden. Auf geht`s. Die Bude war in der oberen Etage, wenn ich mich recht erinnere.«

Hotte, der die Tür einen Spalt geöffnet hatte, sah direkt auf den Ausweis, den ihm Liebig vor die Augen hielt. Kein Muskel bewegte sich in seinem Gesicht. Zwei Männer, die in etwa die gleiche Körpergröße und Statur besaßen, standen sich einen Moment schweigend gegenüber, bis Peter Liebig die Initiative entwickelte.

»Und das ist meine Assistentin, Frau Momsen. Können wir einen Moment eintreten? Wir hätten ein paar Fragen an Frau Weigel.«

»Kenn ich nicht. Wer soll das sein? Worum geht es überhaupt? Sie haben kein Recht, hier einfach ...«

Liebig hatte längst den Fuß zwischen Tür und Rahmen gestellt, um ein Zuschlagen zu verhindern.

»Hören Sie Hotte ... so nennt man Sie doch wohl unter Freunden ... wir können das hier auf zwei Arten durchziehen. Entweder Sie lassen uns rein und ich stelle die Fragen an Frau Weigel oder Sie ziehen Ihre bescheuerte Show weiter durch und ich besorge mir innerhalb von dreißig Minuten einen Durchsuchungsbeschluss. Dann kommen wir mit einer kleinen Armee und stellen die Bude auf den Kopf. Ich könnte mir sehr gut vorstellen, dass wir dann Dinge bei Ihnen finden werden, die Sie einige Jahre in den Knast befördern. Also ... Plan A oder Plan B?«

Obwohl Liebig Hotte nicht bei den Schnelldenkern einsortierte, öffnete sich die Tür dann doch recht zügig. Der

Muskelprotz trat einen Schritt zurück und machte den beiden Platz.

»Wer ist denn da, Hotte? Mach die Tür zu. Es zieht hier wie Hulle.«

Daniela Weigel reckte den Kopf in den Dielengang und erschrak.

»Sie, Herr Hauptkommissar? Was kann ich denn noch für Sie tun? Ich habe Ihnen doch schon alles gesagt.«

»Ach, wissen Sie, Frau Weigel, wir haben immer noch mal Kleinigkeiten abzuchecken, die sich später ergeben. Es war nicht einfach, Sie zu finden. Das ist ja kein schlechter Anfang für jemanden, der bei null beginnen muss. Eine Luxusbehausung für Sie, die mit einem knappen Budget in der Tasche in die Freiheit startet. Was ist passiert? Die Ziehung der Lottozahlen ist doch erst am Samstag.«

Liebig und Momsen folgten Daniela in die große Küche, in der gerade das Blubbern des Kaffeeautomaten den Raum erfüllte. Eine Antwort blieb Daniela vorerst schuldig.

»Darf ich Ihnen auch eine Tasse anbieten? Die Kollegin ist natürlich auch einbezogen.«

Rita antwortete, bevor ihr Chef es tun konnte.

»Für mich eine Coke, wenn es möglich ist. Habe da hinten ein paar Flaschen auf der Ablage blitzen sehen. Brauche kein Glas, bin ein Flaschenkind.«

Während Daniela die Getränke bereitstellte, schlenderte Hotte an die Küchentheke und ordnete gelangweilt die Zuckerwürfel in einer Glasschüssel neu.

»Um wieder auf den Grund unseres Besuches zurückzukommen, Frau Weigel. Wir haben uns Gedanken darüber gemacht, warum Sie sich wohl mit Ihrer Schwester gestritten haben mögen. Eigentlich sollte man doch eine fröhliche Wiedersehensfeier vermuten, wenn man sich nach der langen Zeit wiedersieht. Was war los?«

»Wie kommen Sie darauf, dass es Streit zwischen uns gab?«

»Kommen Sie, Frau Weigel, jetzt beleidigen Sie aber meine Intelligenz. Wir konnten eindeutig Kratz- und Würgespuren am Hals Ihrer Schwester feststellen, wobei Ihre DNA klar identifiziert werden konnte. Uns ist klar, dass Lea nicht dadurch den Tod fand, aber wir könnten auf den Gedanken kommen, dass Sie während des Gerangels Ihre Schwester aus dem Fenster auf die Straße stießen. Eine Theorie, die noch nicht vom Tisch ist. Also sagen Sie uns lieber die Wahrheit, bevor ich Sie wegen des dringenden Tatverdachtes auf vorsätzliche Tötung Ihrer Schwester festnehmen muss.«

Ohne von seinen Zuckerwürfeln aufzusehen, schob Hotte seine Bemerkung ein.

»Du musst denen überhaupt nichts sagen, Daniela. Belaste dich bloß nicht selber. Die Bullen verwenden das später gegen dich. Halt bloß die Schnauze.«

»Ich will das aber klarstellen, verdammt. Und halt dich aus meinen Angelegenheiten raus. Wenn ich deine Meinung hören möchte, wirst du gefragt. Bis dahin hältst du besser die Fresse. Kannst du dich nicht solange ins Wohnzimmer verpfeifen?«

Rita konnte sich ein Grinsen nicht verkneifen, als dieses Riesenbaby tatsächlich vom Hocker rutschte und sich wortlos ins Nebenzimmer bewegte. Sie konnte noch gut erkennen, dass er sein Telefon aus der Seitentasche holte und hinter sich die Tür zuzog.

»Also, worum ging es bei dem Streit?«

Liebig wiederholte seine Frage und nippte anschließend an seinem noch heißen Kaffee. Zögernd begann Daniela damit, über die erste Begegnung mit Ihrer Schwester nach der Entlassung zu berichten. Sie beschrieb sehr ausführlich die Hasstiraden, die ihr vonseiten Leas entgegengeschlagen waren. Liebig versuchte, sich in die Lage Danielas hineinzuversetzen, und erwischte sich sogar dabei, Verständnis für deren Reaktion aufzubringen. Rita war der Erzählung fasziniert gefolgt. Fragen brannten in ihr, die sie nicht stellte, um ihrem Chef nicht ein mögliches Verhörkonzept durcheinanderzubringen.

»Sie erklären mir, dass Sie sich zwar stritten, Ihre Schwester sogar am Hals packten, die Wohnung aber verließen, als Lea noch lebte. Ich tue mich zugegebenermaßen schwer damit, diese Version zu glauben, zumal Ihr Abgang aus der Wohnung ziemlich genau als Todeszeitpunkt festgelegt werden konnte. Wie Sie bereits wissen, wurde die eigentliche Tat sogar von einem Taxifahrer beobachtet.

Jetzt setzen wir einmal voraus, dass Ihre Angaben stimmen. Das würde bedeuten, dass nach Ihnen noch jemand in die Wohnung eingedrungen sein muss, um das Verbrechen auszuüben. Ich denke, dass wir die Variante, Ihre Schwester ist selbst gesprungen, ausschließen können. Wer also kann Interesse daran gehabt haben, Lea zu töten? Ist Ihnen etwas Ungewöhnliches aufgefallen, als Sie das Haus verließen?«

Sowohl Liebig, als auch Rita entging nicht das kurze Zögern. Viel zu schnell kamen Daniela die Worte über die Lippen.

»Nein, nein, wie kommen Sie darauf, dass ich jemanden gesehen haben sollte?«

»Mit keinem Wort habe ich erwähnt, dass Sie jemanden gesehen hätten. Ich sprach von etwas Ungewöhnlichem. Wen haben Sie tatsächlich gesehen? Wir wissen mittlerweile, dass es einen Mörder gibt, verdammt. Erschweren Sie uns die Ermittlungen nicht zusätzlich, indem Sie den Mörder decken. Der Mann, welcher Ihre Schwester getötet hat, ist bereits für weitere zwei Morde verantwortlich. Wollen Sie darauf warten, bis er sich auch Sie vorknöpft? Stellen Sie sich einmal vor, dass derjenige davon erfährt, dass Sie ihn erkannt haben. Was glauben Sie, wird er als Nächstes tun?«

Danielas Augen suchten nach einem Punkt in der Küche, an dem sie sich festhalten konnte, der ihr die Entscheidung abnehmen würde. Immer wieder blieb ihr Blick an den abwartenden Kripoleuten hängen, die ihr die nötige Zeit ließen.

»Ich ... ich habe niemanden gesehen, glauben Sie mir. Ich würde es Ihnen doch sagen. Warum, verdammt noch mal, sollte ich es für mich behalten?«

Die Antwort Ritas kam prompt.

»Damit Sie selbst Rache nehmen können ... oder zumindest die Zuhälter, die dadurch zwei lukrative Einkommensquellen verloren. Es könnte doch sein, dass die ein Exempel statuieren wollen, wenn sie das Schwein in die Finger bekommen. Niemand würde sich danach ein weiteres Mal an eine Prostituierte heranwagen. Ist es so, Frau Weigel? Wir sehen Ihnen doch an, dass Sie etwas vor uns zurückhalten.«

Liebig war der Argumentation aufmerksam gefolgt, musste Rita innerlich recht geben. Doch verfluchte er ihr

Vorpreschen, denn er hatte sich eine andere Strategie zurechtgelegt, um genau diese Informationen aus Daniela herauszuholen.

»Gehen Sie jetzt, sofort! Ich habe Ihnen nichts mehr zu sagen. Kommen Sie bitte nie mehr wieder. Ich will endlich meine Ruhe haben, will mein Leben genießen.«

Lauter, als sie es geplant hatte, schrie sie den beiden die Worte ins Gesicht und wies zum Ausgang. Hotte stand plötzlich in der Tür und wies ebenfalls in die gleiche Richtung.

»Was ist mit Ihnen los, Rita. Fällt es Ihnen wirklich so schwer, die Klappe zu halten, wenn ich mitten in einer Vernehmung bin? Das kann doch wohl nicht wahr sein. Sie haben mir alles kaputt gemacht. Die Weigel war so ein Stück davor, mir alles zu sagen.«

Liebig hielt Rita Daumen und Finger vor die Nase, als er seinem Ärger im Auto Luft machte. Immer wieder schlug er mit beiden Händen auf das Lenkrad, presste letztendlich sogar seine Stirn dagegen. Die Luft zwischen den beiden vibrierte förmlich. Als Rita den Mund öffnen wollte, hob Liebig warnend die Hand. Trotzdem konnte er nicht verhindern, dass sie den einen Satz flüsterte.

»Entschuldigen Sie, ich werde das nie ...«

»Sie sollen verdammt noch mal die Klappe halten, Sie vorlaute Person. Wenn ich meine Gedanken aussprechen möchte, tue ich das immer noch selber. Dazu brauche ich nicht so eine Rotznase wie Sie. Ich fordere Sie nun ein letztes Mal auf, sich aus meinem Kopf herauszuhalten.«

Rita sackte förmlich in ihrem Sitz zusammen, sah aus dem Seitenfenster und konzentrierte sich auf einen kleinen Hund, der mit angehobenem Bein sein Revier markierte. Rita schreckte erst auf, als sie das Starten des Motors wahrnahm und die Worte ihres Chefs an ihr Ohr drangen.

»Ich habe Hunger. Burger oder Döner?«

22

»Warum zum Teufel bekommen wir eigentlich keine besseren Beschreibungen, als dass ein Mann gesehen wurde, der dürr und schmuddelig aussah? Wenn wir zum Südeingang des Hauptbahnhofs gehen, finden wir gleich dreißig Verdächtige. Klar, wir könnten von all denen eine Speichelprobe holen, aber dann müssen wir auch jede Notunterkunft und jeden Kanalschacht durchkämmen. Könnt ihr euch den Aufschrei der Presse vorstellen, wenn wir das durchziehen?«

Spiekermann machte keinen Hehl aus seinem Frust, als er von seiner Zeugen-Vernehmungs-Tour rund um die Wohnung von Kerstin Mehlmann wieder im Büro ankam. Ihn kotzte es an, wenn er sich gleichzeitig die abfälligen Bemerkungen zu diesen *Pennern* anhören musste, die dem schwer arbeitenden Normalbürger auf der Tasche lagen und ein Schmarotzerleben auf ihre Kosten führten. Ins Arbeitslager schicken, war einer der harmlosesten Vorschläge, um diese Brut aus der Stadt zu treiben.

»Haben wir denn wenigstens kleine Übereinstimmungen bei den Beschreibungen, die verwertbar sind?«, wollte Rita wissen.

Sie zeigte dem Kollegen mit der Frage, dass sie ihm zuhörte, während sie weiter auf einer Stadtkarte die Positionen von freigeschalteten Webcams aufrief. Verärgert über den Misserfolg, schloss sie schließlich die Seite und sah sich zum x-ten Mal die Bilder der Toten an. Sie würde niemals verstehen, warum man so etwas einem anderen Menschen antun konnte. Die Stimme in ihrem Rücken schreckte sie auf. Als sie sich umdrehte, blickte sie in ein fremdes Gesicht, das einem Mann gehörte, der gut auf ein Buchcover eines Liebesromans gepasst hätte. Seine klaren, fast schwarzen Augen, sein Lächeln erinnerten sie an Omar Sharif in seinen besten Zeiten. Oft musste sie sich zu Hause Doktor Schiwago ansehen, bei dem Mama regelmäßig in Tränen ausbrach, obwohl sie das Ende doch kannte. Völlig in Gedanken versunken, übersah Rita die ausgestreckte Hand des Besuchers.

»Oh, entschuldigen Sie bitte, dass ich mich noch nicht vorgestellt habe. Mein Name ist Dr. Afarid. Bin häufig im Hause als Ansprechpartner unterwegs, wenn es um mögliche Mordmotive geht. Hauptkommissar Liebig bat mich darum, vorbeizuschauen, wenn es meine Zeit erlaubt. Er wollte etwas wissen über mögliche Motivationen zu den Taten des Hurenmörders. Ach, da kommt er ja gerade herein.«

Die beiden Männer begrüßten sich wie alte Bekannte, klopften sich auf die Schulter.

»Schön, dass Sie sich die Zeit nehmen, um uns zu helfen. Sie wissen, worum es mir geht?«

»Aber ja, Herr Liebig. Sie deuteten am Telefon an, dass es sich möglicherweise um den gleichen Täter handeln könnte, der damals ...«

»Das wurde sogar durch übereinstimmende DNA zweifelsfrei bewiesen«, unterbrach Liebig den Psychologen,

»Wir möchten uns gerne ein Bild von dem Mann machen, seine Beweggründe verstehen können. Da könnten Sie uns eventuell behilflich sein. Setzen wir uns doch an den Tisch. Dann können wir alle zuhören.«

Lange betrachtete Dr. Afarid die Fotos, die man von den gefundenen Huren gemacht hatte, bevor er zu seiner Analyse ansetzte.

»Was mir auf Anhieb auffällt, ist die Unterschiedlichkeit der Verletzungen. Wären mir die klaren Beweise nicht bekannt, würde ich spontan behaupten, dass es sich um unterschiedliche Täter handelt. Ich erinnere mich noch sehr gut an die schlimmen Verletzungen bei Ihrer Frau.«

Liebig ließ sich nicht anmerken, ob ihn die Bemerkung tatsächlich berührte. Sein Gesicht blieb regungslos.

»Der Täter scheint sehr stark unter Gefühlsschwankungen zu leiden, was ich an der Schwere der Verletzungen festmache. Das geschieht häufig, wenn Taten mit bestimmten früheren Ereignissen einhergehen, die er selbst erleben musste. Sie sollten wissen, dass der Mensch eigentlich nicht als Mörder geboren wird. Er wird erst durch schlimme Erlebnisse zu einem solchen, was zum Beispiel ein Missbrauch in früher Jugend sein kann. Bei ihm entwickelt sich das Gefühl, minderwertig zu sein, was oft genug noch durch entsprechende Handlungsweisen der Eltern zementiert wird.«

Rita schnipste mit den Fingern, als wäre sie in der Schule. Dafür erntete sie ein mildes, sehr freundliches Lächeln und die Aufmerksamkeit von Dr. Afarid.

»Bedeutet das denn zwingend, dass dieser Missbrauch durch die eigenen Eltern geschah?«

»Nein, nein. Das kann auch jemand aus dem engeren Umfeld sein. Doch verstärkt wird das Gefühl der Minderwertigkeit noch dadurch, dass die Eltern von diesem Missbrauch wissen, ihn tolerieren und oft sogar fördern. Was in den Kinderzimmern vieler Haushalte vor sich geht, möchten Sie glaube ich gar nicht wissen.«

»Doch, das interessiert mich.«

Jetzt schaltete sich Liebig dazwischen, legte Rita eine Hand auf den Arm.

»Lassen Sie es gut sein, Rita. Das ist ein anderes Thema, das hier aber den Rahmen sprengen würde. Machen Sie weiter, Dr. Afarid.«

»Ich wiederhole noch mal gerne, dass ich den Täter für schizophren halte und dass er seine Taten scheinbar mit einem sich wiederholenden Ereignis in Zusammenhang bringt. Da sich seine Taten derzeit häufen, muss in der Vergangenheit genau hier etwas für ihn Bedeutendes geschehen sein. Betrachten wir die Tatabläufe und dass er bisher noch nicht gesehen wurde, möchte ich annehmen, dass es sich um einen Menschen handelt, der sogar über eine gehörige Portion an Intelligenz verfügt. Allerdings lassen die Taten selber darauf schließen, dass er nicht in der Lage ist, einen Geschlechtsverkehr auf für uns normalem Wege durchzuführen. Im Grunde ist er impotent. Bei ihm bedarf es gewisser Anreize, die sich zum Beispiel in der für ihn gewohnten Rolle der Unterwürfigkeit gegenüber der Frau darstellt. Sie müssen sich das so vorstellen, dass er beschimpft werden möchte, sich sogar, wenn er alleine ist, selbst beschimpft. Das Fatale an der Sache ist, dass er die Schuld für all sein Leiden, seine Schwächen, bei den Frauen sucht, die er tötet. Sein gesamter Hass entlädt sich auf sie. Und das geschieht stellvertretend für eine andere Frau. Das kann die eigene Mutter, eine Schwester oder eine Frau sein, die ihn verlassen hat. Suchen Sie nach einem solchen Ereignis in der Vergangenheit der Verdächtigen und Sie kommen dem Mörder näher.«

Dr. Afarid sah in angespannte Gesichter, die alle Infos wie ein Schwamm aufsaugten.

»So, nun wird es aber wieder Zeit für mich. Ich habe noch einen Termin im Untersuchungsgefängnis. Muss mich dort um einen Mann kümmern, der seine Frau erschlagen hat. Man erwartet ein Gutachten von mir. Ich hoffe, ich konnte Ihnen helfen.«

23

Das Grab von Frieda Kaspar lag am Rande eines großen Feldes und wurde teilweise von den Zweigen eines Kirschbaumes überschattet, der nur wenige Meter entfernt ein ruhiges Dasein führte. Der hagere Mann, der zuvor das Laub vom Grab entfernt hatte, saß nun mit gekreuzten Beinen auf dem Fußweg und starrte mit leuchtenden Augen auf das Holzkreuz, das ein Sterbedatum in großen Zahlen anzeigte, das elf Jahre zurücklag. Immer wieder bewegten sich seine Lippen, ließen ein kaum verständliches Murmeln heraus. Vorübereilende Besucher kannten diesen seltsamen Besucher schon seit Jahren und wunderten sich schon nicht mehr über sein Gebaren.

»Ich habe ihr gesagt, dass sie eine dreckige Schlampe ist, Mutter. Sie hat mich ausgelacht ... einfach gelacht hat sie. Die Polizei war da. Ich habe die genau gesehen. Diese Schlampe wird jetzt schon in der Hölle schmoren. Alle sollen sie da brennen, die diese schlimmen Sachen mit den Männern machen.

Was hast du gesagt? ... Ja, ich habe ihr richtig wehgetan, so wie du es wolltest, Mutter ... mach dir darüber keine Sorgen, die erwischen mich nicht ... niemals, denn ich bin zu schlau für die ... ich habe dich nicht verstanden ... was ist mit dem? ... Das habe ich dir doch versprochen, Mutter. Ich gehe gleich zum Grab von Papa und werde wieder drauf pissen. Er soll dafür bestraft werden, dass er mir das angetan hat.«

Eine Frau, die vorüberging, schüttelte angewidert den Kopf, als sie sah, dass sich dieser dreckige Kerl vor dem Grab in den Schritt griff und kräftig zudrückte. Sie beschleunigte ihre Schritte, sodass es wie eine Flucht wirkte.

»Drecksschlampe!«

Die üble Beschimpfung erreichte die Frau nicht mehr, da sie mittlerweile die schützende Mauer zur Straße erreicht hatte.

»Hast du die gesehen, Mutter? Die wird bestimmt auch eine von denen sein, die ihre Männer und die Kinder quälen. Ihr sollt alle verrecken, an dem Samen ersticken, den euch die Männer in den Hals stopfen. Entschuldige Mutter, dass ich so vulgär in deinem Beisein rede, aber sie sind doch alle gleich. Du warst anders und Papa hat die Strafe von mir dafür bekommen, was er dir angetan hat. Ich habe immer noch ein Stück von dem Seil, mit dem ich ihn damals aufgehängt habe. Das sah lustig aus, als ich ihn vom Stuhl stieß und er mit seinen verfluchten, kurzen Beinen strampelte.

Wie ist es da oben im Himmel, Mutter? Ist der liebe Gott auch wirklich gut zu dir? Irgendwann bin ich bei dir, denn er hat mich bestimmt auch so lieb wie dich.«

Der alte Mann, der eine schwere Gießkanne in den Händen trug, stieg freundlich lächelnd über die jetzt ausgestreckten Beine von Marek Kaspar hinweg. Er hatte die letzten Worte des schmalbrüstigen Mannes gut verstanden. Er nahm sich vor, ebenfalls ein paar nette Worte mit Maria zu wechseln, die er vor zwei Jahren unter die Erde bringen musste. Er spürte nicht den bösen Blick, den Marek ihm nachsandte.

»Mutter, ich muss jetzt gehen. Möchtest du beim nächsten Mal lieber wieder weiße Nelken haben? Ich werde daran denken.«

Niemand beachtete den gebeugt gehenden Mann, der mit zusammengezogenen Schultern den Friedhof über den Nebeneingang verließ. Sein Weg führte ihn in einen anderen Stadtteil, in dem er unauffällig zwischen den Scharen von Menschen eintauchte, unter denen er sich kaum unterschied. Wieder wurde er zum Niemand.

Schon seit Tagen beobachtete Marek das Fenster im zweiten Stock, in dem sich dunkle Schatten gegen den geschlossenen Vorhang abzeichneten. Der Bauzaun schützte ihn davor, von Fußgängern zufällig entdeckt zu werden. Der Ratte, die sich verzweifelt um eine vergammelte Brotscheibe unter seinem linken Schuh bemühte, gab er einen kräftigen Fußtritt. Laut quiekend flog sie gegen das Speisfass und trollte sich schließlich in die Tiefen der Schutthaufen.

»Mieses Drecksvieh!«

Für einen flüchtigen Betrachter hätte sich an dieser Stelle die Frage gestellt, ob er damit die Ratte meinte oder die Frau dort oben, deren Fenster er mit zusammengepressten Lidern musterte. Seine schwitzigen Hände wischte er unablässig an der klebrigen Jogginghose ab, die jedoch kaum noch in der Lage war, durch den Fettfilm noch Feuchtigkeit aufzunehmen. Immer noch die Schatten verfolgend, trat er von einem Fuß auf den anderen.

Endlich. Die Haustür öffnete sich einen Spalt und das Gesicht eines kahlköpfigen Mannes erschien. Mehrfach sah er die Straße hinauf und hinunter, bis er sich sicher war, dass niemand ihn beim Verlassen dieses verrufenen Hauses beobachten konnte. Mit hochgeschlagenem Mantelkragen duckte er sich an der Hauswand entlang und verschwand letztendlich im Dunkel einer Seitenstraße. Im zweiten Stock öffnete sich das Fenster weit, und das Opfer Mareks Begierde schüttelte ein Tuch aus. Noch zwölf Minuten Zeit blieb ihm, bis er bei Moni, wie sie sich nannte, schellen konnte. Es war eine Marotte von ihm, stets überpünktlich zu sein. Darauf konnte man sich bei ihm in jedem Fall verlassen. Noch ein letztes Mal sog er den Modergeruch der Baustelle ein, den er liebte, wie andere den Parfümduft der Drogerien. Auf die Sekunde genau duckte er sich unter der Absperrung durch und huschte auf die andere Straßenseite. Als ihn die Scheinwerfer eines vorbeifahrenden Autos erfassen wollten, beugte er sich nieder und schnürte sorgfältig seine ausgelatschten Schuhe neu.

Moni stand bereits in der Wohnungstür, den Morgenmantel aufreizend so weit geöffnet, dass die letzten Geheimnisse ihres drallen Körpers gerade noch so verborgen blieben. Der Kunde hatte am Telefon explizit nachgefragt, ob sie vollbusig wäre, obwohl sie das bereits in ihrer Kontaktanzeige deutlich gemacht hatte. Sofort fiel ihr das ungepflegte Äußere ihres Gastes auf. Sie trat einen Schritt vor und verhinderte dadurch, dass sich der Mann in die Wohnung bewegen konnte.

»Moment! Du hättest mir am Telefon sagen sollen, dass du in der Kanalisation übernachtet hast. So kommst du mir nicht in die Bude, Kleiner. Das tu ich mir nicht an. Ich habe mich zwar schon gegen alles Mögliche impfen lassen, aber nicht gegen Skorbut. Verpfeif dich und versuch es auf dem Straßenstrich.«

Trotz ihrer Körperfülle, verfügte Moni über schnelle Reflexe. Doch das Stilett sah sie viel zu spät, das sich in Bruchteilen von Sekunden in ihren schwabbeligen Speckbauch wühlte. Mit aller Kraft, die man dem schmächtigen Marek kaum zugetraut hätte, warf sich dieser gegen die geschätzten einhundertfünfzig Kilo. Moni krachte, begleitet von einem spitzen Schmerzensschrei, gegen den hinter ihr stehenden Schuhschrank. Marek warf die Tür hinter sich zu und presste seine Hand auf den grellgeschminkten Mund seines Opfers. Die Spitze des Messers bewegte sich nun vor den Augen der entsetzt dreinblickenden Hure.

»Warum beschimpfst du mich, du Drecksweib? Wofür hältst du dich, dass du mich ablehnst? Mein Geld ist ebenso viel wert, wie das der anderen Freier. Du fickst doch mit jedem, der zahlt ... oder irre ich mich da? Jetzt beweg deinen Arsch ins Schlafzimmer und stell dich nicht so an. Ich werde wohl in deiner Riesenwampe kaum ein lebenswichtiges Organ erreicht haben.«

Eine kräftige Ohrfeige verschloss Monis Mund augenblicklich, die ihren Schmerz wieder herausschreien wollte. Mit einer Hand versuchte sie, das herausquellende Blut zu stoppen, was ihr nur teilweise gelang. Der Verdacht lag nahe, dass der Stich eine Schlagader verletzt hatte.

Mit einem abfälligen Grinsen betrachtete Marek die breite Blutspur, die Moni hinter sich herzog, bis sie sich endlich mit einem lauten Stöhnen auf das breite Bett fallen ließ.

Sofort warf sie sich herum und beobachtete ihren Peiniger, versuchte abzuschätzen, was der Gegner vorhatte. Marek stand vor dem Bett, betrachtete mit einer gewissen Abscheu die jetzt breitbeinig vor ihm liegende Frau. Sein Blick glitt über den gesamten Körper, der jetzt in voller Pracht einen großen Teil des Bettes ausfüllte.

»Das ist ja ekelig. Deck dich zu. Und dafür zahlen dir Männer wirklich Geld? Und drück dir endlich diese Wunde zu, du saust hier ja alles ein und verdirbst mir den Spaß.«

»Was ... was willst du von mir? Ich habe Geld ... ich gebe dir alles, was ich besitze. Da, hinter der Zuckerdose. Nimm dir, was drin ist, nur tu mir nicht weh. Oder möchtest du eine besondere Behandlung. Ich mach alles, auch mit dem Mund. Komm her, ich bin deine Sklavin. Aber hol mir bitte den Verbandskasten aus dem Bad. Ich verblute sonst.«

Mit angstgeweiteten Augen verfolgte Moni, wie sich der Besucher vor ihr auf den Boden setzte und spielerisch mit der Spitze des Messers über ihre Schienbeine ritzte. Seine Augen wirkten verklärt, schienen in eine andere Welt zu blicken. Der Mann lächelte nur. Seine Stimme bekam einen völlig anderen Klang, als er wieder eine Frage an sie richtete.

»Hast du eine Mutter?«

Moni konnte nicht glauben, dass der Mann, der ihr vor wenigen Minuten den Bauch aufschlitzte, nun Konversation mit ihr betreiben wollte. Sie presste die Lippen auseinander, die der Schmerz zuvor verschlossen hatte.

»Ob ich eine Mutter habe? Du willst wirklich wissen, ob ich eine Mutter habe? Jeder normale Mensch hat eine Mutter. Ist das nicht so?«

Wieder schrie sie auf vor Schmerzen, als sich die Klinge in den Schienbeinknochen bohrte und der Mann sie unbeherrscht anbrüllte.

»Du sollst mich nicht belehren, du dreckige Schlampe. Gib mir nur eine Antwort auf das, was ich dich frage. Also?«

»Ich habe eine Mutter, ja.«

»Ist die genauso fett wie du?«

»Nein, ist sie nicht. Sie ist schlanker.«

Immer wieder spürte sie, dass sich die Klinge über den Körper bewegte. Die Angst wuchs ins Unermessliche.

»War sie immer gut zu dir, oder hat sie dich auch geschlagen?«

»Ja, ja ... ab und zu hat sie mich auch mal geschlagen. Doch meistens war es mein Vater.«

Erneut bohrte sich das Messer in ihr Fleisch.

»Ich habe dich nicht nach deinem Vater gefragt. Hat der dich auch gefickt?«

Moni brauchte eine Weile, bis sie die Frage verdaut hatte, ließ sich Zeit mit der Antwort.

»Also hat er. Du musst mir nicht antworten. Ich weiß es, dass er das tat. Wie hast du ihn dazu gebracht, du Miststück? Hast du es schon damals genossen, wenn er in dich eindrang?«

»Ich wollte es nicht ... das musst du mir glauben. Ich war erst sieben. Ich war noch ein Kind, verdammt. Das Schwein hat es auch mit den Nachbarskindern getrieben. Ich hasse ihn dafür. Die haben ihm Gott sei Dank in Afghanistan den Arsch aufgerissen. Die Bombe war eine Strafe des Herrn.«

»Sei jetzt endlich ruhig. Du wirst deinen Teil dazu beigetragen haben, dass er sich an dich ranmachte. Ihr seid alle wie Schlangen. Du hättest dich an deine Mama wenden sollen, sie hätte dir geholfen. Eine Mutter hilft immer, wenn die Kinder sie brauchen.«

»Meine Mutter hat nur gelacht, wenn du es genau wissen willst. Sie hat nur laut gelacht und mich sogar festgehalten, als mein Vater ...«

Ihr Kreischen erstarb in einem satten Gurgeln, als ihr die scharfe Klinge des Stiletts die Kehle von einem Ohr zum anderen aufschlitzte. Marek wich den auskeilenden Füßen aus, die schließlich nach einem letzten Zucken schlaff über die Bettkante hingen. Angewidert von dem offenstehenden Mund drückte er ihr den und beide Augen zu. Er sah triumphierend auf sein Opfer herunter, öffnete betont langsam ihren Morgenmantel und seinen Hosengürtel.

24

Alle, die sich im Raum aufhielten, vermieden es, Karim in die Quere zu kommen, der wie ein Rasender auf unschuldige Möbelteile einschlug. Selbst die stabile Wand bekam die Kraft seiner Faust zu spüren.

»Was bezweckt dieses perverse Schwein damit? Warum nur immer meine Weiber? Da laufen Tausende draußen auf dem Strich rum. Nein – das Schwein besucht meine Ischen und murkst sie ab. Da kann doch nur eine Schweinerei, ein System dahinterstecken. Die versuchen, mich aus dem Geschäft zu drängen und haben mir einen Killer auf den Hals gehetzt, der das so aussehen lassen soll, als würde ein kranker Arsch dahinterstecken.«

Hotte war der Einzige, der sich wagte, einen Kommentar dazu abzugeben.

»Davon hätten wir doch was gehört. Die Russen und Albaner wissen doch, dass wir ihnen den Strich überlassen haben. Warum sollten die den Frieden stören? Jeder hat seinen Anteil. Die Spaghettifresser werden es nicht wagen, sich gegen uns zu stellen, nachdem wir ihnen die Drogen im Süden gelassen haben. Das kann nur ein Zufall sein.«

Als wäre Karim vor eine Wand gelaufen, stoppte er seinen Rundgang und drehte sich gefährlich langsam zu Hotte um.

»So, so. Du hast also die ganze Wahrheit parat und kennst dich da aus. Hat dir das vielleicht die Schlampe eingetrichtert, die angeblich diesen Kerl gesehen hat? Hat die dir den Schwanz massiert, dass du mir das verkaufst?«

Hotte war die Unsicherheit anzumerken, die sich übermächtig in ihm ausbreitete.

»Dani habe ich nicht angefasst, so wie du es mir gesagt hast. Aber denk mal nach. Dieser Kerl macht sich bisher nur über Frauen her, die in Privatwohnungen arbeiten. Und für wen schaffen die an? Richtig ... nur für dich. Dir gehören doch mindestens neunzig Prozent der Klubs. Da kann das Schwein doch nur dich treffen ... ob er will oder nicht.«

Zumindest dieses Argument schien bei Karim Wirkung zu zeigen. Er entspannte sich, zog jedoch die Augen zu Schlitzen zusammen.

»Dani? Habt ihr euch schon auf Kosenamen geeinigt? Willst du mir etwa weismachen, dass dich die Schlampe noch nicht drangelassen hat? Die hat über sieben Jahre keinen Kerl mehr auf sich gespürt. Du verarschst mich doch.«

Hotte wusste nicht, wie er aus dieser Situation herauskommen sollte, versuchte es mit Ablenkung.

»Ich habe mir schon die Frage gestellt, warum Dani sich eine Knarre besorgt hat. Die hat doch eigentlich nichts zu befürchten. So recht nehme ich ihr das auch nicht ab, dass sie den Kerl nicht beschreiben kann. Ich glaube eher daran, dass die sich auf einen privaten Rachefeldzug begibt und das Schwein sucht, um ihn umzulegen. Die Weiber aus dem Knast sind doch zu allem fähig. Und die hat doch schon einen abgemurkst, wie sie mir erzählte. Da kommt es doch auf einen mehr oder weniger nicht an. Die Richter werden ihr bestimmt mildernde Umstände zusprechen, falls man ihr den Mord überhaupt nachweisen kann.«

Karim stand mit tief in den Taschen vergrabenen Händen vor ihm und schien nachzudenken. Eine Riesenlast fiel von Hottes Schultern, als er die Riesenhand seines Bosses auf dem Rücken spürte. Die beiden Männer entfernten sich einige Meter vom Tisch.

»Du wirst genau das bei ihr rausfinden. Jetzt ist mal Schluss mit lustig. Ich verwöhne das Drecksstück doch nicht, während die mir den Spaß verdirbt. Pass auf, Hotte. Du wirst dich an sie ranmachen. Ich meine, dass du es ihr richtig besorgen sollst. Fick die Tussi durch, bis ihr der Samen aus den Ohren quillt. Und dann entlocke ihr, was die tatsächlich vorhat. Wenn du den Verdacht hast, dass die tatsächlich die Rachegöttin spielen will, werden wir sie uns mal so richtig vornehmen. Du weißt schon, was ich meine. Also los, ich will bald was von dir hören. Ich verliere jeden Tag Unsummen, wenn das Schwein noch mehr Mädels killt. Ich habe aber noch eine Idee.«

Karim drehte sich wieder in Richtung der Hilfsluden, die ihm erwartungsvoll entgegensahen.

»Jeder von euch hat ja seine Zone, in der er abkassiert. Ich will, dass ab sofort jeder von euch in den Wohnungen patrouilliert. Wenn es nötig werden sollte, pennt ihr sogar bei den Weibern und falls dieses Schwein da auftaucht ... ich will den lebend. Habt ihr gehört? Lebend! Der gehört mir. Die Weiber sollen euch sofort anrufen, falls bei denen mal einer anruft, den sie nicht kennen, der sich seltsam benimmt. Los, bewegt euren Arsch.«

Richard Hönig glaubte, aufmucken zu müssen.

»Aber Karim, was erzähl ich Karin? Du weißt selbst, wie eifersüchtig die wird, wenn ich mal längere Zeit nicht nach Hause komme.«

Richard sah die Faust zwar kommen, konnte jedoch die schützenden Hände nicht mehr hochreißen. Jeder im Raum konnte hören, wie sein Jochbein brach.

»Verpiss dich mit deiner Karin, du Furz. Ich will dich hier nicht mehr sehen. Und die Kohle wird Hotte in Zukunft bei deiner Karin abkassieren. Die bleibt, was sie ist ... und du rührst sie nie wieder an. Geh mir aus den Augen. Hat noch jemand ähnliche Einwände?«

Der Rest der Leute zog den Kopf zwischen die Schultern und drängte zum Ausgang. Niemand, der nicht eingeweiht war, bemerkte die Veränderung in den Wohnungen der Dirnen. Wechselnde Männerbesuche war man schließlich als Nachbar gewöhnt. Selbst den Freiern blieb verborgen, dass sie bei ihren Liebesspielen beobachtet wurden.

25

»Was soll das, Hotte? Ich habe dir schon am Anfang gesagt, dass ich hier keinen Kerl dulde. Das gilt auch für dich. Du kannst in deiner Wohnung duschen. Zieh dich bloß wieder an. Lange genug hatte ich Leute um mich herum, wenn ich mir den Arsch gereinigt habe. Das brauche ich nicht mehr. Also zieh dich wieder an und lass mir meine Privatsphäre«, schimpfte Daniela und stemmte die Fäuste in die Hüften. »Damit das auch für die Zukunft klar ist. Ich fand das früher ganz nett, wenn ich mit einem Kerl im Bett lag, was ich auch zugeben möchte. Aber höre genau zu: Das war früher, also bevor ich in den Knast ging. So richtig kann ich euch Kerlen nichts mehr abgewinnen. Ich bin mir nicht einmal sicher, ob das bei mir zum Orgasmus reicht. Wir Frauen wissen viel besser, was der Partnerin guttut. Hast du mich jetzt verstanden?«

Hotte, der seine Jeans sorgfältig über die Stuhllehne gefaltet hatte, stoppte mitten in der Bewegung. Wenn er glaubte, dass sein wahrlich durchtrainierter Körper Eindruck bei Daniela hinterließ, wurde er spätestens jetzt enttäuscht.

»Das ... das glaube ich dir nicht. Du willst mich verarschen. Mach bei mir bloß keine auf Lesbe. Das hat dir vor dem Knast gefallen und wird dir bestimmt auch heute noch

Freude bereiten. Warum versuchst du es nicht einfach mal? Ich bin gut, Daniela. Ich kann es dir richtig gut besorgen.«

Daniela, die schon auf dem Weg in die Küche war, blieb wie angewurzelt stehen und sah sich nach dem Möchtegern-Lover um. Ihr Lächeln begleitete eine Musterung, die Hotte die Zornesröte ins Gesicht trieb.

»Du bist ja ein ganz Schlimmer. Zeig mal, was du vorzuweisen hast. Runter mit dem Slip!«

Obwohl Daniela eigentlich nicht damit gerechnet hatte, ließ Hotte tatsächlich die Hose fallen und präsentierte seinen ganzen Stolz. Als Daniela ein anerkennendes Pfeifen hören ließ, entspannte sich seine Miene und wurde von einem Lächeln abgelöst.

»Nicht übel, der Kleine. Da wird deine Freundin wohl ihre helle Freude dran haben. Aber jetzt pack das gute Stück wieder ein und pack deine Jeans drüber. Ich will jetzt Körperpflege betreiben. Schlag bitte die Tür nicht so fest zu, wenn du gehst.«

Daniela drängte ihren Gast aus dem Bad und zog die Tür hinter ihm ins Schloss. Sie genoss das auf den Körper prasselnde Wasser in vollen Zügen und ließ ab und zu ein wohliges Stöhnen hören. Erst, als es fast zu spät war, bemerkte sie den großen Schatten, der sich über die milchige Glasabdeckung legte. Ein kräftiger Arm legte sich um ihren Hals und nahm ihr für einen Moment die Atemluft. Hottes andere Hand spürte sie unangenehm zwischen ihren Beinen. Ihr Becken wurde brutal nach hinten gezogen, sodass sie aufschrie. Bevor sie es verhindern konnte, presste der kräftige Kerl sein Glied in ihren After. Wieder durchströmte sie ein brutaler Schmerz, der ihr fast den Verstand raubte. Doch schlimmer war für sie die unvorstellbare Erniedrigung durch diesen schmierigen Zuhälter. Der Verstand drohte zu kapitulieren, sich vollends zu verabschieden. Erst als sie das Geschehen endlich akzeptierte und die Muskulatur entspannte, wurde der Schmerz erträglicher. Ihr wurde übel, während dieser Dreckskerl beim Orgasmus laut aufstöhnte und die Stöße weniger heftig wurden. Mit einer heftigen Bewegung riss er sein jetzt erschlafftes Glied aus ihrem Hintern und stützte sein Kinn auf ihre Schulter. Starr vor Ekel und mit dem Gefühl der Entwürdigung, versuchte sie vorsichtig, sich aus der Umklammerung zu befreien. Hotte hielt weiter beide Arme um Danielas Leib geschlungen, flüsterte ihr sogar ins Ohr.

»Siehst du, mein Engel, das war doch gut ... oder etwa nicht? Vergiss diesen Unsinn mit anderen Weibern. Ein Männerschwanz ist durch nichts zu ersetzen, es sei denn durch einen Schwanz.«

Ein leises Glucksen konnte Hotte nicht zurückhalten, so sehr gefiel ihm der Witz. Er drückte Daniela gegen die triefend nasse Scheibe, von der immer noch das Wasser der Dusche abperlte. Mit ausdruckslosem Gesicht wandte sich Daniela ab und wartete darauf, dass dieses Tier endlich sein schlaffes Glied von ihrem Hintern entfernte. Ihre Lippen kamen einem Strich gleich.

»Lass uns zurück ins Wohnzimmer gehen. Ich habe jetzt Lust auf ein Bier. Wenn du möchtest, können wir das später noch mal wiederholen. Du machst mich richtig scharf mit deinem geilen Körper.«

Wortlos stellte Daniela das Wasser ab und lief vor Hotte her ins Wohnzimmer, eine breite Wasserspur hinter sich herziehend. Noch bevor sie die Tür erreichten, landete Hottes Hand klatschend auf Danielas Hintern. Der Schmerz im Schließmuskel überdeckte diesen. Sie ertrug ihn mit stoischer Ruhe. Hotte hatte sich vorsorglich ein Badetuch aus der Dusche mitgenommen, das er sich nun um die Lenden schlug, bevor er sich lachend über die Lehne in den breiten Sessel fallen ließ.

Mit dem Zigarillo im Mundwinkel verfolgte er mit lüsternem Blick den immer noch unbekleideten Körper seiner Gespielin, stellte mit Genugtuung fest, dass sie ihm tatsächlich eine Bierflasche aus dem Kühlschrank holte. Lässig streckte er seine Hand aus, um nach der Flasche zu greifen, als er sie blitzschnell wieder zurückzog. Es war eine fließende Bewegung, mit der Daniela die Flasche auf der Kante des Beistelltisches zerschlug und vor Hottes Gesicht hin und her bewegte. Panik zeichnete sich im Gesicht des Zuhälters ab, als er nur wenige Millimeter vor seinen Augen das scharfkantige Glas vorbeigleiten sah.

»Was ... was soll das? Das wirst du nicht wagen, mich damit zu verletzen. Lass den Scheiß. Leg die verfickte Flasche weg und ich werde das Ganze vergessen. Du hast den guten Teppich versaut, was Karim bestimmt nicht gefallen wird. Mach sofort die Sauerei weg, sonst gibt es was auf die Fresse!«

Mittlerweile befand sich auch Danielas Gesicht nur noch wenige Zentimeter vor dem ihres Peinigers. Ihre Augen strahlten eine Eiseskälte aus, die Hotte hätte warnen sollen. Ihr machte es nichts aus, dass sich Blutspritzer über ihr Gesicht verteilten, als sie den Rest der Bierflasche in das verhasste Antlitz des Verbrechers stieß. Sein Schrei zerriss die Stille des Raumes. Als er versuchte, seine Hände hoch-zureißen, nutzte Daniela die Gelegenheit, das Glas in seinen Hals zu pressen. Ein Gurgeln begleitete seine Bemühungen, die Blutungen mit den Handflächen und mit dem Badetuch zu stoppen. Ohne jegliche Eile zog sich Daniela zurück und verließ den Raum.

»Ich ... ich werde dich ... töten, du Miststück.«

Hotte schaffte es in die Senkrechte und torkelte immer wieder quer durch den Raum, verteilte dabei wertvolles Blut.

»Wo bist du? Komm her, damit ich dir die Titten abschneiden kann. Ich kriege dich sowieso. Ich brauche einen Arzt, verdammt, ich verblute sonst. Ruf sofort einen verfluchten Arzt.«

Verzweifelt suchte er durch den blutigen Film vor seinem rechten Auge nach seinem Telefon, das linke hing nur noch an einem dünnen Faden aus der Augenhöhle.

Daniela beobachtete das Bemühen des Mannes fast belus-tigt. Es hatte den Anschein, als würde sie spöttisch lächeln. Abrupt stoppte Hotte mitten im Raum, als er den kalten Stahl erst an seinem Penis, dann direkt an seiner Stirn spürte.

»Was ist dir lieber, du mieses Stück Scheiße? Soll ich dir deinen dreckigen Schwanz wegpusten, oder soll ich dir sofort in deine hohle Birne schießen? Du hast noch zehn Sekunden, bevor ich für dich entscheide. Neun ... acht ...«

Mit jeder Sekunde, die runtergezählt wurde, entstellte sich das Gesicht des Ganoven mehr. Die Angst und die Schmerzen hatten alles Menschliche weggefegt. Seine Züge verzerrten sich auf unvorstellbare Weise.

»Das kannst du nicht tun. Ich werde ...«

»Vier ... drei ...«

»Tu das nicht! Bitte. Das war doch gar nicht ...«

Der einzelne Schuss überlagerte Hottes Betteln und Flehen. Unglaube zeichnete sich in der blutigen Masse ab, die einst ein männlich-schönes Gesicht darstellte. Erschreckend langsam faltete sich sein Körper auf dem jetzt vom Blut durchfeuchteten Teppich zusammen. Daniela sah auf ihn herunter, während sie die Hand, die immer noch die schwere Waffe hielt, seitlich am Körper herunterhängen ließ. Sie schien keine Eile zu haben, als sie sich mit stoischer Ruhe wieder unter die Dusche stellte, um zum einen das Blut, aber besonders den Geruch der Vergewaltigung abzuspülen. Der Schock lähmte noch immer ihr Tun. Doch je länger sie dort stand, umso hektischer scheuerte sie über ihren Körper, rieb sogar den Badeschaum in den verletzten Darm. Den brennenden Schmerz ignorierte sie. Irgendwann brach sie weinend zusammen und schrie ihren Zorn gegen das immer noch niederprasselnde Wasser heraus.

Die wenigen Sachen, die sie besaß, sortierte Daniela sorgfältig in ihre Sporttasche, blickte sich ein letztes Mal um. Mitleidlos ruhten ihre Augen auf dem verkrümmt am Boden liegenden Hotte, der mit weit aufgerissenen Augen ins Leere blickte. Bevor sie die Wohnungstür hinter sich zuzog, warf sie den Schlüssel mit einer müden Bewegung auf den Toten. Sie wusste, dass ihr Leben jetzt nichts mehr wert war, wenn Karim davon erfuhr. Doch es galt, noch etwas zu erledigen.

26

»Bleiben Sie bitte zurück. Wer von Ihnen hat uns angerufen?«

Liebig drängte die mindestens zehn Neugierigen beiseite und wandte sich um. Ein schmalbrüstiger Mann im mittleren Alter schob sich nach vorne und blieb wortlos vor dem Hauptkommissar stehen.

»Sie? Wann genau haben Sie denn den Lärm aus der Wohnung gehört?«

»Das war am Nachmittag, so um sechs Uhr rum. Ja, ich glaube, es war sechs Uhr. Da begann gerade die Quiz-Sendung im Ersten. Wir wollten gerade ...«

Peter Liebig hob die Hand und unterbrach den Mann, weil er ahnte, dass jetzt Nebensächlichkeiten in den Raum gestellt wurden.

»Wir haben Ihren Anruf aber erst um kurz vor sieben erhalten. Warum liegt eine so lange Zeit dazwischen? Sie sprachen von einem Schuss, den Sie gehört haben wollen. Wäre es da nicht sinnvoll gewesen, sofort anzurufen?«

Hilfesuchend sah sich der Mann im Kreis der Nachbarn um, bevor er antwortete.

»Wissen Sie, da gibt es öfter mal Krach in der Bude. Die Kerle benutzen die Räume häufig für ihre wilden Partys.

Und meine Frau meinte, dass es ja auch ein Sektkorken gewesen sein konnte. Sie verstehen? Als die Quizsendung zu Ende war, habe ich mal das Ohr an die Tür gelegt. Da war alles ruhig. Da habe ich mir gedacht, dass da vielleicht doch was ...«

»So, so ... Sie haben gedacht. Ganz großartig. Wissen Sie zufällig, ob jemand für die Wohnung einen Zweitschlüssel besitzt? Ich meine, gibt es einen Hausmeister? Es scheint ja im Augenblick keiner zu Hause zu sein.«

»Nö. Gestern habe ich noch diese dunkelblonde Frau mit dem kurzen Haar reingehen sehen. Die wohnt da schon ein paar Tage und ...«

»Mein Mann spricht von Frau Weigel, bei der ihm immer die Augen ein wenig aus dem Kopf fallen. Die ist eigentlich ganz nett und wir haben uns schon ein paarmal unterhalten. Doch heute habe ich die noch nicht gesehen. Eigentlich seltsam. Normalerweise läuft die immer mit so einem großen, gut aussehenden Kerl durch die Gegend.«

Mit beiden Händen in den Hüften baute sich der Ehemann nun vor seiner Frau auf und erhob seine Stimme.

»Ich bin es also, der gafft? Was ist mit dem Kerl von nebenan? Hast du mit dem auch schon ...?«

»Schluss jetzt mit dem Theater! Treten Sie bitte zurück, meine Damen und Herren. Wir öffnen jetzt die Wohnung. Gehen Sie wieder in Ihre Wohnungen und lassen Sie uns unsere Arbeit machen. Und Sie«, er wies auf eine recht korpulente Frau in der Menge, »bringen Sie endlich Ihren Säugling zum Schweigen. Wechseln Sie die Windel, oder füttern Sie das Kind ... aber sorgen Sie um Gottes willen dafür, dass hier Ruhe einkehrt.«

Liebig ignorierte den vorwurfsvollen Blick und trat einen Schritt zurück, um den Kollegen der Sondereinheit mit der Ramme Platz zu machen. Am Treppenabsatz bemerkte er Rita, die sich mühsam durch die Menge nach oben quetschte. Das Splittern des Holzes erfüllte das Treppenhaus, sodass einige sogar schützend die Arme vor das Gesicht rissen. Die Beamten verhinderten, dass einige Neugierige an ihnen vorbei in die jetzt offene Diele drängten.

»Sorgen Sie bitte dafür, meine Herren, dass das Volk hier aus dem Flur verschwindet. Die zertrampeln uns nur eventuelle Spuren. Rita, rufen Sie die KTU und Dr. Schiller. Hier stinkt es nach Tod. Keiner betritt die Räume, bevor ich es sage. Sperren Sie bitte alles ab. Das ist ab sofort ein Tatort.«

»Aufgesetzter Schuss aus nächster Nähe. Das zeigt der Schmutzsaum an der Eintrittswunde. Das muss ein recht gewaltiges Kaliber gewesen sein, so wie die Austrittswunde am Hinterkopf aussieht. Der Täter hat dem Kerl ja den halben Schädel weggepustet. Das Geschoss dürfte noch in dem Polster sitzen. Die Energie des Geschosses war dermaßen groß, dass selbst die Splitter des Stirnknochens erheblichen Schaden in den Weichteilen des Gehirns verursachten. Ich spreche dabei von einer Konversion, wobei selbst die kleinsten Splitter zu Sekundärgeschossen werden«, erklärte Schiller.

Liebig hörte gespannt zu und machte sich erste Notizen.

»Also definitiv Fremdeinwirkung, wenn ich Sie richtig interpretiere. Doch was hat der Täter zuvor mit dem Gesicht angestellt? Das muss irgendwann mal einem Mann gehört

151

haben, wenn ich mir den Rest der Leiche betrachte. Vermute ich richtig, wenn ich annehme, dass die Reste von der Bierflasche da eine erhebliche Rolle spielten?«, wollte Liebig wissen.

Schiller hob einen Moment den Kopf und rieb sich den steifen Nacken.

»Nun ja, wenn ich mir die Blut- und Gewebereste an den Kanten ansehe, möchte ich Ihre Theorie sofort bestätigen. Da muss jemand so was von wütend gewesen sein, dass er oder sie die Flasche noch zusätzlich in den Hals gedrückt hat. Eigentlich reichten diese Verletzungen völlig aus, um den Kerl umzubringen. Doch da wollte jemand auf Nummer sicher gehen.

Jetzt müssen wir uns Gedanken darüber machen, warum das Opfer unbekleidet vor uns liegt. Sie erwähnten ja bereits, dass diese Wohnung von einer gewissen Daniela Weigel bewohnt wird. Dem ersten Anschein nach könnte man vermuten, dass sexuelle Handlungen vorgenommen wurden. Entweder kamen Fremde dazwischen und haben den Mann getötet und die Frau mitgenommen, oder die Weigel war mit dem Ergebnis des Beischlafs unzufrieden. Haben wir es hier mit einer Schwarzen Witwe zu tun?«

»Sie überraschen mich immer wieder mit Ihrem schwarzen Humor, Schiller.«

»Ich kann noch besser, Herr Hauptkommissar. Jetzt lachen Sie bitte nicht, aber ich habe unter der Vorhaut des Opfers Fäkalienspuren gefunden, die den Verdacht nahelegen, dass dieser Mann vor nicht allzu langer Zeit Analverkehr hatte.«

»Scheiße!«

»Genau die«, bestätigte Schiller grinsend.

Liebig warf einen Blick auf Rita, die mit ausdrucksloser Miene neben ihm stand und nur mit den Schultern zuckte. In ihm keimte ein Verdacht auf, den er auch prompt äußerte.

»Für mich stellt sich die Situation im Augenblick so dar. Der Kerl hier könnte sich mit Daniela Weigel auf Sex geeinigt haben, was ja nach sieben Jahren der Enthaltsamkeit nicht unbedingt ungewöhnlich wäre. Doch es lief anders ab, als sie sich das vorstellte. Er zwang sie möglicherweise zu Handlungen, zu denen sie nicht bereit war.«

Rita schob eine Bemerkung dazwischen.

»Die haben es wahrscheinlich in der Dusche getrieben. Alles deutet daraufhin, dass sich dort mehrere Personen aufhielten. Da liegen noch ein leerer Behälter eines Duschgels auf dem Boden, ein Waschlappen und seltsamerweise eine Nagelbürste. Wer nimmt eine Nagelbürste mit in die Dusche?«

»Da wollte sich jemand zwanghaft von etwas reinigen, vermute ich«, erwiderte Schiller.

»Gut, lasst mich fortfahren«, unterbrach Liebig. »Das bestätigt sogar noch meine Theorie. Nehmen wir mal weiter an, dass dieser Mann dort in der Dusche anal Befriedigung suchte, Daniela es aber partout nicht wollte. Würden Sie sich nicht auch bei dem Kerl dafür rächen wollen, Rita?«

Schiller und Liebig wechselten einen vielsagenden Blick, schwiegen jedoch. Rita bemerkte erst jetzt, worauf sie sich eingelassen hatte.

»Natürlich nicht, Chef. Das könnte ich niemals ... ich meine, jemanden töten.«

»Nein, nein, Rita, Lassen Sie nur. Stellen Sie sich mal vor, Sie haben sieben Jahre in einem Knast zugebracht, erfuhren dort nur Gewalt, haben sogar zuvor schon jemanden getötet. All das trifft auf Frau Weigel zu. Jetzt kommt so ein mieser Zuhälter und zwingt Sie zu Handlungen, die Sie grundsätzlich ablehnen, sogar verabscheuen. Glauben Sie nicht auch, dass es dann zu solchen Kurzschlusshandlungen kommen könnte?

Was bei mir noch Fragen aufwirft. Ist Daniela Weigel noch immer im Besitz der Waffe? War das eine Waffe, die das Opfer mitführte oder hat sie sich die bereits im Vorfeld besorgt? Den Gedanken möchte ich nicht so von der Hand weisen, da sie möglicherweise einen Rachefeldzug wegen ihrer Schwester plante. Ich kann mich nur sehr schwer in den Kopf eines Menschen hineinversetzen, der nach so langer Zeit entlassen wird, dem aber die einzige Kontaktperson, auf die sie alle Hoffnung setzte, derart brutal genommen wird.«

Rita wirkte nachdenklich und schob eine Bemerkung ein.

»Sagten Sie nicht, dass sich Daniela heftig mit ihrer Schwester gestritten hat, sie sogar gewürgt hat? Töte ich anschließend für sie?«

Peter Liebig lehnte sich gegen die Küchentheke und stützte die Ellenbogen auf den Tresen.

»Die Frage ist sicherlich nicht unberechtigt, Rita. Doch es ist ihr eigenes Blut, es war ihre Schwester. Das beurteilt man doch anders, als wäre ein Nachbar ermordet worden. Dann vergisst man, so denke ich, schon mal einen Streit. Haben Sie sich nie mit Ihrem Bruder oder der Schwester gestritten?«

»Ich bin ein Einzelkind!«

Schiller streckte seine Hand aus, was für Liebig ein klares Signal dafür war, dass er ihm hochhelfen sollte.

»Ich möchte mich der Theorie von Ihrem Chef anschließen. Alles deutet darauf hin. Außerdem sind deutliche Hinweise im Ablauf zu erkennen, dass diese Tat mit ausgeprägter Wut, mit tief sitzendem Hass ausgeführt wurde. Der Kopfschuss wurde final verübt, um sicher zu sein, dass der mögliche Peiniger wirklich tot ist. Jetzt heißt es für euch, die Frau schnellstmöglich zu finden, bevor sie noch mehr Unheil anrichtet. Ich bin hier erst mal fertig, Leute und empfehle mich. Bitte, großer Herrscher über diese schlimme Welt, lass heute Abend nichts mehr geschehen, denn ich habe Konzertkarten und muss mich noch umziehen.«

Schiller nahm den Blick wieder von der Zimmerdecke, trennte die wie zum Gebet zusammengelegten Handflächen und war Sekunden später auf dem Flur entschwunden. Zwei Männer mühten sich mit dem Zinksarg die Treppe herauf.

27

»Sag das noch mal! Die hat Hotte umgelegt? Du willst mich verarschen.«

Die nackte Angst sprang aus Freddis Augen, als Karim ihn am Haarschopf gepackt hielt und wild schüttelte. Sofort fuhr er mit den Fingern durch das schulterlange Haar, als ihn Karim fortstieß. Alle Anwesenden in der Pokerrunde starrten ungläubig auf den Anführer, erwarteten eine Reaktion, die auch prompt kam. Sein Stuhl zerschellte mit lautem Getöse an der Wand. Nur ein schnelles Abducken schützte Freddi davor, von dem Mobiliar getroffen zu werden.

»Hast du das mit eigenen Augen gesehen? Ich meine, dass Hotte tot ist? Oder kommt das wieder von unserem Informanten aus dem Präsidium? Scheiße, Scheiße. Wenn die den in der Wohnung kaltgemacht hat, haben wir bald die Hütte voll mit Bullen. Die kriegen das doch ruckzuck raus, wem die Bude gehört und werden hier auftauchen. Dieses verdammte Weibsstück. Die hat mich richtig verarscht. Und ich Idiot hab ihr noch die Knarre besorgt.«

Karim blickte sich um und bemerkte zwei Gesichter, die ihr Grinsen nicht komplett verbergen konnten.

»Dir scheint das Ganze ja gut zu gefallen, Nippes. Ich brauche solche Leute, die alles mit Humor nehmen. Du erhältst die große Ehre, die Organisation dafür zu übernehmen, dass wir das Weib wieder einfangen. Zwei Tage hast du dafür, du Arschloch. Wenn die bis dahin nicht vor mir auf den Knien liegt, werde ich dir dein Grinsen aus der Fresse schlagen. Hast du das geschnallt? Nimm dir ein paar Leute und schwing die Hacksen!«

Nippes, der normalerweise für den Geldtransport verantwortlich zeichnete, war das Lächeln eingefroren. Er wusste genau, was ihm blühte, wenn er den Termin nicht einhalten würde. Sein Job, die Geldwäsche zu organisieren, war wesentlich unkomplizierter gegen das, was ihn nun erwartete. Diese Daniela Weigel konnte schon weit über alle Berge sein. Er suchte die Nadel im Heuhaufen. Ein Tritt vor seinen Stuhl holte den Mann aus seinen Gedanken.

»Worauf wartest du noch? Die Zeit läuft.«

Schon wenige Stunden nach Karims Wutanfall bestätigten sich seine Befürchtungen. Telefonisch wurde er darüber informiert, dass es in drei seiner Klubs intensive Kontrollen gegeben hatte, die seinen Gästen ebenfalls unangenehm waren. Seine eh schon schlechte Laune sank auf den Tiefstpunkt. Als sich die Tür zur *Ritze* öffnete und zwei ihm bekannte Männer eintraten, raste er aus innerlicher Wut.

»Sie sehen unglücklich aus, Karim. Könnte es mit dem Mord an ihrem Mitarbeiter zu tun haben, den wir in Ihrem Apartment gefunden haben? Der sah nicht gut aus, der arme Kerl. Ich denke, dass Sie mir dazu was sagen können.«

Liebig und Spiekermann warteten nicht ab, dass sie zum Hinsetzen aufgefordert wurden. Sie zogen sich zwei Stühle heran und warteten auf eine Antwort. Die hasserfüllten Blicke der umstehenden Ganoven ignorierten sie dabei.

»Wieso kommen Sie darauf, dass ich etwas darüber weiß? Was die Mieter da treiben, geht mich nichts an. Was also wollen Sie ausgerechnet von mir?«

»Mieter hört sich gut an. Wir können also davon ausgehen, dass Frau Weigel mit Ihnen als Eigentümer einen Mietvertrag abgeschlossen hatte und Ihr Mitarbeiter, dieser ... wie hieß er doch gleich? ... also dieser Hotte, sich lediglich zu Besuch dort aufhielt. Das nenne ich doch mal Service, wenn man die weiblichen Mieter nackt vor Ort betreut. Nachdem wir Hotte etwas leblos dort vorfanden, müssen wir davon ausgehen, dass er seinen Aufgaben nur zum Teil nachkam. Die Mieterin scheint sogar so enttäuscht gewesen sein, dass sie ihm den halben Kopf zerfetzte und zur Sicherheit noch in die Stirn schoss. Davon wissen Sie natürlich nichts, oder?«

Karim hatte zwischenzeitlich am Tisch Platz genommen und bemühte sich sichtlich um innere Ruhe.

»Warum quatscht ihr immer von Mitarbeiter? Ich kenne diesen Hotte, wie Sie ihn nennen, ganz gut ... ja. Aber der ist nicht bei mir angestellt. Die Pfeife treibt sich des Öfteren hier rum und hier und da macht er für mich ein paar Botengänge. Tut mir leid, dass es ihn erwischt hat. Seid ihr sicher, dass die Frau Weigel den gekillt hat? Das ist doch im Grunde eine so liebe Frau. Das kann ich mir kaum vorstellen. Ach, bevor ich es vergesse. Die Frau Weigel hat keinen Mietvertrag mit mir. Wie Sie ja bestimmt schon wissen, kam die erst vor Tagen aus dem Knast und hatte keine Bleibe. Da habe ich ihr die Räume vorübergehend angeboten ... ohne Miete. Das sind doch am Anfang ganz arme Frauen, denen man helfen sollte, damit sie nicht wieder abrutschen.«

Liebig und Spiekermann wechselten einen Blick, woraufhin Spiekermann seinen Kommentar nicht zurückhalten konnte.

»Sehen Sie, Chef, genau das habe ich Ihnen auch schon gesagt. Hier kümmert man sich um Frauen, die einmal vom rechten Weg abkamen. Bewundernswert. Hören Sie, Karim. Die Frau Weigel wird Ihnen doch sicher verraten haben, was in der Wohnung passierte und wo sie jetzt ist. Ich meine, das tut man doch gegenüber einem Wohltäter, zumal, wenn sich ein solches Vertrauensverhältnis aufgebaut hat. Sie wissen, dass Sie dazu verpflichtet sind, uns das mitzuteilen, oder?«

Wieder einmal verfärbte sich der Schädel des Klubbesitzers. Es war ihm anzumerken, wie ihn diese Frotzelei wurmte, da sie im Beisein seiner Leute stattfand.

»Ihre bescheuerten Sprüche können Sie für sich behalten. Ich habe diese Schlampe seit Tagen nicht mehr gesehen. Gibt es sonst noch Fragen? Wenn nicht, bitte ich darum, die Biege zu machen.«

»Hört, hört. Das ist aber eine schnelle Wandlung von der benachteiligten Heiligen zur Schlampe. Sie überraschen uns immer wieder mit Ihrer Meinungsvielfalt.«

»Raus jetzt aus meinem Lokal. Ihr kotzt mich langsam an. Kommt wieder, wenn ihr einen Haftbefehl oder einen Durchsuchungsbeschluss habt. Vorher will ich keinen Bullen mehr hier sehen.«

Liebig stupste Spiekermann an den Arm, bevor der eine neuerliche Beleidigung losließ. Beide erhoben sich und schlenderten zum Ausgang. Liebig drehte sich doch noch ein weiteres Mal um und sagte:

»Für uns besteht im Augenblick der Verdacht, dass Frau Weigel eine Stinkwut auf den Kerl in ihrer Wohnung hatte, sonst hätte sie den ja nicht auf diese Weise umgebracht. Hoffentlich beschränkt sich die nur auf den einen Kerl und dehnt ihr Tätigkeitsumfeld nicht aus, zu dem Sie ja ebenfalls gehören. Ich würde mich draußen schon intensiver als sonst umsehen. Es könnte ja sein, dass die Frau nachtragend ist. Sie wissen, die ist bewaffnet. Das wollte ich nur mal loswerden, Karim. Nicht, dass wir in den kommenden Stunden auch hier tätig werden müssen. Einen schönen Abend noch.«

»Raus mit euch!«

Karims Stimme überschlug sich fast.

28

Daniela sah vorsichtig vorbei an der Seitenmarkise, die sie vor Blicken aus vorbeifahrenden Fahrzeugen schützen sollte. Ihr tat der Cappuccino gut, den sie sich zum Schokohörnchen im Café bestellt hatte. Während sie ihr kleines Frühstück zu sich nahm, inspizierte sie fortwährend die Umgebung. Sie war sich der Tatsache völlig bewusst, dass man sie suchen würde. Sie musste nicht nur vor der Polizei auf der Hut sein, sondern besonders vor den Häschern, die Karim bestimmt auf sie gehetzt hatte. Außerdem hatte sie immer noch die Drohung in den Ohren, die ihr Mara noch auf dem Gefängnishof hinterhergeschickt hatte. Die russische Drogenmafia war ein nicht zu unterschätzender Gegner.

Alle, auch die Gäste an den Nebentischen starrten sie unentwegt an, waren bereit, sie anzugreifen oder zumindest an ihre Verfolger zu verraten. Diese Gedanken setzten sich fest, ließen sie nicht zur Ruhe kommen. Jeden Augenblick rechnete sie damit, dass sich die Türen eines Autos öffnen und schwerbewaffnete Männer über sie herfallen würden. Doch so ganz ohne Gegenwehr würde man sie nicht bekommen. Was hatte sie noch zu verlieren? Der Tote in der Wohnung würde sie belasten. Es interessierte niemanden, dass es sich zumindest aus ihrer Sicht um Notwehr gehandelt hatte. Das entstellte Gesicht und die Schusswunde zwischen den Augen ließen nur kaltblütigen Mord zu. Daniela kam aus dem Knast – das allein genügte den Ermittlern, um ihr eine Wiederholungstat in die Schuhe zu schieben. Von allen im Café unbemerkt tastete sie nach der Waffe, die obenauf in der Sporttasche ruhte. Der kalte Stahl der durchgeladenen Beretta gab ihr das Gefühl von Macht und Sicherheit.

Sollen sie doch kommen, diese Schweine.

Die Abenddämmerung zog sich wie ein bedrohlicher Schleier über die Straße und erinnerte Daniela daran, dass sie noch einen Ort finden musste, an dem sie ihr mittlerweile müdes Haupt ablegen konnte. Das Adrenalin, dass sie seit der Auseinandersetzung mit Hotte aufputschte, besaß den Nachteil, dass es den Körper irgendwann zusammenbrechen ließ. Vier Tütchen vom so wichtigen Speed waren ihr noch geblieben. Einteilen hieß nun die Devise, bevor sie eine neue Quelle, einen Dealer aufgetan hatte. Mehr durch Zufall streifte ihre Hand die rechte Hosentasche, in der sie den Wohnungsschlüssel zu Leas Wohnung spürte. Das war die rettende Idee, um die kommende Nacht überstehen zu können.

Niemand konnte das Gesicht der Frau unter der hochge- schlagenen Kapuze der Joggingjacke erkennen, die unent- wegt den Hauseingang und in der Umgebung parkende Fahr- zeuge beobachtete. Nur in einem VW-Käfer befummelte sich ein Liebespaar, was jedoch irgendwann endete und das junge Mädchen lachend durch ein Gartentor neben dem Haus verschwand. Ihr Galan sah ihr noch einen Moment nach, verschwand dann schließlich im Dunkel der Nacht. Alles um Daniela herum blieb ruhig, strömte absoluten

Frieden aus, dem Sie jedoch nicht traute. Sie hatte lernen müssen, dass es keinen wirklichen Frieden gab – nicht für sie. Die Sporttasche lag fest in ihrer Hand, als sie sich entschlossen auf den Weg machte. Sie war bereit, jederzeit die Waffe einzusetzen, um ihr bisschen Leben bis zum bitteren Ende zu verteidigen. Wenn sie gehen musste, nahm sie ein paar dieser Schweine mit.

Im dunklen Hausflur blieb sie einen Moment sichernd stehen, lauschte hinein in das Durcheinander von Tönen, die aus den Wohnungen kamen und eine Melodie bildeten, wie man sie in jedem Treppenhaus zu hören bekam. Musik, Streitereien, Kindergebrüll, Stühlerücken und das Schlagen von Türen. Doch sie suchte nach anderen, eher verdächtigen Geräuschen, die nur jemand verursachte, der sie zu vermeiden versuchte. Daniela hatte einen Sinn dafür entwickelt, Gefahren besser wahrzunehmen, da sie im Knast hinter jeder Ecke lauern konnte ... selbst in der eigenen Zelle, in der sie sich stets nur im Halbschlaf befand. Traue niemandem. Daraus bestand das Geheimnis, um ohne Blessuren zu überleben. Als sie sich sicher war, dass sich kein Fremder im Treppenhaus herumtrieb, huschte sie die Treppe hinauf und stand schließlich vor Leas Wohnungstür. Nur Sekunden überlegte Daniela, bevor sie mit dem Messer das Siegel der Kripo glatt durchtrennte, sodass es auf den ersten Blick nicht auffiel. Erleichtert lehnte sie sich von innen vor die Wohnungstür und atmete ruhig durch, versuchte, den Puls wieder zu normalisieren.

Lange noch saß sie in der Dunkelheit in der Küche, ließ die Szene noch einmal vor ihren Augen vorbeifliegen, als sie ihre Schwester würgte und verschwand. Oft hatten sie sich schon als Kinder gezankt, sogar geschlagen. Doch dass nur kurze Zeit später ein Monster Lea das Leben nahm, ließ Daniela die Lippen zusammenpressen und die Fäuste ballen. Das Gesicht des Mannes hatte sich bei ihr eingebrannt ... sie sah es genau in diesem Augenblick deutlich vor sich.

»Ich werde dich finden. Du sollst dafür leiden, du Bestie, und wenn es das Letzte ist, was ich in diesem Leben tun werde. Du wirst mir nicht entgehen.«

Leicht verwirrt darüber, dass sie zu sich selbst sprach, schreckte sie hoch und blickte irritiert um sich.

»Werde ich schon schizophren? Ich sehe schon überall Gespenster. Verdammte Scheiße.«

Daniela tastete sich durch die Diele ins Schlafzimmer und warf ihre Tasche auf das Bett. Erschöpft streckte sie sich daneben aus.

Nur einen Moment, bevor ich mich wasche und umkleide ... nur für einen Augenblick die Augen schließen.

Das Hupen eines Autos vor dem Haus ließ sie hochfahren. Sie brauchte mehrere Sekunden, bevor sie registrierte, dass die Sonne bereits durch die Vorhänge blitzte und ihr deutlich machte, dass sie die ganze Nacht durchgeschlafen hatte. Immer noch spürte sie das Brennen im After, als sie zur Toilette ging. Sie biss die Zähne zusammen und wischte sich das Blut ab. In Wellen zog erneut ihr Hass auf den Verursacher durch ihren Körper.

Du wirst keiner Frau mehr so was antun können. Du hättest tausend Tode sterben müssen ... das ging viel zu schnell für dich, du Satan.

Selbst als sie diese Worte dachte, bewegten sich dazu ihre Lippen und der Blick wurde hart. Für einen Moment glaubte

Daniela, dass jemand versucht hatte, die Wohnungstür zu öffnen. Sie hielt den Atem an, lauschte. Zumindest ein Scharren war vernehmbar. Doch schnelle Schritte entfernten sich wieder treppabwärts. Kopfschüttelnd machte sie sich an der Kaffeemaschine zu schaffen und öffnete den Kühlschrank. Erschreckende Leere empfing sie, als ihr Blick über die einzelnen Fächer irrte. Zwei Eier und eine angefangene Packung mit geräuchertem Schinken mussten heute Morgen reichen, um den gröbsten Hunger zu stillen. Später musste sie unauffällig für den Einkauf sorgen. Als sie ihre verbliebenen Finanzen überschlug, wusste sie, dass irgendwoher neues Geld fließen musste. Die Quelle blieb noch ein großes Rätsel, denn einen Antrag auf Arbeitslosenhilfe konnte sie jetzt wohl vergessen. Schon Minuten, nachdem sie dort vorsprach, würde wohl die Polizei dort auftauchen. Verzweiflung machte sich breit, die dafür sorgte, dass sich Hass gegen die brave Gemeinschaft in ihr aufbaute. Sie hatte von Anfang an keine Chance.

Trotz der niederschmetternden Einsicht musste sie jetzt unbedingt damit beginnen, für ihr nacktes Überleben zu kämpfen. Die Waffe, die sie hinten in ihren Hosenbund geschoben hatte, gab ihr Sicherheit. Es gab nichts zu verlieren. Was Daniela damit meinte, bekam als Erste die Kassiererin an der Tankstelle zu spüren, die arglos und freundlich die einzige und erste Kundin des Morgens begrüßte, dabei jedoch in den Lauf einer mächtigen Waffe sah.

29

Kommissar Reinder vom Raubdezernat hielt Peter Liebig die Phantomzeichnung vors Gesicht und wartete auf eine Antwort.

»Ja, es könnte sein. Aber die Weigel hat kurzes Haar und ist dunkelblond. Deine Zeugin behauptet, dass sie schwarzhaarig ist und längeres Haar trägt. Die Möglichkeit besteht natürlich, dass die sich frisches Geld besorgt hat. Ihren bisherigen Wohltäter hat sie mit der Tötung eines Mitarbeiters leicht verärgert und beim Amt kann sie sich nicht blicken lassen. Die Sachbearbeiter wissen Bescheid und melden uns sofort, wenn die Frau auftaucht. Die Fahndung ist eh raus, sodass wir sie schon bald kassieren werden.

Verdammt, es ist aber auch immer wieder dasselbe. Kaum sind sie in Freiheit, geht das Theater wieder von vorne los. Die Daniela Weigel hat eigentlich einen recht guten Eindruck auf mich gemacht. Wer weiß, wie es mit ihr gelaufen wäre, wenn man ihre Schwester nicht getötet hätte. Die ist dem beschissenen Zuhälter Karim doch förmlich in die Arme gelaufen. Sie hatte eigentlich von Anfang an keine Chance.«

Reinder nickte dazu. Auch er kannte das Problem mit den entlassenen Strafgefangenen, denen man draußen kaum eine

Möglichkeit der Resozialisierung gab. Die vermeintliche Freiheit überforderte diese Menschen regelrecht mit all den unglaublichen Möglichkeiten. Im Knast lief das Leben nach strengen Regeln ab, ohne dass der Gefangene etwas daran ändern konnte. So irrwitzig es sich auch anhörte ... die Menschen wurden schon dadurch bequem, indem man ihnen die Mahlzeiten zu immer gleichen Zeiten servierte. Sie mussten sich um den Tagesablauf, die Verpflegung nicht kümmern. Da draußen begann ein neuer Lernprozess, das Leben mit all den Hürden selbst in den Griff zu bekommen. Die Welt hatte sich verändert, die Reizüberflutung war enorm.

Liebig holte Reinder aus seinen Überlegungen, indem er ihm die Phantomzeichnung reichte, die zuvor noch von Rita und Spiekermann begutachtet wurde.

»Es bleibt uns im Augenblick nur die Hoffnung, dass wir sie zufällig auf der Straße antreffen und ohne Gegenwehr festnehmen können. Hoffentlich macht sie nicht den Fehler und sucht den Schuldigen in Karim. Nicht, dass ich große Sympathien für das Schwein hege, aber Daniela Weigel reitet sich damit immer weiter in die Scheiße und begibt sich in Lebensgefahr. Wir sollten darüber nachdenken, den Kerl beobachten zu lassen.«

Zum ersten Mal mischte sich Rita in die Diskussion, bisher hatte Rita nur ruhig zugehört.

»Sie wollen diesen Kerl tatsächlich beschützen lassen?«

»Das verstehen Sie falsch Rita. Der kann von mir aus in der Hölle landen, aber ich habe die kleine Hoffnung, dass wir die Frau am ehesten in seinem Dunstkreis finden werden. Wir schützen nicht ihn, sondern sie vor einer weiteren Dummheit. Daniela Weigel ist nicht von Grund auf schlecht. Die Schuld für ihr verkorkstes Leben müssen wir schon bei ihrem Vater suchen. Bei meinem Besuch dort konnte ich zwischen den Zeilen heraushören, dass er sie als Kind schon missbraucht hatte. Das kann ich Ihnen aus vielen Fällen versichern: Das prägt einen Menschen für den Rest des Lebens.«

»Aber sie hat doch einen Menschen kaltblütig ...«

»Das müssen Sie anders sehen, Rita. Daniela Weigel hat ihren Schwager zwar erschlagen, doch geschah das im Affekt und nur, weil sie ihre Schwester beschützen wollte. Dabei handelt es sich nicht um eine geplante Tat. Wenn sie jetzt allerdings den Scheißkerl Karim auch noch erschießt, landet sie für den Rest ihres Lebens hinter Gittern, bekommt sogar Sicherungsverwahrung als Wiederholungstäterin. Das darf nicht geschehen.«

Peter Liebig spürte, dass er Rita überzeugt hatte. Seine beiden Kollegen hatten sowieso schon zustimmend genickt, während er die junge Kollegin aufklärte.

»Gut, Peter, wir arbeiten also in dem Fall Weigel zusammen. Jeder hält den anderen auf dem Laufenden. Brauchst du Verstärkung? Ich meine, wegen der Observierung dieses Karim.«

»Mensch Reinder, damit könntest du mir wirklich helfen. Danke für dein Angebot. Meine Leute sind schon komplett eingespannt. Sollte die Frau auftauchen, versucht bitte, sie auf die ruhige Tour zu kassieren. Du weißt, was ich meine?«

»Klaro. Ich wickel sie dir in Folie ein.«

Reinder duckte sich blitzschnell, um dem Kugelschreiber zu entgehen, den Peter Liebig nach ihm warf. Die Fahndung lief auf Hochtouren. Auch Karim erfuhr durch einen bezahlten Mittelsmann im Präsidium, dass er besser seine Leute zurückpfeifen sollte, da die Kripo sehr schnell auf seiner Matte stehen würde, sollte der Frau Gewalt angetan werden. Alle würden sich dann auf ihn stürzen. Obwohl es ihm gewaltig gegen den Strich ging, gab er eine neue Order aus, um Unannehmlichkeiten in seinen Klubs zu entgehen. Die Schutztruppen für die Mädchen verblieben jedoch an Ort und Stelle.

30

Mimi legte verärgert ihre Karten auf den Tisch, als die Türklingel unerwartet anschlug. Drei Könige sollten ihr den Sieg in dieser Pokerrunde gegen Ralle Schäfer bringen. Sie war bereits zwei Schritte vom Tisch entfernt, als sie sich wieder umdrehte und die fünf Karten aufnahm und im Dekolleté verstaute. Sicher war sicher. Ralle war schließlich für seine Betrügereien bekannt. Bevor sie die Küche verließ, um zu öffnen, gab sie Ralle ein Zeichen, dass er sich in das Nebenzimmer verziehen sollte. Die Kunden durften nichts von einem Beobachter wissen. Das sprach sich schnell herum und vergraulte die Freier.

Nachdem sich Mimi professionell posiert hatte, öffnete sie die Tür und zeigte ihr überzeugendes Lächeln. Das fror ihr jedoch auf dem Gesicht ein, als sie die armselige Figur sah, die vor der Tür wartete. Sie hatte schon entsprechende Sprüche auf den Lippen, als der ungepflegte Mann ein Geld-bündel aus der Hosentasche zog, mit dem er grinsend wedelte. In Sekundenschnelle fand Mimi ihr freundliches Lächeln wieder, fuhr sich sogar mit einem lasziven Grinsen mit der Zunge über die Lippen. Weit öffnete sich ihre Tür, sodass sich Marek Kaspar an ihr vorbei in die Diele bewegen konnte. Obwohl Mimi ein modriger Geruch in die

Nase stieg, folgte sie dem schmächtigen Kerl mit schwingenden Hüften.

»Hast du Zeit für mich, Schätzchen?«

»Immer. Du hast mir überzeugende Argumente für eine angenehme Unterhaltung geliefert. Ich denke, du weißt, dass vorher die Kohle rüberkommt. Alles mit Gummi, kein Oral und keine Schmerzen. Ansonsten bin ich für fast alles offen. SM kostet Aufpreis. Ansonsten erst mal pauschal achtzig Mäuse. Extras rechnen wir drauf. Also, was soll es sein, mein Großer?«

Marek warf, während er auf das vermeintliche Arbeitszimmer zusteuerte, einen Blick in die Küche und blieb stehen.

»Hast du auch was zu trinken im Kühlschrank? Ich habe Durst wie eine Bergziege. Coke, Apfelsaft oder so was?«

»Aber sicher. Ein Softgetränk ist inklusive. Nur Sekt kostet extra.«

Mimi schob sich an dem Besucher vorbei in die Küche, wobei natürlich rein zufällig ihre großen Brüste an Mareks Gesicht vorbeistrichen.

»Setz dich schon hin. Sobald du geduscht hast, können wir anfangen. Es wird dir gefallen.«

Da Mimi bereits das Kaltgetränk im Kühlfach suchte, konnte sie die spontane Veränderung in Mareks Gesicht nicht wahrnehmen. Seine Hände suchten etwas in den Tiefen seines Anoraks, den er heute über der Joggingjacke trug, kamen mit dem großen Skalpell eines Chirurgen wieder zum Vorschein. In dem Augenblick, als er die scharfe Klinge am Hals der Hure ansetzen wollte, drehte sie sich um und hakte sich in seinem Arm unter. Mimi schob ihren Gast zum Bad.

»Mach dich fein für mich und du wirst gleich den Himmel auf Erden erleben. Ich bereite alles vor. Das Geld – ich hätte nur vorher den Lohn. Du verstehst doch, dass wir vorher kassieren, oder? Mir sind schon Freier nach getaner Arbeit einfach abgehauen. Nicht, dass ich das bei dir befürchte, aber so läuft das eben in unserem Geschäft.«

Auffordernd hielt sie Marek die offene Hand entgegen. Zuerst spürte sie den stechenden Schmerz nicht, als ihr die Klinge quer über die Handfläche wie durch weiche Butter glitt und die Sehnen durchtrennte. Ungläubig starrte sie auf das heraustretende Blut. Der Schmerzensschrei blieb ihr im Hals stecken, als sie die Hand des Besuchers auf ihrem Mund spürte, der sie brutal in das kleine Bad zerrte. Hinter ihnen fiel die Tür ins Schloss. Die angsteinflößende Waffe bewegte sich vor Mimis Augen. Sie lauschte der leisen Stimme des Mannes, roch seinen übel riechenden Atem.

»Wo ist er? Sag mir jetzt nicht, es wäre keiner in der Wohnung. Ich habe bereits gesehen, dass ich euch bei einer Pokerpartie gestört habe. Die Knete liegt noch auf dem Küchentisch. Also, wo finde ich den Kerl?«

Die Spitze des Skalpells steckte bereits in Mimis Nasenflügel. Sie konnte ihr eigenes Blut riechen. Nur zum Teil schaffte sie es, das Zittern zu unterdrücken, das ihr einschießendes Adrenalin verursachte. Verzweifelt klammerte sie die Hände in den Rand der Badewanne, neben der sie auf dem kalten Boden lag. Der Puls dröhnte wie der Bass einer Lautsprecherbox in den Ohren. Der Augenblick, vor dem sich alle Liebesdienerinnen fürchteten, war genau bei ihr eingetreten.

Wo war bloß Ralle, der sie eigentlich beschützen sollte?

Obwohl sie sich darum bemühte, sich bemerkbar zu machen, kam kein Laut über ihre Lippen. Die übermächtige Angst lähmte die Sinne. Mit den Augen versuchte Mimi, dem Killer eine Nachricht zu vermitteln. Immer wieder fauchte er ihr den fauligen Gestank seines Atems entgegen, der bei ihr ein Würgen verursachte. Sie meinte sogar, einen Verwesungsgeruch wahrzunehmen, den sie für den Hauch des bevorstehenden Todes hielt.

»Wo ist der Kerl? Ich frage dich kein drittes Mal, elende Hure.«

Um seine Warnung zu untermauern, führte Marek nun den Schnitt durch die Nasenscheidewand blitzschnell durch. Das austretende Blut lief Mimi über die Schleimhäute in den Hals, verursachten einen Hustenreiz. Mit allergrößter Kraftanstrengung versuchte Mimi, den Kerl wegzustoßen. Die Todesangst verlieh ihr nie vermutete Kräfte. Marek flog gegen das Waschbecken und stieß dabei den Seifenspender herunter. Das Scheppern hallte durch den Raum. Abgrundtiefer Hass verzerrte das eh schon hässliche Gesicht des Wahnsinnigen. Es war eine fließende Bewegung, als er das Skalpell unterhalb des Nabels ansetzte und brutal bis zum Brustansatz hochzog. In dem Augenblick, als Mimi entsetzt auf ihre heraustretenden Innereien starrte, flog die Tür auf und schlug gegen die Wand.

Eine Sekunde zu lange brauchte Ralle, um die Situation zu erfassen. Die reichte Marek jedoch aus, um ihm die scharfe Waffe in die Hoden zu stechen. In dem Augenblick, als er sich nach vorne beugte, die Hand auf die Verletzung presste, fuhr ihm die Klinge des Mörders brutal quer durch das Gesicht. Ralles Schmerzensschreie ebbten erst in dem

Augenblick ab, in dem sein Kopf mit aller Gewalt auf die Badewannenkante geschlagen wurde. Leblos fiel er auf Mimi, die immer noch atmete und auf ihren durchtrennten Unterleib starrte. Zufrieden erhob sich Marek und stieg über die beiden Menschen hinweg, die sich sterbend in ihrem Blut wälzten. In aller Ruhe legte er das Skalpell auf den Rand des Waschbeckens. Genießerisch beobachtete er, wie sich das Blut seiner Hände mit dem ablaufenden Wasser vermischte. Sich die Hände abtrocknend setzte er sich auf den Badewannenrand und beobachtete die letzten Versuche seiner Opfer, den rettenden Sauerstoff in die Lungen zu befördern. Als endlich Ruhe einkehrte, griff er nach seiner Waffe, verstaute sie in einem Etui und legte sich auf die Couch. Das Fernsehgerät versorgte ihn mit Unterhaltung bis er sicher sein konnte, dass die Totenstarre langsam einsetzen würde. Ohne jede Eile bewegte er sich ins Bad und zog Mimi an den Füßen ins Wohnzimmer. Sein Liebesspiel begann.

31

»Das darf doch nicht wahr sein. Ist das der Teufel persönlich, der meine Weiber massakriert? Was hat Ralle bei der gemacht? Hat der sich bei Mimi das letzte bisschen Gehirn aus dem Schädel gevögelt, anstatt aufzupassen?«

Niemand im Raum wagte auch nur ein Wort zu sagen, während Karim Dampf abließ. Klaus Kerber, der die schlechte Nachricht überbrachte, hatte sich an das Ende der Ritzentheke verkrochen und wartete ab. Wie ein wildes Tier in einem zu engen Käfig stampfte der Boss durch die Tischreihen. Ihm war es egal, ob es ein Gast mitbekam, als er seinen Tobsuchtsanfall bekam. Mit einer herrischen Bewegung der Hand befahl er seine Gefolgsleute in das Hinterzimmer.

»Waren die Bullen schon da? Wissen die überhaupt schon davon, Klaus?«

»Als ich abhaute, war noch nichts von denen zu sehen. Ich war ja auch nur durch Zufall da, weil ich Kasse machen wollte. Als keiner aufmachte, bin ich mit dem Nachschlüssel rein. Das sieht da aus wie im Schlachthaus. Überall Blut. Das Schwein hat Mimi den Bauch aufgeschnitten. Das ist ekelhaft. Die liegt breitbeinig mitten im Wohnzimmer. Wenn du mich fragst, dann hat der die ...«

»Ja, ich frage dich, du Arschloch. Was hat der deiner Meinung nach? Mach das Maul auf, oder soll ich dir die Antwort rausprügeln?«

Mit geballten Fäusten kam Karim mehrere Schritte auf Klaus zu, der abwehrend die Hände hob.

»... als ob dieses Schwein Mimi noch gevögelt hat, obwohl sie tot war. Das macht doch kein normaler Mensch.«

»Das macht doch kein normaler Mensch«, äffte Karim seinen Geldboten nach. »Ist es normal, dass man meine Huren abmurkst? Muss man sich nicht denken können, was ich mit einem solchen Schwein anstelle, wenn ich den bei den Eiern habe? He? Sagt mir das. Der kann doch nicht ganz dicht sein.«

Heftiges kollektives Nicken bestätigte Karims Meinung.

»Jetzt hört mir genau zu. Drei Mann bewegen ihren Arsch jetzt augenblicklich in die Wohnung und beseitigen die Sauerei. Restlos, meine Herren. Und wenn ich restlos sage, meine ich das so. Die Bude muss absolut clean sein, sodass selbst die Bullen dort nichts mehr finden, was auf einen Mord hinweisen könnte. Das muss so aussehen, als wäre Mimi für immer abgehauen. Legt von mir aus irgendwelche Reiseprospekte von Venezuela oder der Antarktis in die Schubladen. Hauptsache, dass keiner von denen auf die Idee kommen könnte, dass die Frau, die da wohnte, ermordet wurde. Die ist einfach weg ... aus die Maus!«

»Geile Idee, Karim«, beeilte sich Klaus einzuschieben, »Ich fahr mit Tom und Richard rüber und verfrachte die beiden Leichen ins Auto. Der Brennkessel wird den Rest erledigen. Da bleibt noch nicht einmal Asche über, mit der die Bullen was anfangen könnten. Ich hol mir anschließend zwei von den Weibern aus der gestrigen Fuhre. Ich verbinde denen die Augen, bis wir in der Wohnung sind. Wenn die den Laden sauber haben, bringe ich die wieder zurück. Die werden nicht einmal sagen können, wo sie gewesen sind.«

Den Vorschlag ließ Karim unkommentiert, winkte nur mit der Hand, damit die Männer endlich mit der Arbeit begannen. Schließlich hatte sich draußen schon schützende Dunkelheit ausgebreitet.

Keiner der Männer, die feixend die Türen des abseits parkenden BMW zuschlugen, bemerkte die stille Beobachterin in dem Hauseingang gegenüber. Die wiederum hielt sich weit entfernt von dem dunkelgrauen Passat, in dem immer mal wieder die Glut einer Zigarette hinter der Frontscheibe zu sehen war. Der zugehörige Qualm der beiden rauchenden Männer entwich durch einen schmalen Fensterspalt. Daniela wusste vom ersten Augenblick an, dass es sich um Bullen handelte. Ihr ging nur nicht auf, warum sie ausgerechnet die Ritze beobachteten. Die Observierung musste nicht zwangsläufig ihr gelten, war ihr zweiter Gedanke, auf den sie sich jedoch sicherheitshalber nicht verlassen durfte.

Ihr stärkster Wunsch war, endlich diesen Mann zu entdecken, den sie vor Leas Haustür gesehen hatte. Ob es klug war, sich an Karim dafür rächen zu wollen, dass er sie gefügig machen wollte, darüber war sie sich noch nicht endgültig sicher. Dieses Unternehmen konnte sehr gefährlich für sie enden. Karim würde keinen Moment zögern, sie zu töten oder durch Drogen gefügig zu machen. Sie würde anschließend in einem Freudenhaus irgendwo auf der Welt den Hintern für notgeile Kerle hinhalten müssen. Der Handel mit Frauen, die ohne Familie waren, blühte. Schon dieser Gedanke verwarf alle Zweifel an der Richtigkeit ihres Vorhabens.

Daniela warf einen sichernden Blick in Richtung des wartenden Bullen-Fahrzeugs, schlug ihre Kapuze hoch und entfernte sich in die entgegengesetzte Richtung. Am Ende der Straße wechselte sie die Seite und schlich an der Hauswand entlang wieder zur Ritze. Ihr war bei einer vorherigen Besichtigung nicht entgangen, dass sich seitlich in einer Hauseinfahrt der Lieferanteneingang befand, neben den sie sich nun rauchend an die Wand lehnte. Jeden Augenblick musste ein kleiner Lieferwagen auftauchen, der allabendlich Kartons mit unbekanntem Inhalt ablieferte. Kaum hatte sie die Kippe halb geraucht, als die Scheinwerfer sie erfassten.

»Pause, schöne Frau? Noch eine Tour, dann kann ich auch Schluss machen. Ist Karim drin?«

»Jau, du kannst liefern. Der wartet schon.«

Der junge Mann, der die Kofferraumhaube bereits geöffnet hatte, schloss die Stahltür zur Bar auf, um zwei hohe Kartons in den langen Flur zu tragen. Genau in diesem Augenblick huschte Daniela hinterher und eilte die schmale Treppe hoch, die sie für einen Moment vor den Augen des Lieferanten verbergen sollte. Wenige Minuten später fuhr der kleine Transporter wieder aus der Einfahrt und verschwand im Dunkel der diesigen Nacht. Daniela fühlte sicherheitshalber nach der Waffe, die sie im Hosenbund versteckt hielt. Lautlos schlich sie die wenigen Stufen hinunter, ohne dass sie auch nur den Boden erkennen konnte. Sie folgte der leisen Musik, die ihr anzeigte, in welcher Richtung sie die Bar erreichen musste. Daniela stieß sich heftig den Kopf, als sie auf die Feuerschutztür traf, die direkt in den Barraum führte. Dort verharrte sie einen Augenblick, da seitlich von ihr Stimmen durch eine Tür drangen, aus denen sie deutlich die von Karim heraushörte.

Ihre Gesichtszüge wurden hart, als sie ihre kleine Hand um den großen Knauf der Waffe presste und die beiden Sicherungen beseitigte. Auf einer freien Lichtung hatte sie fleißig geübt, die gewaltige Waffe schnell schussbereit zu machen und in Schussposition zu gehen. Auf Danielas Stirn bildete sich rasend schnell ein Schweißfilm, den sie verärgert über sich selbst mit dem Ärmel des Anoraks fortwischte. Während die Hand mit der Waffe seitlich am Körper herunterhing, tastete sie mit der freien Hand nach der Türklinke. Mehrfach atmete sie durch, versuchte, sich zu beruhigen. Als sie merkte, dass es nichts brachte, drückte sie vorsichtig auf den Türgriff, in der Hoffnung, dass die Tür nicht abgeschlossen war. Millimeter um Millimeter öffnete sich die Tür, gab den Blick in den Raum frei, in dem die Männer ihre Besprechungen und Pokerrunden abhielten. Karim saß mit dem breiten Rücken zu ihr auf einem Stuhl und zog scheinbar einen Kartengewinn zu sich heran. In der Runde erkannte sie weitere zwei Männer, die rauchend und enttäuscht ihre Karten auf den Tisch warfen. Langsam, jedes unnötige Geräusch vermeidend, schob sich Daniela mit vorgehaltener Waffe in den Raum, zielte auf den Nacken des verhassten Mannes. Der Schlag mit einem Stahlrohr traf sie von der Seite, bevor sie den hinter der Tür lauernden Mann ausmachen konnte.

32

Wie durch einen milchigen Schleier erkannte Daniela mehrere Schatten, die immer wieder an ihr vorbeiglitten. Stimmengewirr von oben zeigte ihr deutlich, dass sie auf dem Boden lag und eine Männergruppe mit derben Scherzen um sich warfen. Die rauchgeschwängerte Luft trieb ihr die Tränen zusätzlich zum Kopfschmerz in die Augen. Ein Tritt in die Rippen holte sie endgültig in die reale Welt zurück. Jemand zerrte sie hoch und Sekunden später befand sie sich sitzend auf einem Stuhl und blickte in das brutale Gesicht Karims.

»Bist du wieder bei uns? Seht euch diese mutige Katze an, die es wagte, hier einzudringen und versuchte, mich umzunieten. Das muss man dir lassen, Schlampe, Mut hast du. Das gefällt mir wirklich. Aber warum in Gottes Namen beißt du in die Hand, die dich füttert? Ich habe dir doch alles gegeben, Schätzchen. Erst meuchelst du Hotte und willst jetzt mir eine Kugel verpassen? Das verstehe ich nicht ... ihr etwa?«

Karim blickte sich in der Runde um und dann wieder auf Daniela, die den Kopf wegdrehte, um nicht in das verhasste Gesicht dieses Menschenhändlers sehen zu müssen. Ihr Kopf dröhnte noch von dem harten Schlag, der eine starke

Schwellung hervorgezaubert hatte. Sie konnte die Hände frei bewegen, da man auf eine Fesselung verzichtet hatte.

»Ich warte auf eine Antwort. Wir können das Ganze aber auch abkürzen, du Irre. Ich verpass dir gleich eine ordentliche Dröhnung, dass dir die Ohren wegfliegen und du bist ruckzuck von dem Zeug abhängig. Dann verkaufe ich deinen Kadaver an einen Kollegen und du fliegst in den nächsten Puff. Willst du das? Sag mir, willst du das wirklich?«

Daniela warf den Kopf nach hinten, als sie die mächtige Hand spürte, die sich um ihr Kinn schloss. Karim schüttelte sie ungeduldig, wartete darauf, dass seine Gefangene endlich das Maul aufmachte. Er erschrak etwas, als er die Spucke spürte, die ihm ins Gesicht flog. Daniela verbiss den Schmerz, als ihr die Ohrfeige den Kopf zur Seite fegte. Doch keine Träne verließ ihre Augen, sie biss tapfer die Zähne zusammen.

»Geh zum Teufel. Glaubst du wirklich, dass ich nicht wusste, wer den bescheuerten Hotte auf mich angesetzt hat? Von allein hätte der es niemals gewagt, mich zu vergewaltigen. Ich werde jeden umbringen, der mich ungefragt anrührt. Ich stehe nicht auf euch Dreckskerle, damit das klar ist.«

»Oho, eine Lesbe ... und was für eine. Das hatten wir schon lange nicht mehr, Karim. Reich die mir mal rüber, damit ich es ihr richtig besorgen kann. Die wird schon wieder normal.«

»Halt die Fresse, Ralf. Halt dich da ganz raus. Das regel ich selber mit der Frau. Das ist eben keine von den Weibern, die für Geld und bei Gewaltanwendung alles tun. Die gefällt mir immer besser. Hör mir jetzt genau zu, Daniela, was ich dir vorzuschlagen habe. Ich werde dir dieses Angebot nur einmal machen. Vielleicht können wir sogar Partner werden, wenn du mitziehst. Tu, was ich dir sage und du hast für die Zukunft einen gut bezahlten, festen Job bei mir. Natürlich, damit das für dich klar ist, ohne die Beine spreizen zu müssen.«

33

Kommissar Reinder klopfte gar nicht erst an, als er Liebigs Büro betrat, kam sofort zur Sache. Rita, die von ihrem Schreibtisch zu den beiden Männern herübersah, erhob sich und verschwand in der Küche. Sekunden später erschien sie wieder, bewaffnet mit zwei Kaffeetassen, die sie grinsend vor den Beamten platzierte. Wie sie es beabsichtigt hatte, bekam sie noch den letzten Teil des Satzes mit, den Reinder ihrem Chef zuraunte.

»... sind wir davon überzeugt, dass sie es tatsächlich war.«

Als Rita keine Anstalten machte, sich wieder an ihren Platz zu setzen, zeigte Liebig auf den freien Stuhl neben Reinder.

»Nun, in Gottes Namen, setzen Sie sich endlich und stehen nicht nur rum. Der Kollege Reinder berichtet gerade, dass man Daniela Weigel vor der Ritze gesehen hat. Sie ist rein, kam aber nicht mehr auf dem gleichen Weg raus. Sie sind doch ein cleveres Mädchen. Wie sollten wir Ihrer Meinung nach in der Sache weiter vorgehen? Hör mal genau zu, Reinder, die Frau hat es tatsächlich drauf. Pass auf.«

Fast hätte Peter Liebig laut losgelacht, als er die vielen Fragezeichen im Gesicht von Reinder sah. Der schien nicht zu begreifen, warum sich ein erfahrener Hauptkommissar die Meinung einer Praktikantin einholen wollte. Rita besaß mittlerweile die Fähigkeit, sich solchen Herausforderungen zu stellen, ohne rot anzulaufen.

»Ich denke, dass Sie kaum Erfolgschancen haben, die Frau dort zu finden, da man sie längst wieder auf anderem Weg fortgeschafft haben wird. Karim ist zwar brutal, aber nicht vollkommen blöd. Der weiß, dass man seine Bar beschattet. Da bin ich mir sicher«, warf Rita ein.

Da ihr das verschmitzte Augenzwinkern bei ihrem Chef aufgefallen war, sprach sie unbeirrt weiter:

»Ich versuche, mich in die Lage von Daniela zu versetzen. Dabei taucht immer wieder die Frage auf, warum begebe ich mich möglicherweise in Gefahr. Spontan tippe ich darauf, dass sie sich an dem Schwein dafür rächen will, dass er ihr den Hilfsluden auf den Hals gehetzt hat, den sie bekanntermaßen hingerichtet hat. Daraus resultiert die nächste Frage. Hat sie es geschafft, ihm das Licht auszublasen?«

Liebig konnte seine Bemerkung nicht zurückhalten, die bei Reinder zu einem Lacher führte.

»Aber hallo Rita. Wo haben Sie diese Ausdrucksweise gelernt? Bei mir jedenfalls nicht.«

»Jetzt tun Sie nicht so scheinheilig, Chef. Aber nein, ich habe zu Hause einen Fernseher. Weiter. Angenommen, sie schaffte es, dann erfährt die Öffentlichkeit nichts davon. Die anderen Kerle haben bestimmt nicht zugesehen, wie ihr Boss abgemurkst werden sollte. Sollte man sie allerdings vorher erwischt haben, oder wenn sie sich an den Saukerl mit einem Angebot wandte, hat man sie sicher zwischenzeitlich irgendwo untergebracht.«

Reinder rutschte auf seinem Stuhl in eine bequemere Position und hakte nach. Sein Interesse an dieser Laienthese war geweckt.

»Aus welchem Grund sollte Karim der Frau, die einen seiner Leute abserviert hat, Aufmerksamkeit schenken? Das macht doch keinen Sinn.«

»Das sehe ich prinzipiell ebenso. Andersherum sehe ich aber auch keinen Sinn darin, ohne ein Ass im Ärmel in die Höhle des Löwen zu marschieren. Wenn die Weigel ihn nicht töten wollte, muss es etwas geben, das sie bei Karim ausspielen kann. Was könnte das aber sein?«

»Bis hierher kann ich Ihnen folgen«, schob jetzt Liebig ein, »Das muss schon was besonders Ergiebiges sein, wenn er den Mord an seinem Mann ungestraft lässt. Er verliert doch sein Gesicht in der Szene, wenn er die Weigel nicht bestraft.«

»Das sollte man annehmen. Das bestätigt aber meine These, dass Daniela einen Trumpf besitzt, der Karim davon abhielt, sie auszuschalten. In mir keimt ein Verdacht, den ich nicht logisch erklären kann. Aber darf ich ihn trotzdem äußern?«

Nun war es wieder Reinder, der Rita ermutigte, fortzufahren.

»Sie können uns doch nicht so sitzen lassen, Frau Momsen. Erst machen Sie uns neugierig, um dann das Beste zurückzuhalten. Das geht doch gar nicht. Legen Sie los. Ihr Chef soll schließlich noch was dazulernen.«

Obwohl Liebig völlig ruhig blieb, duckte sich Reinder vorsichtshalber ab. Nichts geschah, außer, dass Rita loslegte.

»Stellen Sie sich vor, dass Daniela etwas über den Satan

weiß, der ihm seine Frauen der Reihe nach killt. Kennt sie den vielleicht sogar und sucht nun Karims Hilfe, um sich an diesem Monster zu rächen? Schließlich war es ihre Schwester, die er ermordete. Das schreit förmlich nach Rache. Diese Symbiose kann für beide Seiten nützlich sein ... für Karim und für Daniela. Und jetzt kommt bei mir ein völlig verrückter Gedanke auf.«

»Noch verrückter?«, schob Reinder ein, »Da bin ich aber gespannt.«

Rita überging diese Frotzelei und begann, durch den Raum zu wandern.

»Ich bin jetzt Karim und erfahre, dass diese Frau eventuell das Gesicht des Mörders kennt. Er weiß, dass der Kerl besonders auf seine Mädchen aus ist. Das ist ja auch auffällig, finde ich. Kann aber einen einfachen Grund haben.«

Hier unterbrach Liebig den Vortrag.

»Da liegen Sie gar nicht so falsch, denn der Satan treibt sich scheinbar nur in Privatklubs rum, die fast alle in Karims Hand liegen. Die Szene hat das unter sich aufgeteilt.«

»Danke, Chef, das erklärt also die Opfersuche, ohne dass der Täter es auf Karim speziell abgesehen haben könnte. Es liegt dann doch sehr nahe, dass der Zuhälterboss Daniela als Lockvogel einsetzen könnte.«

Betretenes Schweigen entstand in dem Raum, in den jetzt auch Spiekermann eintrat, der von einer Vernehmung zurückkam. Er hatte noch den letzten Satz von Rita mitbekommen.

»Habe ich was verpasst? Konnte die Frau festgesetzt werden?«

Liebig winkte ab und zeigte auf den Stuhl, auf dem zuvor Rita gesessen hatte.

»Wir folgen gerade gespannt den Ausführungen unserer jungen Kollegin. Übrigens sehr interessant, Herr Kollege. Fahren Sie fort Rita. Was schlagen Sie vor?«

»Nehmen wir wirklich einmal an, dass dieser Lockvogelplan durchgezogen würde, dann befände sich diese arme Frau in Todesgefahr.«

Reinder hieb mit der Handfläche auf den Tisch, um die Aufmerksamkeit aller Anwesenden zu erreichen.

»Einmal ganz an den Anfang gestellt ... die Mutmaßungen der lieben Kollegin ergeben absolut Sinn, obwohl sie auf Spekulationen basieren. Wir sollten den Gedanken trotzdem weiter verfolgen. Sollte Karim wirklich einen solchen Plan erwägen und Daniela Weigels Leben im Kampf gegen den Mörder einsetzen, wäre es doch naheliegend, dass er sie in eine der freigewordenen Wohnungen einquartiert. Nun muss er dem Killer mitteilen, dass er eine neue Nutte ins Rennen schickt. Wie macht er das? Natürlich ... er bewirbt diesen Saustall über Klubanzeigen in der Zeitung.«

Spiekermann nahm den Gedanken auf und fuhr anstelle von Reinder fort:

»Wir beobachten also die aktuellen Veröffentlichungen und schließen uns mit der Sitte kurz, die doch wohl als Erste wissen müsste, was sich in dem Bereich bewegt. Muss der Kerl die Mädchen nicht auch anmelden? Ich meine so wegen der Steuer und dem Gesundheitsamt.«

Liebig wiegte den Kopf und schaltete sich ein.

»Eigentlich, Spiekermann, eigentlich. Ob er sich für die kurze Zeit die Arbeit macht, sehe ich als sehr fraglich an. Da riskiert er lieber eine Strafzahlung, sollte man ihn überhaupt dabei erwischen. Warten wir also ab, was sich da tut. Ich spreche anschließend mit den Kollegen von der Sitte und bitte um Unterstützung. Wir werden dann, falls wir den neuen Arbeitsplatz von Daniela Weigel kennen, eine permanente Überwachung vornehmen. So könnten wir Karim zuvorkommen und Daniela vor dem Kerl schützen.«

Reinder und Spiekermann erhoben sich und verließen den Raum. Rita stand wie eine Statue im Raum und starrte ihren Vorgesetzten an, der das erst bemerkte, als er von seinen Papieren aufsah.

»Ist was?«, fragte Liebig erstaunt, »Sie sehen mich an wie ein Gespenst.«

»Ich kann einfach nicht glauben, was ich da gerade gehört habe. Sie wollen die Wohnung, in der Frau Weigel auf ihren möglichen Mörder wartet, lediglich observieren? Sie wollen riskieren, dass er trotz aller Überwachung an sie herankommt und sie möglicherweise ebenso grausam tötet, wie er es schon bei etlichen anderen Frauen tat? Entschuldigen Sie, Chef, aber das halte ich für verrückt. Sie können doch nicht ein Leben gegen das andere ausspielen, nur um endlich das Schwein in die Finger zu bekommen, das Ihre Frau ...«

»Halten Sie den Mund, verdammt.«

Lauter, als er es beabsichtigt hatte, schrie er Rita die Worte entgegen.

»Was wissen Sie denn schon davon, was der Tod eines geliebten Angehörigen bei der Familie anrichtet? Nichts wissen Sie. Gar nichts.«

»Doch, da irren Sie sich gewaltig, Herr Liebig. Jeden Tag, an dem ich zur Arbeit gehe, muss ich das erkennen. Sie sind derzeit wie besessen von dem Gedanken, diesem Typen endlich gegenüberstehen zu können. Sie sind nicht mehr objektiv, können scheinbar nicht mehr abwägen, ob Sie eine Unschuldige eventuell dafür opfern. Ihre Rachegedanken trüben den klaren Blick. Sie sind, bezogen auf die Sache mit Frau Weigel, nicht besser als dieser Karim.«

Liebig schoss von seinem Stuhl hoch und machte ein paar Schritte auf Rita zu. Seine Schultern streckte er vor, als wollte er sich auf sie stürzen. Ängstlich wich sie zwei Schritte zurück, bis sie mit dem Hintern an die Fensterbank stieß. Nur wenige Zentimeter vor ihrem Gesicht befand sich das von Liebig. Seine Augen blitzten gefährlich, als er flüsterte.

»Sagen Sie so was nie wieder. Hören Sie? Nie wieder. Sie stellen mich als Monster dar. Sie sind immer behütet erzogen worden, haben wohl nie Gewalt erlebt. Richtig? Wie können Sie sich ein Urteil über mich erlauben? Ich habe das, was mir am meisten im Leben bedeutete, in einer Riesenlache ihres eigenen Blutes sehen müssen. Das Schwein hat sie noch nach Stunden ihres Todes missbraucht, hat ihren toten, wehrlosen Körper geschändet. Dafür werde ich ihn zur Rechenschaft ziehen. Auch wenn es das Letzte ist, was ich in diesem Scheißleben tue. Er muss seine Strafe für diese Taten bekommen.«

Rita hatte die anfängliche Angst nach dem Wutausbruch des Hauptkommissars überwunden und die Selbstsicherheit zurückgefunden.

»Sie haben recht, Herr Liebig. Das kann ich nicht nachempfinden. Es tut mir auch unglaublich leid, was Sie erleiden mussten. Doch darf man nicht Unrecht mit Unrecht aufwiegen. Kommen Sie mir bloß nicht mit Bibelsprüchen, wo es heißt, wer das Schwert wählt, wird durch das Schwert sterben. Da gibt es noch etliche Verse, die gleichermaßen Rachegelüste anfachen. Ich glaube nicht an den Scheiß.

Sie waren es selbst, Chef, der mir noch vor Tagen einimpfen wollte, dass wir eine Gerichtsbarkeit in Deutschland eingeführt haben, die über solche Menschen richtet. Wir sind lediglich dazu da, sie dingfest zu machen. Haben Sie mich dabei angelogen? Wussten Sie da schon, dass Sie sich nicht daran halten würden? Das werden Sie doch wohl nicht zugeben, oder?«

Liebig, der Rita fest an den Schultern gepackt hielt, lockerte seinen Griff und entspannte sein Gesicht, das zwischenzeitlich einer Fratze glich. Er drehte sich um und lehnte beide Hände auf die Kante des Tisches. Rita folgte ihm und legte dem jetzt hilflos wirkenden Mann eine Hand auf den Arm.

»Entschuldigen Sie, Herr Liebig. Das war dumm von mir, Ihnen die korrekte Einstellung zu Ihrem Dienstauftrag absprechen zu wollen. Das steht mir nicht zu. Ich werde ...«

Liebigs Worte waren kaum zu verstehen, als er Rita unterbrach.

»Halten Sie endlich die Klappe, bevor ich völlig nackt vor Ihnen stehe. Jeden anderen hätte ich dafür grün und blau geschlagen, obwohl er ja recht hätte. Warum ich das gerade bei Ihnen durchgehen lasse, verstehe ich selbst nicht. Ich werde dieses Schwein finden, da bin ich mir sicher. Wo ich nicht sicher bin, und da haben Sie die Situation klar erkannt, ist bei dem, was dann mit mir geschieht. Oh Gott, ich weiß es wirklich nicht. Es kann sein, dass ich ihn töte. Dann findet meine Seele endlich die verdiente Ruhe. Ich darf es aber nicht so weit kommen lassen, denn dann bin ich wirklich am Ende. Rache ist, das weiß jeder, der schlechteste Ratgeber, denn dabei verlieren alle. Geben Sie mir Zeit, Rita. Und noch eins. Danke dafür, dass Sie mir den Kopf gewaschen haben.«

34

Krachend fiel die Tür ins Schloss, als Rolf Weigel die Wohnung betrat. Unbeherrscht warf er seine Jacke über den Garderobenhaken, verfehlte ihn jedoch. Er schleuderte sie deshalb mit einem gewaltigen Tritt ans Ende der Diele. Hilde Weigel, die verwundert über den Krach ihren Kopf aus der Küche streckte, zog ihn schnell wieder zurück, als sie erkannte, dass ihr Mann sturzbetrunken unter Strom stand. Sie widmete sich wieder ihren Rouladen, die sie dick mit Senf bestrich. Jetzt hieß es, den Mann so lange zu ignorieren, bis er sich wieder beruhigt hatte oder auf dem Sofa eingeschlafen war. Trotzdem erschrak sie heftig, als sie das Scheppern vernahm, das ihr das Bild einer zerbrochenen Vase vor die Augen zauberte.

Hoffentlich nicht Omas Vase, die sie ihnen zum Hochzeitstag geschenkt hatte. Glasbläserkunst aus Zwiesel.

Der Gedanke daran ließ sie alle Vorsicht vergessen und ins Wohnzimmer stürzen. Sofort wurde ihr Blick auf den Flecken gelenkt, den die halb volle Bierflasche auf der Blumentapete hinterlassen hatte. Die Flüssigkeit folgte der Erdanziehung und versickerte im Flokatiteppich.

»Diese verdammte Dreckschlampe. Das lasse ich nicht zu. Die muss da wieder raus. Dafür werde ich sorgen.«

Gerade als sich Hilde wieder in ihr Küchenreich zurückziehen wollte, hielt sie das Geschrei ihres Gatten zurück.

»Das scheint dich wohl einen Scheißdreck zu interessieren, was mit Leas Wohnung geschieht. Oder? Deine verfluchte Tochter hat man da einquartiert. Das muss man sich vorstellen. Die erlauben sich, eine Mörderin da einzuquartieren, ohne mich zu fragen.«

Hilde blieb wie angewurzelt stehen, drehte sich nur langsam um.

»Unsere Tochter, Rolf ... das ist immer noch unsere Tochter. So ein kleines bisschen warst auch du daran beteiligt. Und warum hasst du sie so dermaßen? Ich habe mir in den letzten Tagen so meine Gedanken darüber gemacht. Sie hat damals zwar Manfred erschlagen, doch er hat es auch jahrelang provoziert. Du hast immer weggesehen, wenn er Lea verprügelte, weil du Angst vor dem Taugenichts hattest.«

Rolf Weigel versuchte, sich von der Couch zu erheben, was ihm erst beim dritten Mal gelang. Mühsam klammerte er sich an der Sessellehne fest, um nicht wieder umzufallen.

»Ich soll Angst gehabt haben? Vor diesem Schwächling? Ich hätte dem Kerl ...«

»Nichts hättest du ... du versoffenes Stück. Du besitzt nicht einmal den Mut, der Frau Scharping zu sagen, dass ihr Köter ständig in meine Stiefmütterchen pisst. Du bist ... und du warst schon immer ein elendes, feiges Würstchen. Deshalb hat man dich auch aus jedem Job geworfen. Wer will auch schon so ein Arschloch in seiner Firma? Einen, der alles nur mit der Schnauze kann. Nichts ist dahinter. Selbst zum Amt wegen des neuen Kühlschranks muss ich, weil mein feiner Göttergatte wieder einmal bis zum Kragen voll ist.«

Hilde Weigel besaß mittlerweile den Blick dafür, um zu beurteilen, ob ihr Mann zu einer schnellen Bewegung fähig war. Heute hatte sie Glück, denn Rolf ließ sich erschöpft vom langen Stehen wieder in das Sofa fallen. Die Federn bedankten sich mit einem lauten Knacken.

»Was wird das jetzt hier? Eine Generalabrechnung? Hast du mir nicht zugehört? Die Daniela schläft in Leas Bett. Die wohnt in der Wohnung ihrer verstorbenen Schwester, wo die noch nicht einmal unter der Erde liegt. Hast du dich übrigens schon um die Beerdigung gekümmert?«

Nun bekam Hilde Oberwasser und stemmte beide Fäuste in die Seiten.

»Ich? Wieso sollte ich das tun? Wenn du auch nur einmal mit der Polizei telefoniert hättest, wüsstest du, dass die Leiche noch nicht von der Staatsanwaltschaft freigegeben wurde. Aber nein, dazu ist der liebe Herr ja zu fein. Das hat er nicht nötig. Der muss sich ja mit dem Vernichten sämtlicher Alkoholreserven des Stadtteils beschäftigen. Ich habe die Schnauze mittlerweile gestrichen voll.«

Es hatte den Anschein, als wäre Rolf Weigel während der Schelte seiner Frau eingenickt. Beim Anblick des röchelnden Mannes liefen Hilde Tränen aus den Augen. Mit müden Bewegungen zog sie die Schleife ihrer Schürze auf und legte sie sorgfältig zusammengefaltet auf den Wohnzimmertisch. Langsam, aber mit entschlossener Miene nahm sie den Kamelhaarmantel vom Haken, griff nach dem Schlüsselbund und bewegte sich auf die Dielentür zu. Plötzlich drehte sie sich noch einmal um und schlich in die Küche. Sorgfältig wickelte sie die halbbelegten Rouladen wieder in das Fett-papier und verstaute sie im Kühlschrank. Schließlich zog sie den Topf mit der Hühnersuppe vom Herd und drehte den Strom ab. Noch ein letztes Mal wanderte ihr Blick zur Kontrolle über die Herdplatten, bevor sie endgültig die Tür hinter sich zuzog. Frau Scharping, die ihr auf der Treppe mit ihrem Mittelschnauzer an der Leine entgegenkam und sie grüßte, wunderte sich darüber, dass ihre Nachbarin derart abwesend wirkte und nicht zurückgrüßte.

Endlich war Hilde vor dem Haus angekommen, in dem einst Lea ihrem Geschäft nachging. Lange verharrte sie vor dem Haus, sah immer wieder zu dem Fenster hoch, aus dem ihre Tochter noch vor wenigen Tagen gestürzt wurde. Erschrocken machte sie einen Schritt zur Seite, als sie erkannte, dass sie genau auf dem jetzt verblassenden Blut-fleck stand, der von Leas Tod zeugte. Plötzlich lief ein Schauer über ihren Körper. Sie lehnte sich an die Wand und versuchte, wieder ruhiger zu werden. Ihr Blick glitt über die Straße, die vielen Autos, die an ihr vorbeibrausten. Sie hatte keine Ahnung, dass sie ununterbrochen von vielen Augen-paaren beobachtet wurde.

Schnell fand sie die passenden Schlüssel an ihrem Bund, stieß sich von der Wand ab und betrat das Haus. Jahrelang hatte sie die Wohnung ihrer Tochter gereinigt, wovon Rolf keine Ahnung hatte. Immer, wenn er betrunken seinen Mittagsschlaf machte, beseitigte sie die Hinterlassenschaften der Besucher. Hilde Weigel machte dem Mann Platz, der sich freundlich bedankend an ihr vorbei in den Flur drängte und die Treppe hinauflief. Immer noch müde machte sie sich auf den Weg. Es würde ihr sehr schwerfallen, nach Leas Tod nun diese Wohnung zu betreten. Als sie oben ankam, überraschte sie wieder der Mann, der immer wieder auf den Klingelknopf drückte, unter dem immer noch Leas Name stand.

»Kann ich Ihnen helfen? Wen suchen Sie denn? Hier wohnte nämlich meine Tochter.«

»Oh, das wusste ich nicht. Ich suche nach einer Daniela. Die soll jetzt hier wohnen. So steht es zumindest in der Zeitung. Wissen Sie, wann sie nach Hause kommt oder wo ich sie erreichen kann? Sie würden mir sehr helfen.«

Hilde Weigel konnte sich nicht entscheiden, ob und wie sie dem ungepflegt wirkenden Mann helfen sollte. Sie entschied sich für eine nahe liegende Lösung.

»Lassen Sie mir doch einfach Ihre Telefonnummer hier oder Ihre Adresse. Dann sage ich ihr Bescheid, dass Sie hier waren. Wie ist noch mal Ihr Name?«

Der Mann drehte sich zur Treppe und machte Anstalten, sich zu entfernen, ohne auf die Frage einzugehen. Hilde Weigel zuckte mit den Schultern und suchte den passenden Schlüssel. Die Tür öffnete sich lediglich einen Spalt, als sie mit aller Wucht dagegengeworfen wurde. Sie fiel lang in die Diele. Das Letzte, das sie bewusst wahrnahm, war der Kerl mit den strähnigen Haaren, der die Tür zudrückte und langsam auf sie zukam. Seine Worte und sein bestialischer Geruch trieben ihr kalte Schauer über den Körper.

»Du gefällst mir. Wir werden jetzt miteinander spielen.«

35

»Ich muss zugeben, dass es für mich schon ein komisches Gefühl ist, hier wohnen zu sollen. Ich werde wohl jede Nacht meine Schwester hier rumgeistern sehen. Wann kommt denn diese Lucia? Ich habe nicht vor, hier selbst die Freier zu empfangen. Den Job soll sie mal schön selber machen.«

Karim, der hinter Daniela die Treppe hinaufstieg, verdrehte ein weiteres Mal die Augen, weil er die Frage nun schon mehrfach auf der Hinfahrt gehört hatte.

»Verdammt, kannst du deine Ungeduld nicht ein wenig zügeln? Wir müssen erst die Kameras anbringen, sonst macht das Ganze keinen Sinn. Wenn gleich schon einer anruft, vertröstest du den auf Morgen. Der soll sich bis dahin einen runterholen. Klaus wird die Installation vornehmen. In der Zeit kannst du dich hier einrichten. Viel hast du ja nicht dabei, wie ich sehe.«

»Ich habe auch nicht vor, hier allzu lange zu bleiben. Wenn wir das Schwein wirklich erwischen, werde ich wieder ausziehen. Das hast du mir versprochen.«

Während Daniela nach dem Schlüssel suchte, schob Karim seinen Handlanger Klaus nach vorne, der den schweren Karton mit den Überwachungskameras abstellte.

Endlich öffnete sich die Tür und ließ Daniela im gleichen Augenblick erstarren.

»Was ist los? Mach, dass du reinkommst. Ich habe nicht den ganzen Tag Zeit.«

Karim wollte Daniela in die Diele schieben, als auch er diesen metallischen Geruch wahrnahm, den nur geronnenes Blut verströmte. Viel zu oft hatte er das gerochen, sodass auf Anhieb für ihn feststand, dass in der Wohnung zumindest ein Verletzter liegen musste. Die Bewegung war kaum wahrnehmbar, mit der er die Waffe zog und vor sich hielt. Er legte den Finger auf die Lippen, um den anderen anzudeuten, dass sie unbedingt die Klappe halten sollten. Dann schob er sich an Daniela und Klaus vorbei in die Diele. Schritt für Schritt näherte er sich der Küche, warf einen Blick hinein. Nichts. Auch das Wohnzimmer, durch zugezogene Vorhänge in diffuses Licht getaucht, hielt keine Überraschung bereit. Karim presste sich neben die geschlossene Schlafzimmertür an die Wand und verstärkte den Griff um den Kolben der Waffe. Mit der Fußspitze öffnete er vorsichtig die Tür und versuchte, einen Blick in den fast dunklen Raum zu werfen. Eine Mischung aus Blut- und Fäkaliengeruch schlug ihm entgegen und ließ diesen Riesenkerl würgen. Ruckartig zog er seinen Kopf zurück und atmete mehrfach durch. Klaus, der sich nähern wollte, zeigte er an, dass er sich vorerst zurückhalten sollte.

Mit einem entschlossenen Satz sprang er schließlich mit schussbereiter Waffe zwischen die Türpfosten und suchte nach einem möglichen Gegner. Das, was er stattdessen vorfand, verschlug sogar diesem abgebrühten Mann die Sprache. Mit zwei Schritten stand er wieder in der Diele und rang nach Luft. Als er Daniela vom Tatort fernhalten wollte, war es schon zu spät. Sie stand in der Türöffnung und schlug die Hände vor den Mund, erstickte damit den Schrei, der trotzdem den gesamten Schmerz ausdrückte, den sie beim Anblick ihrer Mutter empfand. Klaus war es, der sie auffing, als sie die Augen verdrehend nach hinten kippte. Er trug sie ins Wohnzimmer.

»Wie geht es dir? Bist du wieder bei uns? Was in aller Welt war das da drin? Dieses Schwein muss schon vor uns hier gewesen sein und hat diese Frau gekillt. Wie kommt die überhaupt hier rein?«

Daniela versuchte, sich zu orientieren, begriff nur stückweise, wo sie sich befand. Die Erinnerung kam dann jedoch mit einem Schlag und ließ sie erneut erschauern.

»Das ... das ist ... das war meine ... meine Mutter. Die muss noch von Lea den Schlüssel behalten haben, weil sie wohl hier des Öfteren nach dem Rechten gesehen hat. Was hat der mit ihr gemacht? Sag es mir bitte. Das viele Blut. Oh, wie ist das schrecklich.«

Niemand hätte dem groben Verbrecher jemals zugetraut, dass er die Hand einer Frau in dieser Art streicheln könnte. Jetzt tat er das, immer noch betroffen von dem Anblick, den er noch vor wenigen Minuten aushalten musste. Daniela, die auf der Couch lag, wollte sich erheben, was Karim jedoch unterband, indem er sie mit sanfter Gewalt zurückdrückte.

»Nichts da. Klaus ist schon dabei, die Sauerei da drin wegzuräumen. Du wartest hier!«

»Die Sauerei? Du sprichst gerade von meiner Mutter. Tickst du nicht sauber, Karim? Wir müssen die Bullen rufen. Das war Mord.«

Karims Gesichtszüge wurden wieder hart, als er sich an Daniela wandte.

»Was versprichst du dir davon, wenn die Idioten hier auftauchen? Glaubst du, dass deine Alte davon wieder lebendig wird? Die ist tot ... mausetot, mein Schatz. Nichts bringt die Frau wieder zum Atmen. Wir müssen jetzt vernünftig sein und daran denken, was zu tun ist.«

Karim überging die Tatsache, dass Daniela von einem Heulkrampf geschüttelt wurde. Seine Hand presste die zitternde Frau weiterhin fest auf die Couch. Er kramte ein mit Spitzen besetztes Taschentuch aus der Hosentasche und warf es Daniela zu.

»Verdammt, es tut mir leid um deine Mutter. Das kannst du mir glauben. Aber wir müssen sie verschwinden lassen. Wenn das hier bekannt wird, ist der Teufel los. Und denk dran, dass die dich sofort in die Kiste sperren werden. Keine Leiche, kein Stress ... klaro? Dein Alter wird irgendwann vielleicht eine Vermisstenanzeige aufgeben. Schön. Dann wird sie offiziell gesucht und irgendwann für tot erklärt. Das ist sie ja nun auch. Da beißt die Maus keinen Faden ab. Ich verspreche dir, dass man deine Mutter niemals finden wird. Sie wird jetzt eben nicht mit großem Brimborium beerdigt, was sowieso nur Knete kostet und keiner was von hat. Bleib ruhig noch eine Weile liegen, bis Klaus den Sack im Auto hat und hier wieder alles sauber ist.«

Daniela warf sich auf die Seite und presste Karims Taschentuch vor die Augen. *Nein, sie hatte sich nie so richtig zu ihren Eltern hingezogen gefühlt. Dazu waren die Umstände zu schlecht. Mutter wusste von den Übergriffen vonseiten ihres Vaters und tat nichts dagegen. Das konnte sie ihr nie verzeihen. Daniela stellte sich sehr oft in den letzten Jahren die Frage, ob er sich auch an Lea vergangen hatte. Auf diesbezügliche Fragen erhielt sie von ihr nie eine Antwort, nur ausweichende Phrasen. Jetzt war sie tot. Das, was der perverse Killer von ihr übrig ließ, lag wie Müll im Kofferraum eines Autos, das einem stadtbekannten Zuhälter gehörte. Wie unwirklich, wie unwürdig war dieser gewaltsame Tod einer ständig unterdrückten Frau.*

Im Hintergrund hörte Daniela, wie die Männer versuchten, alle Spuren zu beseitigen. Sie besaßen Übung darin und führten sogar entsprechende Chemikalien im Fahrzeug mit sich, die einen Tatort wieder clean machten. Mittlerweile hatte sie die gefühllose Ansprache von Karim verdaut und musste dem sogar zustimmen. Eine Untersuchung des Falles hätte viele Fragen aufgeworfen, die ihren Plan auf jeden Fall gefährdet hätten. Mama hatte stets ein Leben abseits der Normalität geführt. Papa würde sie nur deshalb vermissen, weil ihm nun keiner mehr den Sklaven machte. Vielleicht eine späte Strafe dafür, was er seiner Familie angetan hatte. Der Hass auf den geheimnisvollen Mörder wuchs ins Unermessliche.

36

Liebig legte den Stapel Zeitungen zur Seite, in denen er endlich das neue Inserat eines Privatklubs *Daniela* gefunden hatte. Es ließ das Bild des Zuhälters Karim nicht unbedingt angenehmer erscheinen, als er bemerkte, dass der ausgerechnet Leas ehemalige Behausung, die er ihr damals vermietet hatte, als Domizil für eine Nachfolgerin auserkoren hatte. Erst vorgestern wurde die Wohnung von der Staatsanwaltschaft wieder freigegeben. Mehr gelangweilt griff er nach dem Fax, das man ihm zur Kenntnisnahme auf den Tisch gelegt hatte. Er riss ungläubig die Augen auf, als er die Kopie einer Vermisstenanzeige las, auf der ihm der Name sofort entgegensprang.

»Was soll das denn hier? Wer hat mir das so klammheimlich hingelegt? Verdammt, das ist doch wichtig, Ihr Knalltüten. Wenn plötzlich die Mutter unserer Hauptverdächtigen unauffindbar ist, kann das doch unmöglich Zufall sein.«

Alle im Raum hoben die Köpfe und blickten sich gegenseitig fragend an. Spiekermann war der Erste, der sich äußerte.

»Ein Bote war vor etwa zehn Minuten hier und hat Ihnen das mit der Hauspost gebracht. Was ist denn überhaupt los?«

Er traf gleichzeitig mit Rita am Schreibtisch ihres Sokoleiters ein. Beide blickten neugierig auf das Blatt Papier, das immer noch in Liebigs Hand ruhte.

»Rolf Weigel, der versoffene Vater von Daniela, hat in einer Wache zu Protokoll gegeben, dass seine Frau seit gestern Mittag vermisst wird. Das hat der Typ wohl erst gemerkt, als ihm keiner das Bier aus dem Kühlschrank geholt hat. Spiekermann, schnappen Sie sich unsere Kollegin und vernehmen Sie den faulen Sack. Ich brauche da nähere Angaben. Ich kann nicht erklären warum, aber ich habe ein Scheißgefühl, das mich bisher noch nie enttäuscht hat. Mit der Weigel ist was passiert. Glaubt mir. Möglicherweise hat der Kerl sie versehentlich selbst im Rausch erschlagen und meldet die jetzt als vermisst. In der Familie Weigel herrscht derzeit eine erstaunlich hohe Fluktuation.«

Immer noch nachdenklich sah Liebig auf die Tür, durch die gerade eben Spiekermann und Momsen verschwunden waren. *War das nur ein purer Zufall, oder steckte mehr dahinter? Sie würden sehen, was die Ermittlungen bei dem Saufsack ergaben.*

Den beiden schlug zuerst eine ekelerregende Schnaps- und Knoblauchfahne entgegen, als Rolf Weigel nach dem dritten Klingeln endlich die Wohnungstür öffnete. Mit der flachen Hand verrieb er sich den Schweiß über Brust und Achsel-höhle, indem er unter das ehemals weiße Unterhemd griff. Rita musste den Blick abwenden, um sich nicht übergeben zu müssen.

»Jau ...wat is los? Seid ihr vonne Polizei? Dann kommt rein in die gute Stube. Nicht umsehen, meine Frau ist nicht da. Weiß der Teufel, wo die Alte sich wieder rumtreibt. Die wird doch wohl keinen Freund haben, die alte Zerche?«

Rolf Weigel gluckste in sich hinein, als hätte er den besten Witz der Welt gerissen, schlurfte dabei durch die Diele, in der Hoffnung, dass ihm das Pärchen folgen würde. Mit jedem Meter, den sie weiter in die Räume eindrangen, verdichtete sich der unangenehme Geruch. Die Fenster waren dicht geschlossen und die Vorhänge zugezogen.

»Können wir mal für einen Moment ...?«

Rita machte Anstalten, eines der Fenster zu öffnen.

»Lassen Sie das. Dann wird das Bild so undeutlich.«

Der Hausherr deutete auf den Fernseher, der gerade eine Kochshow übertrug.

»Könnten Sie wenigstens den Ton abdrehen, damit wir Ihnen einige Fragen stellen können?«

Spiekermann setzte sich ungefragt in einen Sessel, nachdem er die Zigarettenasche zumindest grob vom Polster geklopft hatte. Rita weigerte sich, ihm das nachzutun, stand nur mit zusammengezogenen Schultern neben dem Tisch und ließ ihren Blick über die Einrichtung gleiten, die den Charme der Siebzigerjahre ausstrahlte.

»Habt ihr Hilde gefunden? Wo ist sie? Das wird die mir büßen. Ich hau mir seit gestern nur die Reste aus dem Kühlschrank rein. Die Rouladen hat die Frau auch nur einfach halb zubereitet in den Kühlschrank gestellt. Die werden bestimmt schlecht da drin. Was ist denn jetzt? Ihr könntet ruhig mal was sagen.«

Spiekermann griff in die Seitentasche und beförderte einen Notizblock und einen Stift hervor, den er schreibbereit in den Händen hielt.

»Damit wir Ihre Frau suchen und finden können, müssten wir noch ein paar Angaben von Ihnen haben. Seit wann genau vermissen Sie Ihre Frau? Hatten Sie eventuell Streit vorher und hätten Sie ein Bild von ihr?«

Wäre die Situation nicht so ernst gewesen, hätte sich Rita beim Anblick dieses Gesichtes totlachen können. Es bestand aus einem einzigen Fragezeichen. Der Suff musste dem Mann jeglichen Verstand geraubt haben.

»Wie war noch mal die erste Frage?«

»Mein Kollege wollte wissen, wann Sie Ihre Frau zum letzten Mal gesehen haben. Eine ungefähre Uhrzeit wäre da schon hilfreich. Haben Sie mich verstanden, Herr Weigel?«

»Ja sicher habe ich verstanden. Bin ja nicht blöd, junge Frau. Aber wann ... das weiß ich nicht. Da muss ich wohl auf der Couch eingenickt sein. Als ich abends wach wurde, war die Olle weg ... einfach weg. Das macht die doch sonst nie. Die sagt mir immer vorher, wohin sie geht. Wenn die zurückkommt, dann ...«

Die flache Hand von Spiekermann landete krachend auf der Tischplatte, sodass Rolf Weigel erschrocken stockte.

»Jetzt hören Sie endlich damit auf, Ihrer Frau Strafen anzudrohen, verdammt. Wie sollen wir Ihnen helfen, wenn Sie uns nichts in die Hand geben können. Ich brauche ein Bild von ihr. Schließlich müssen wir ja wissen, wonach wir suchen müssen.«

»Warum sagen Sie das nicht gleich. Da drüben auf der Konsole, da müsste ein Bild aus dem Urlaub stehen. Sehen Sie da rechts neben der Glasvase. Kippen Sie die bloß nicht um. Dann wird die Alte stinksauer. Die ist von ihrer bescheuerten Oma aus Zwiesel.«

Rita machte sich auf den Weg, das Bild zu holen. Sie stutzte und kam wieder mit dem kompletten Rahmen zurück.

»Hören Sie, wir können mit dem Bild Ihrer Tochter nichts anfangen. Da sollte schon Ihre Frau drauf zu erkennen sein.«

»Aber das ist doch Hilde, verflucht.«

Als Rita einen Blick auf die Rückseite warf, verdrehte sie die Augen genervt zur Decke.

»Himmel noch mal, das Bild ist von 1982. Da müssten Sie gerade mal ... warten Sie ... so um die dreißig gewesen sein. Gibt es da nichts, was aktueller ist?«

»Ihr müsst euch schon entscheiden, was ihr haben wollt. Der Mann da sprach von einem Urlaubsbild. Damals waren wir zum letzten Mal in Urlaub. Ich glaube, dass es im Emsland aufgenommen wurde. Wissen Sie, das ist nicht mehr so leicht, die Kohle für so was zusammenzukratzen. Da malocht man ein Leben lang und kann sich im Alter nichts mehr gönnen. Als die SPD noch ...«

Spiekermann sprang hoch und packte seinen Notizblock wieder weg, war schon auf dem Weg zur Tür, als Rita ihn am Ärmel zurückhielt. Völlig irritiert von dieser barschen Unterbrechung, starrte Weigel die Besucher aus trüben Augen an. Rita versuchte, den Faden wieder aufzunehmen, und sah sich in dem Zimmer um. Ihre Augen stoppten an einem Foto, das sie in einer dunklen Vitrine entdeckte. Mit wenigen Schritten war sie dort und schob die Glasscheibe zur Seite.

»Ist das vielleicht Ihre Frau, Herr Weigel? Könnte ich das Foto eventuell mitnehmen?«

»Ja sicher, das ist Hilde. Haben wir an Silvester gemacht, ich meine bei den Nachbarn, als wir noch miteinander gesprochen haben. Nimm mit, wenn es hilft. Wenn ihr die Hilde findet, könnt ihr sagen ...«

»Ja, ja, ja ... es ist gut jetzt«, schrie Spiekermann, »zuerst müssen wir sie finden. Eine große Hilfe waren Sie allerdings nicht dabei. Wir melden uns, wenn wir Näheres wissen.«

Das Letzte, was die beiden Kripoleute bei einem Blick zurück von Rolf Weigel sahen, war die Bewegung, als er die halb volle Bierflasche an den Mund setzte und rülpste. Spiekermann blieb vor dem Haus stehen und atmete erleichtert durch.

»Manchmal hasse ich diesen Job. Ich hasse ihn wirklich.«

37

»Tja, ich denke, der Job hier hat sich damit erledigt.«

Daniela kümmerte es wenig, dass sie von den beiden Männern beobachtet wurde, während sie diverse Kleinigkeiten, die Lea gehörten, in ihre Sporttasche packte. Karim lief wie ein wildes Tier durch das Zimmer und stieß die wildesten Flüche aus.

»Für mich ist das noch lange nicht vorbei. Dieses Schwein wird sicher hier nicht mehr vorbeikommen. Er muss ja befürchten, dass die Bullen auf ihn warten. Aber das heißt noch lange nicht, dass ich das Handtuch werfe. Wir werden einfach umziehen. Das mit deiner Mutter ist eben beschissen gelaufen. Warum treibt die sich aber auch gerade in diesem Augenblick hier rum? Hast du der Alten eigentlich den Schlüssel abgenommen, Klaus?«

Der Angesprochene schreckte hoch, als er seinen Namen hörte, während er genussvoll einen Popel zwischen den Fingern kugelte, den er sich aus der breitgeschlagenen Nase gepult hatte.

»Ist doch klar, Boss. Der liegt auf der Anrichte neben der Obstschale. Das ist aber ein ganzer Schlüsselbund. Ich denke, dass da auch der Schlüssel von ihrer eigenen Wohnung mit dranhängt. Was machen wir jetzt damit,

Daniela? Nimmst du den mit oder soll ich den in die Tonne werfen?«

Nachdenklich schielte Daniela auf die Anrichte, wusste spontan nicht, ob die Schlüssel für sie von Nutzen waren. Schließlich schien ihr eine Idee zu kommen und sie griff zu.

»Ich denke, ich werde meinem Alten mal einen Besuch abstatten. Werde mich dafür bedanken, dass er mir als Kind jahrelang an den Arsch gepackt hat und mir seinen Schwanz zeigte. Außerdem hat Mama ihm bestimmt noch was heimzuzahlen. Die hat dieses Arschloch auch nur drangsaliert.«

Karim schaltete sich nun dazwischen.

»Was euer treu sorgender Vater mit euch früher gemacht hat, interessiert mich einen Scheiß. Ich will dieses Tier haben, das meine Weiber umbringt. Ist das klar? Jetzt müssen wir wieder von vorne anfangen. Passt auf, Leute. Wir quartieren dich woanders ein und nennen dich einfach Rita oder so was Ähnliches. Klaus, du gibst die Anzeige auf und kommst dann nach. Ich würde sagen, dass wir in die Schillerstraße gehen und dass Daniela mit Ute zusammenarbeitet. Das wäre doch gelacht, wenn wir die Sau nicht in die Finger bekämen.«

Daniela, die immer noch mit ihrer Sporttasche beschäftigt war, drehte sich um.

»Schillerstraße ... ist das nicht neben dieser vergammelten Zechenbrache? Da verlaufen sich doch nur die ganz Perversen hin. Dann will ich aber ständig einen von euch im Nebenraum sitzen haben. Die Kerle sind mir alle unheimlich. Lea hat mir früher manchmal berichtet, auf welche Ideen diese Typen bei ihren Sexspielchen kommen und was die verlangen. Ich sage dir das jetzt noch ein letztes Mal: Ich lass keinen von den Scheißern dran. Ich will mit Männern nichts zu tun haben.«

Obwohl Karim mittlerweile von Danielas Neigungen wusste, nervte ihn das Gejammer zusehends mehr.

»Bist du endlich fertig mit der Packerei? Können wir uns jetzt endlich auf den Weg machen? Raus hier. Ich lass die ganze Scheiße in den nächsten Tagen auf den Müll schmeißen, sofern dein alter Herr nichts davon haben will. Bestell ihm schöne Grüße und sage ihm, dass er sich das ganze Gerümpel abholen lassen soll. Drei Tage geb ich ihm, dann brennt der Müll.«

Daniela hielt Karim am Arm zurück und wartete, bis Klaus die Treppe hinunterstieg.

»Du kannst mir einen kleinen Gefallen tun und mir was besorgen. Ich möchte jemandem damit einen kleinen Denkzettel verpassen und mich für frühere Erlebnisse bedanken.«

»Nein, das glaub ich nicht. Das hat wirklich einer getan. Na, der wird ja seine helle Freude daran haben und sich eine neue Bleibe suchen müssen. Das muss ich mir ansehen.«

Als Spiekermann den Wagen in angemessener Entfernung verließ, konnte er ein Schmunzeln nicht völlig verbergen. Sein Dienstausweis sorgte dafür, dass er sich bis zu einem Schutzpolizisten durchkämpfen konnte. Eine große Menschenmasse umlagerte das Wohnhaus, das er erst einen Tag vorher zur Vernehmung von Rolf Weigel betreten hatte.

»Was ist hier passiert, Herr Kollege? Das stinkt ja bestialisch.«

»Jemand hat dem armen Kerl heute in den frühen Morgenstunden Buttersäure in der Wohnung verteilt. Da hinten steht der Mann. Jetzt wird das Haus wohl eine Weile nicht mehr bewohnbar sein.«

Spiekermann hatte Mühe, sich das zufriedene Schmunzeln zu verkneifen.

»Sie sprechen von dem Mann, den man in die Wolldecke gewickelt hat?«

»Das ist er. Ich habe gehört, dass dem vor Tagen schon die Frau weggelaufen sein soll. Jetzt hat der auch noch sein ganzes Hab und Gut verloren. Armer Teufel. Warum tut man so was nur? Von der Einrichtung kannst du nichts mehr gebrauchen. Die Leute von der Feuerwehr versuchen jetzt mit Atemmasken, die Wohnung zu betreten. Da wird man wohl eine Spezialentsorgung vornehmen müssen. Das stinkt aber auch fürchterlich.«

Erste Fotografen bannten die jämmerliche Gestalt, die sich mittlerweile mit der umgelegten Wolldecke auf die Bordsteinkante gesetzt hatte, auf die Speicherkarten ihrer Kameras. Ein Sanitäter der Ambulanz erlöste Rolf Weigel schließlich aus der mehr als misslichen Lage und führte ihn zum Einsatzfahrzeug. Spiekermann hatte genug gesehen und setzte sich wieder ins Fahrzeug.

Sollte es doch einen gerechten Gott geben, der die Menschen irgendwann für ihre Taten bestraft, die leider nach irdischen Gesetzen längst verjährt waren?

Der Kommissar erinnerte sich daran, dass Liebig ihm gegenüber den Verdacht geäußert hatte, dass Daniela Weigel von ihrem Vater missbraucht worden ist. Sein Mitleid mit Rolf Weigel hielt sich in überschaubaren Grenzen.

38

Diesmal war es Rita, die ihren Chef mit der Nachricht überraschte.

»Von der Sauerei bei Rolf Weigel haben Sie ja bestimmt schon gehört. Ich muss zugeben, dass mir die anderen Hausbewohner leidtun. Die können jetzt ein paar Tage auch nicht in ihre Wohnungen. Vielleicht hat sich seine eigene Frau für die tollen Jahre mit dem Kerl auf diese Weise gerächt und sich abgesetzt. Aber es gibt auch eine Neuigkeit aus der ehemaligen Wohnung von Lea. Die Kollegen, die zur Observierung abgestellt waren, berichten davon, dass Daniela Weigel in Begleitung von Karim und einem weiteren Mann, die Wohnung betreten hat. Aber nach nur kurzer Zeit verließen sie die Bude wieder. Vorher haben die einige Gegenstände ins Auto geladen und sind wieder weitergefahren. Kommissar Reinder wollte Ihnen, als Sie ins Archiv gegangen waren, eigentlich berichten, dass die Leute denen gefolgt sind. Zumindest Karim hat dann ein Haus in der Schillerstraße mit Daniela betreten, kam aber alleine wieder raus. Er fuhr mit diesem anderen Kerl wieder weiter. Es gibt in diesem Haus eine weitere Wohnung, die Karim bewirtschaftet und in der eine gewisse Ute ihrem Gewerbe nachgeht. Der hat, aus welchen Gründen auch immer,

Daniela Weigel umquartiert. Ich kann mir darauf noch keinen Reim machen.«

Peter Liebig, der bereits wieder hinter seinem Computer Platz genommen hatte, zog die Stirn in Falten und starrte auf den leeren Bildschirm. Auch für ihn ergab dieser kurzfristige Umzug noch keinen Sinn.

»Wir müssen auf jeden Fall und zu ihrem Schutz an Daniela dranbleiben. Der Dreckskerl wird das nicht ohne Grund getan haben. Vielleicht haben wir Glück und können dem Typen endlich mal eine Straftat nachweisen. Die Sitte muss ich noch anrufen. Die sollen prüfen, ob sich Daniela für das Gewerbe hat registrieren lassen. Wenn die für Karim anschafft und keine Gewerbeanmeldung vorlegen kann, haben wir eine Chance, den wegen Zuhälterei an die Karre zu fahren. Ich schätze aber, dass er von ihr eine Miete für die Wohnung verlangt und somit nur der doch so seriöse Vermieter ist.«

Kaum hatte Liebig seine Vermutungen geäußert, erschien Spiekermann mit breitem Grinsen im Gesicht in der Bürotür.

»Gut, wenn man Freunde hat, die Freunde haben, die uns helfen können. Meine ehemalige Nachbarin, deren Schwester bei der Zeitung arbeitet, hat uns mal den Gefallen getan und einen Blick in das Anzeigenannahmesystem der Lokalzeitung geworfen. Da hat ein Mann, der den Ausweis von einer gewissen Ute Weidner vorlegen konnte, auf deren Namen und Rechnung die laufende Klubanzeige verändern lassen. Jetzt steht da nicht nur Klub Ute, sondern Klub Ute und Nora. Adresse nach wie vor die Schillerstraße 38. Das kann kein Zufall sein. Die Partnerin ist also neu und ich vermute ...«

»... dass es sich dabei um Daniela Weigel handelt«, vervollständigte Liebig den Satz. Die Enttäuschung in Spiekermanns Augen war unübersehbar. Sie konnten sich ein Lachen nicht verkneifen. Liebig klärte den Mann auf.

»Das mit der Anzeige war neu für uns, aber das mit der Schillerstraße wussten wir schon vom Überwachungsteam. Gute Arbeit. Zu gerne würde ich wissen wollen, warum die umgezogen sind. Soviel ich weiß, hat der Staatsanwalt die Wohnung von Lea wieder freigegeben. Könnte es sein, dass sich der Wohnungsschlüssel immer noch in unseren Händen befindet ... so ganz zufällig?«

Spiekermann hatte den Schock überwunden und öffnete den Wandschrank, aus dem er einen Karton hervorzog. Triumphierend hielt er ein kleines Schlüsselbund hoch.

»Das ist ja geil, Spiekermann. Ich weiß ja selbst, dass wir derzeit keinen triftigen Grund mehr vorweisen können, dort einzudringen. Doch ich meine, dass vor wenigen Minuten hier jemand anrief, der behauptete, dass er aus der Wohnung Hilfeschreie gehört haben will. Anonym natürlich. Was tut ein pflichtbewusster Kripomann? Er schnappt sich zwei Kollegen aus der Abteilung KTU und geht der Sache nach. Worauf warten Sie noch? Retten Sie, was es zu retten gibt, Spiekermann. Den Bericht bitte danach sofort an mich persönlich.«

Das Display auf Liebigs Telefon zeigte den Namen von Spiekermann an. Er legte das Messer beiseite, mit dem er sich gerade zwei Scheiben Brot mit Lachsscheiben belegen wollte. Er konnte eine gewisse Nervosität nicht verbergen.

»Habt ihr was gefunden?«

»So genau kann ich das zum jetzigen Zeitpunkt noch nicht sagen, Chef. Die Männer meinten, dass in der Wohnung noch vor kurzer Zeit jemand aufgeräumt haben muss, besser gesagt, da wurde etwas weggeräumt. Wir konnten noch, als wir reingingen, den Geruch von Chemikalien wahrnehmen. Die Bude sollte von irgendwelchen Spuren befreit werden. Doch so leicht ist die KTU nicht zu täuschen. Selbst mir fiel auf, dass zum Beispiel das Bett komplett abgezogen wurde und man versucht hat, Blutflecken zu beseitigen. Wir haben auch Haarreste gefunden, die jetzt zur Analyse im Labor sind. Die Jungs untersuchen jetzt, ob die noch der toten Lea oder einer anderen Person zuzuordnen sind. Dürfte nicht allzu lange dauern.«

Liebig fühlte sich in seiner Vermutung bestätigt, dass dort etwas geschehen sein musste, was die drei Personen zum sofortigen Umzug zwang. Er lauschte tief in seinem Inneren.

»Chef, sind Sie noch da?«

»Ja, ja Spiekermann, das war klasse. Hören Sie mir gut zu und lachen Sie bitte nicht. Versuchen Sie bitte, aus der versifften Wohnung von Rolf Weigel noch etwas rauszuholen, was wir Hilde Weigel zuordnen können. Ich werde das Gefühl nicht los, dass es da Zusammenhänge gibt, von denen wir bis jetzt keine Ahnung haben. Das sind mir zu viele Zufälle auf einmal. Die alte Weigel verschwindet plötzlich, ohne weitere Nachricht, das Attentat auf die Wohnung und jetzt Blutspuren in der Wohnung der Tochter. Könnte es nicht sein, dass die arme Frau sich in der Wohnung der Tochter befand, so als Zufluchtsort vielleicht, und dann von dem Killer überrascht wird, der es eigentlich auf Daniela abgesehen hat? Die drei wollen Daniela dort unterbringen, finden die tote Frau und entsorgen die, anstatt die Polizei zu rufen. Ich weiß, eine gewagte Theorie, aber immerhin eine Untersuchung wert. Lassen wir die DNA abgleichen, dann wird sich herausstellen, ob mein Bauch mich getäuscht hat. Wir sehen uns morgen, Spiekermann.«

Peter Liebig war sich sicher, eine Spur mehr auf dem Weg zum Killer gefunden zu haben. Auf seinem Brot kauend setzte er sich vor das Fernsehgerät und starrte auf den Bildschirm. Als er sich nach wenigen Minuten fragte, was genau er dort sah, schaltete er wieder aus und legte eine CD in den Player. Mit Andacht führte ihn die Stimme von Elton John zurück an den Tag, als er seinen Heiratsantrag beim Tanz zum Song *Sacrifice* formuliert hatte. Als sich das liebliche Lächeln seiner angebeteten Frau im Schmerz verzog, zu einer Fratze wurde, warf er den leeren Teller gegen die Wand und schrie seine Qualen heraus.

Ich werde dich kriegen, du elender Bastard ... und wenn es das Letzte ist, was ich tue. Du wirst dich nicht mehr lange vor mir verstecken können.

39

Lange betrachtete Marek die weißen Nelken, die er vor das Kreuz gelegt hatte.

»Ich habe es dir versprochen, Mutter. Sind sie nicht schön? Ist es schlimm, dass ich die stehlen musste? Die Schweine beim Jobcenter haben mir das Geld gekürzt, weil ich nicht zu diesem seltsamen Termin gekommen bin. Ich fühlte mich nicht so gut an dem Tag. Da können die doch nicht einfach so was tun. Das ist einfach nicht gerecht.«

Wieder saß er am Grab seiner Mutter, diesmal jedoch mitten in der Grabfläche. Ohne, dass er sich dessen wohl bewusst wurde, rieb sich Marek die feuchte Erde über die Unterarme und fuhr sich damit durch das Gesicht. Zwei Frauen, die auf dem Nachbarfeld mit Gießen beschäftigt waren, sahen mitleidig herüber und tuschelten. Marek begann damit, direkt zwischen seinen ausgestreckten Beinen mit den bloßen Händen ein Loch zu graben. Nun wechselte das Mitleid der Frauen in Entsetzen. Eilig griffen sie nach ihren Gießkannen und flüchteten Richtung Kapelle, wo sie auf einen der Friedhofsgärtner trafen. Marek bekam nicht mit, was sich um ihn herum anbahnte. Immer wieder warf er ausgehobene Erde hinter sich. Erst der Zuruf eines ganz in Grün gekleideten Mannes schreckte ihn auf und ließ ihn stoppen. Über ihm ragte wie eine Statue ein großer Kerl auf, der immer noch die Hacke in der Hand hielt, mit der er zuvor eine Gruft bereinigt hatte.

»Hören Sie sofort auf mit dem Unsinn. Das ist doch die Höhe. Wissen Sie, dass Sie sich strafbar damit machen? Ich werde Sie anzeigen, wenn Sie nicht sofort aufhören.«

Marek blickte auf seine Hände, die noch den Dreck enthielten, den er kurz zuvor aus dem mittlerweile einen halben Meter tiefen Loch gehoben hatte. Immer wieder wechselte sein Blick zwischen der Hand und dem Gesicht des Mannes über ihm. Er schien die ganze Aufregung nicht zu verstehen.

»Das ist meine Mutter da unten. Verstehen Sie? Das ist MEINE Mutter. Sie hat mir gesagt, ich soll zu ihr kommen. Gehen Sie weg. Wir mögen Sie nicht. Sie sind ein schlechter Mensch. Haben Sie keine Mutter?«

»Natürlich habe ich eine Mutter, Sie Spinner. Erst mal ist die noch nicht tot und zweitens würde ich die niemals versuchen, auszugraben. Was einmal tot und beerdigt ist, sollte dort bleiben. Der Himmel wird Sie dafür bestrafen, wenn Sie weiter dieses Grab schänden und die Ruhe der Toten stören. Da kann es tausend Mal Ihre eigene Mutter sein. Sie sind verrückt. Ich werde jetzt die Polizei rufen. Sie gehören in eine Anstalt.«

Niemand wird es jemals sagen können, ob es genau diese letzte Bemerkung war, die Marek dazu brachte, aufzuspringen. Der Friedhofsgärtner sprang einen Schritt zurück und hielt die freie Hand schützend vor den Körper. Er hätte besser auf seine Hacke achten sollen, die ihm brutal aus der Hand gerissen wurde. Die beiden Frauen, die in einiger

218

Entfernung standen und die Szene beobachteten, schrien entsetzt auf, als sie sahen, wie sich die drei Krallen des Werkzeugs in die Augen des tapferen Mannes bohrten. Lautlos, fast in Zeitlupe fiel er vornüber auf das Grab von Frieda Kaspar. Marek stimmte ein wildes Geheul an, als er bemerkte, dass dieser Störenfried die Ruhe seiner Mutter störte. Mit wilden Bewegungen versuchte er, den schweren Mann wieder fortzuziehen. Als er das nicht auf Anhieb schaffte, wedelte er mit seinen Armen und rief nach den beiden Frauen.

»Kommen Sie bitte und helfen Sie mir. Das darf der Kerl nicht machen ... meine Mutter, oh Gott. Nun kommen Sie schon.«

Mit hochgerissenen Armen entfernten sich die Frauen schreiend. Verständnislos verfolgte Marek das für ihn unsinnige Verhalten.

»Er stand genau hier, Herr Wachtmeister. Ich darf gar nicht mehr daran denken. Diese wilden Augen, das dünne Haar und das ungepflegte Äußere. Einfach gruselig. Aber wo der nette Mann geblieben ist, den der Kerl getötet hat, können wir Ihnen auch nicht sagen.«

Die beiden Polizisten konnten die Schleifspuren, die vom Grab wegführten nur wenige Meter verfolgen, dann lösten sie sich in Luft auf. Das tiefe Loch, das Marek gegraben hatte, war wieder fein säuberlich geglättet worden und ließ das Grab insgesamt völlig unschuldig wirken.

»Und Sie beide sind sich ganz sicher, dass der Penner, wie Sie ihn nennen, den Friedhofsgärtner tatsächlich mit der Hacke getötet hat? Wo ist der aber dann? Vielleicht war er ja doch nicht tot und konnte sich verletzt fortbewegen. Passen Sie auf, meine Damen. Ich würde sagen, dass wir jetzt erst einmal auf die Wache gehen und Sie das Geschehen zu Protokoll geben. Wir werden die Kripo informieren und die sollen dann entscheiden, was weiter mit Ihnen geschieht.«

Absolutes Unverständnis zeichnete sich in den Gesichtern der Damen ab, die fest davon überzeugt waren, sich nicht geirrt zu haben.

»Was mit uns geschieht, haben Sie gerade gesagt? Das haben Sie wirklich gesagt? Hören Sie, Sie komischer Polizist, da wurde gerade vor unseren Augen ein Mann kaltblütig erschlagen und Sie wollen uns einreden, dass wir Gespenster gesehen haben? Ich will sofort mit Ihrem Vorgesetzten reden. Sie müssen den Kerl verfolgen, bevor der noch mehr Menschen umbringt. Schauen Sie da, Sie komischer Vogel, was da auf dem Kreuz steht ... schauen Sie richtig hin. Der Kerl hat damit gequatscht. Das könnte doch eine Verwandte sein, oder vielleicht seine Mutter. Suchen Sie doch einfach nach einem Mann mit diesem Namen. Verdammt, muss man euch denn alles sagen?«

Oberwachtmeister Klocke nahm seinen Kollegen Richmann beiseite. Nachdem sie eine Weile miteinander geflüstert hatten, folgte endlich die Entscheidung. Klocke griff zum Telefon und gab eine Meldung durch. Es war keine Stunde vergangen, als es auf dem Friedhof von Ermittlungsbeamten nur so wimmelte. Liebig hatte sich die beiden Frauen beiseitegenommen, um dem mittlerweile entstandenen Lärm zu entgehen.

»Sie sind sich absolut sicher, dass der Mann auf dem Grab saß und mit den Händen die Erde ...«

»Ja, Herr Hauptkommissar, das haben wir auch schon diesen beiden Idioten gesagt. Er hat wie irre gegraben und immer wieder vor sich hingebrabbelt, bis der gute Mann ihm das verbieten wollte. Sie können sich nicht vorstellen, wie entsetzt wir waren, als er ...«

Beschwichtigend legte Liebig seine Hand auf den Arm von Helga Höfgens, wie sie später zu Protokoll gab. Sie wurde sichtlich ruhiger und blickte erleichtert auf den Mann, der ihr wesentlich kompetenter wirkte, als die beiden Streifenpolizisten am Anfang. Gerade als Liebig fortfahren wollte, unterbrach ihn die Stimme eines Kollegen von der KTU.

»Herr Liebig, wir haben da was gefunden.«

Der Hauptkommissar entschuldigte sich bei den Zeuginnen und machte sich auf den Weg zum Grab. Zwei komplett in weiß gekleidete Männer waren damit beschäftigt, die lose Erde in kleinen Mengen in einen Behälter umzuschaufeln.

»Sehen Sie hier ... das ist eindeutig Blut. Frisches Blut. Könnte ohne Weiteres von dem besagten Gärtner sein. Die Frauen könnten tatsächlich recht haben. Wir dürften hier mitten in einem Tatort stehen.«

Es dauerte nur Sekunden, bis Liebig das Telefon am Ohr hatte.

»Spiekermann, heute ist Weihnachten. Ich glaube, wir haben unseren Mann. Sie gehen das Einwohnerverzeichnis durch und suchen mir alle Männer raus, die in Essen wohnen und auf den Nachnamen Kaspar eingetragen sind. Nach Meinung der Zeuginnen müsste es sich in unserem Fall um einen Mann mittleren Alters, so zwischen fünfunddreißig und fünfzig handeln. Größe etwa einssiebzig, schlank, mit ungepflegtem Äußeren. Gehen Sie gleichzeitig die Vorstrafenlisten derer durch, die wegen Grabschändung oder Nekrophilie auffällig wurden. Das Schwein hat seinen schlimmsten Fehler gemacht. Das war auch sein letzter, hoffen wir. Ich lass jetzt die ganze Gegend absuchen, wo dieser Gärtner geblieben ist. Los geht`s, Spiekermann.«

Mit großem Erstaunen stellten die Einsatzkräfte später fest, dass der Mörder sein Opfer ordentlich in der Leichenhalle der Kapelle in einen Sarg deponiert hatte, in dem bereits eine dürre ältere Dame ruhte. Wie er das bewerkstelligt hatte, erfuhren die Männer erst, als sie den Mann umbetten wollten. Das Opfer bestand jetzt aus zwei Hälften.

40

Schnell sprach sich im Präsidium herum, dass es eine heiße Spur im Fall des Hurenmörders gab. Die Namensliste lag vor jedem des Ermittlungsteams auf dem Besprechungstisch. Sogar Kriminalrat Rösner ließ es sich nicht nehmen, an der Runde teilzunehmen. Er hatte sich am Kopf des Tisches platziert und wartete gespannt darauf, dass Liebig die Runde eröffnete.

»Wie ihr sehen könnt, haben wir die Anzahl der Verdächtigen auf fünf Personen eingrenzen können. Was ich nicht vermutet hatte, so gab es doch fünfunddreißig Familien, die den Namen Kaspar tragen. Wir haben die aussortiert, die entweder zu alt oder noch zu jung sind. Außerdem stellen wir die zurück, die sich in einem ordentlichen Arbeitsverhältnis befinden, also allein von der äußeren Erscheinung nicht in das Bild passen, das uns beschrieben wurde.

Liebe Kolleginnen und Kollegen. Es wird euch nicht entgangen sein, dass auch die Zuhälterszene der Stadt hinter dem Kerl her sein dürfte. Wir bilden jetzt Zweierteams, die unsere Verdächtigen besuchen werden. Eigentlich wäre es überflüssig, sie zu ermahnen, dass der Gesuchte als sehr gefährlich einzustufen ist und mit größter Wahrscheinlichkeit bewaffnet sein dürfte. Bevor ihr euer Leben unnötig gefährdet, bitte ich darum, bei dringendem Verdacht Hilfe des Einsatzkommandos anzufordern. Das wird auf jeden Fall über die gesamte Zeit unserer Untersuchungen in Bereitschaft stehen.«

Kommissar Reinder meldete sich zu Wort.

»Wir hörten davon, dass Blutspuren sowohl am Grab als auch in der Wohnung von Lea Weigel gefunden wurden. Liegen die DNA-Ergebnisse zwischenzeitlich vor?«

»Danke für die Frage, Kollege. Darauf wäre ich jetzt sowieso zu sprechen gekommen. Im Fall des Grabmordes handelt es sich eindeutig um das Blut des getöteten Gärtners. Weitere Spuren konnten aus der Graberde noch nicht separiert werden. Im anderen Fall vermochten wir durch die DNA einen klaren Bezug zu Hilde Weigel herzustellen. Die Fragen, die noch nicht beantwortet werden konnten, sind folgende: Wurde Lea Weigels Mutter dort getötet oder nur verletzt? Warum wurde so viel Arbeit darauf verwendet, die Spuren zu beseitigen, wo es dem Täter doch in allen anderen Fällen nicht so wichtig erschien? Wenn die Frau tatsächlich dort getötet wurde, wo ist ihre Leiche verblieben? Unser Beobachtungsteam berichtete davon, dass einige Gegenstände, unter anderem ein verdächtiger Sack, aus der Wohnung getragen wurde. Der Verdacht liegt nahe, dass es sich um die Leiche von Hilde Weigel gehandelt haben könnte.

Kollegen ... das wird eine Untersuchung klären, die wir durchführen, sobald wir den Killer dingfest gemacht haben. Das hat derzeit absolute Priorität. Wie Sie sehen, haben wir die verschiedenen Adressen unterschiedlich angemarkt. Jeder von euch weiß, an welchem Ort er tätig werden soll.«

Spiekermann ergänzte die Ausführungen des Sokoleiters.

»Ihr sitzt ja bereits neben euren jeweiligen Partnern. Ich habe bereits immer zwei Kopien mit der gleichen Kennzeichnung vor euch auf den Tisch gelegt. Wir gehen so vor, dass wir in einem ständigen Rufkontakt bleiben. Die Teams halten sich untereinander ständig auf dem Laufenden, sodass alle auf dem aktuellen Stand sind. Ist eine Vernehmung abgeschlossen, erwarten wir sofortigen Vollzug. Jede halbe Stunde ergeht eine Statusmeldung entweder an mich oder Herrn Liebig. Erfolgt die nicht, müssen wir vermuten, dass etwas passiert ist.«

Jetzt war es Kriminalrat Rösner, der sich nicht mehr zurückhalten wollte.

»Liebe Kollegen und natürlich Kolleginnen.«, er sah entschuldigend auf Rita Momsen, »Gemeinsam hoffen wir natürlich, dass die heutige Aktion endlich zielführend ist und letztendlich mit einer Verhaftung abgeschlossen werden kann. Allerdings bitte ich eindringlich darum, dass niemand ... ich wiederhole, niemand sich von Emotionen leiten lassen wird und eigenmächtig handelt. Der Verdächtige ist lediglich festzusetzen. Selbst dieser Mann fällt unter den Begriff der Unschuldsvermutung, solange ihn kein Gericht des mehrfachen Mordes für schuldig gesprochen hat. Ich weiß, das ist nicht einfach, da wir alle die Vorgeschichte kennen. Das darf uns aber nicht davon abhalten, nach Recht und Gesetz zu handeln. Ich wünsche uns allen nun eine erfolgreiche Ermittlung. Morgen möchte ich mit Ihnen allen hier sitzen und auf den Erfolg anstoßen können. Wünschen wir uns viel Glück. Und jetzt ab mit euch, tun wir unsere Pflicht.«

Während der letzten Worte richtete er seinen Blick auf Hauptkommissar Liebig, der diesen selbstsicher erwiderte. Verhaltener Applaus kam auf, der jedoch im Stühlerücken unterging. Rösner ging auf seinen Sokoleiter zu und zog ihn beiseite.

»Wie fühlen Sie sich, Liebig? Ich meine damit, ob Sie sich stark genug fühlen, diese Untersuchung selbst zu übernehmen. Halten Sie sich in Gottes Namen zurück. Überlassen Sie nötigenfalls Ihrem Kollegen Spiekermann wichtige Entscheidungen.«

»Es ist alles gut mit mir, Chef. Ich weiß, was ich tue.«

»Genau das macht mir ja Sorgen. Ich kann zugegebenermaßen nicht einschätzen, was Sie wirklich in der entscheidenden Situation tun werden. Ich wüsste nur, was ich tun würde. Und das macht die Sache nicht unbedingt besser. Ich könnte verstehen, wenn Sie hierbleiben und den Einsatz aus der Distanz leiten wollten. Das wäre sogar eine brauchbare Alternative.

Ich mag mir nicht vorstellen, wie die Medien über uns herfallen würden, wenn gerade Sie dieses Schwein töten müssten. Der wird sofort heiliggesprochen und als Märtyrer gefeiert. Dann treten sämtliche Untaten des Killers in den Hintergrund und die Selbstjustiz innerhalb des Polizeiapparates wird zum zentralen Thema hochgejubelt. Bitte tun Sie uns allen den Gefallen und ...«

»Sind Sie fertig, Herr Rösner? Die Leute warten auf meinen Einsatzbefehl. Machen Sie sich keine Sorgen. Bis morgen dann zur Feier.«

Auf dem Hof hatten sich sämtliche Einsatzteams versammelt und sahen gespannt auf ihren Chef, der jetzt endlich die Stufen herabkam. Die Anspannung, die ihn erfasst hatte, konnte er nur teilweise verstecken. Jeder in den Teams wusste, wie sehr ihn gerade diese Ermittlung belasten musste. Liebig marschierte geradewegs auf seinen Wagen zu und setzte sich hinter das Steuer. Sein Blick fiel in den Rückspiegel.

»Was soll das denn? Wieso sitzen Sie im Wagen, Rita? Das geht so nicht. Ich brauche Sie hier im Präsidium. Außerdem werde ich Sie nicht ein weiteres Mal der Gefahr aussetzen wie vor Wochen im Fall Ruschtin. Verschwinden Sie an Ihren Schreibtisch.«

Wenn Liebig darauf gehofft hatte, dass Bewegung auf der Rückbank entstand, hatte er sich getäuscht. Wenn sie denn kam, geschah es anders, als er sich das vorstellte. Rita schnallte sich los. Ihr Kopf erschien zwischen den beiden Männern, die sich erstaunt anblickten. Spiekermann konnte sich ein Grinsen nicht verkneifen.

»Genau damit habe ich gerechnet. Frauen haben bei den heldenhaften Einsätzen ganzer Männer nichts verloren. Geht es wieder los? Schlägt bei Ihnen beiden wieder die Testosteronfalle zu? Wann begreifen Sie endlich, dass wir Frauen diese Erfolgserlebnisse nicht zwingend brauchen, mit denen ihr Männer an den Stammtischen oder beim ersten Date protzen möchtet? Ich möchte als Lernende lediglich dabei sein, wenn zwei vernunftbegabte Kripoleute ernsthafte Ermittlungen durchführen. Keiner von Ihnen weiß, ob es für mich zarte und hilfsbedürftige Frau zu einer gefährlichen Situation kommen wird. Ich kann zu Ihrer Erleichterung sogar im Wagen bleiben, wenn es Sie beruhigen sollte. Nur tun Sie mir einen Gefallen: Erklären Sie mich nicht für unmündig. Ich bleibe hier sitzen, meine Herren. Lassen Sie mich doch verhaften ... pah, stört mich nicht.«

Trotzig ließ sich Rita zurückfallen und verschränkte die Arme vor der Brust. Scheinbar neugierig beobachtete sie die Leute in den anderen Fahrzeugen, die nicht verstanden, warum Liebigs Wagen immer noch auf dem Hof wartete. Spiekermann blickte ebenfalls aus dem Seitenfenster.

»Ganz großartig, Spiekermann. Danke noch mal für Ihre umfassende Hilfe. Das kann ja heiter werden, wenn ich mich auf solche Leute irgendwann verlassen muss.«

Spiekermann warf den Kopf herum und starrte entsetzt auf seinen Chef. Als er dem Vorwurf etwas entgegensetzen wollte, fuhr Liebig fort.

»Halten Sie die Klappe ... alle beide.«

Der Motor heulte auf, als er das Gaspedal durchdrückte. Ihm war nicht wohl dabei, als er das unverschämte Lächeln im Gesicht seiner Praktikantin erkannte. Die Kolonne verließ den Betriebshof und verteilte sich im Stadtgebiet.

41

Niemand nahm Notiz von dem unauffällig in der Seitenstraße einparkenden Passat, dem zwei Männer und eine Frau entstiegen. Nach einer kurzen Debatte setzte sich die junge Dame wieder auf den Beifahrersitz. Die Männer schlenderten bis zur Hauptstraße und bogen schließlich nach rechts ab, um vor einem schmucklosen Wohnblock anzuhalten. Nach einer weiteren Diskussion betrat einer der beiden den Hauseingang und betrachtete die wenigen Namenschilder, die noch auf der langen Liste der Klingeln erkennbar waren. Nur sehr undeutlich war noch der Name Kaspar im Parterre zu erkennen. Hauptkommissar Liebig nickte zufrieden und gab Spiekermann zu verstehen, dass er sich Zugang zur Rückseite des Gebäudes verschaffen sollte. Ein möglicher Fluchtweg musste unbedingt abgeschnitten werden.

Bis zur Haustür war das dumpfe Schnarren einer Türklingel zu hören, als Peter Liebig entschlossen den Finger auf den Knopf drückte. Mit der anderen Hand lockerte er die Waffe im Holster, streifte die Sicherungslasche zurück. Geduldig wartete er auf eine Reaktion in der Wohnung, die jedoch ausblieb. Mehrfach wiederholte er das Klingeln und wollte schon enttäuscht den Rückweg antreten, als sich die Tür doch noch öffnete und ein älterer Mann erschien, der sein Erstaunen über den Besuch nicht verbergen konnte.

»Hallo, zu wem möchten Sie denn, junger Mann? Die Auswahl ist zwar nicht besonders groß hier im Haus, doch drei Möglichkeiten bleiben immerhin noch übrig, wenn Sie mich nicht besuchen wollen.«

»Eigentlich hatte ich auf die Klingel von Kaspar gedrückt. Wenn Sie das nicht sind, können Sie mir vielleicht sagen, ob und wo ich den Herrn Kaspar finden kann.«

Ein vergnügtes Lachen brachte sämtliche Falten im Gesicht des Mannes in Bewegung. Er zog seine Steppjacke am Hals enger zusammen und betrachtete den Besucher eingehender.

»Sobald Sie mir verraten, wer das wissen will, erkläre ich Ihnen, dass Sie genau vor ihm stehen. Was kann ich für Sie tun?«

»Sie sind Marek Kaspar? Ich muss zugeben, dass ich mir Sie ganz anders vorgestellt habe,« sagte Liebig und zeigte seinen Polizeiausweis.«

Das Lachen vertiefte sich bei dem Hausherrn, während er eine einladende Handbewegung in den Flur machte.

»Nein, nein, ich bin der Onkel von Marek. Mein Name ist Pawel Kaspar. Der Junge hat bis vor einigen Monaten bei mir gewohnt, ist aber ausgezogen. Das ging einfach nicht mehr, wissen Sie. Der Kleine wurde immer seltsamer und brachte mir sogar ab und zu tote Viecher ins Haus. Das Zimmer verströmte schließlich den Geruch einer Mülldeponie. Kommen Sie rein, dann können Sie sich selbst davon überzeugen. Man könnte selbst jetzt noch vermuten, dass da eine Leiche im Schrank liegt.«

Mittlerweile war Spiekermann wieder vor dem Haus eingetroffen und hörte aufmerksam zu. In ihm reifte eine Idee.

»Hören Sie, Herr Kaspar. Wir suchen Ihren Neffen als Zeuge in einer Diebstahlangelegenheit. Das ist sehr wichtig. Hätten Sie eventuell irgendein Foto von ihm, damit wir ein klares Bild von ihm haben, wenn wir ihm zufällig begegnen? Dürfen wir reinkommen?«

»Aber natürlich, wenn es so dringend ist, werde ich Sie auf jeden Fall unterstützen. Ich werde mal nachsehen, ob ich Ihnen helfen kann. Kommen Sie. Aber bitte nicht wundern. Bei mir ist es noch etwas unaufgeräumt so früh am Morgen.«

Pawel Kaspar hatte mit keinem Wort untertrieben. Es stank in der dunklen Wohnung wirklich wie in der Gerichtsmedizin. Zur Orientierung zwischen den Riesenbergen an Trödel wäre ein Kompass sicherlich hilfreich gewesen. Pawel fand sich jedoch hervorragend zurecht und bewegte sich zielsicher auf eine Vitrine zu, die sich hinter mehreren Bücher- und Zeitschriftenstapeln verbarg. In der dritten Schublade von oben fand er relativ schnell das Objekt der Begierde. Stolz erschien er mit einem Foto, das ihn neben einer Gruppe von Männern zeigte.

»Das hier, der dritte von links, das ist Marek. Das Foto haben wir vor etwa einem Jahr geschossen, als unsere Verwandtschaft zum Neujahrsfest hier war. War schon eine recht feuchtfröhliche Angelegenheit. Neun Flaschen Wodka haben wir ...«

An dieser Stelle unterbrach Liebig, bevor noch ein mögliches Video dieses Saufgelages vorgeführt wurde.

»Dürfen wir das Foto behalten. Sie erhalten es sicher zurück, wenn wir mit Marek sprechen konnten«, beeilte sich der Hauptkommissar zu erwidern, »Haben Sie eine Ahnung, wo wir Ihren Neffen derzeit finden könnten?«

»Da kann ich Ihnen im Augenblick auch nicht weiterhelfen. Als ich ihn bat, auszuziehen, hat er mir seine neue Adresse bis heute nicht mitgeteilt. Er ist immer noch bei mir gemeldet. Wissen Sie, ich komme nicht so oft zum Einwohnermeldeamt und meine Arthrose ...«

»Wir verstehen das sehr gut, Herr Kaspar. Sie haben uns auf jeden Fall schon sehr geholfen und hoffen, dass das mit Ihrer Arthrose nicht schlimmer wird. Sobald wir Marek befragt haben, werden wir Ihnen das Bild wieder zurückbringen«, beruhigte Spiekermann den älteren Herrn, während er mit Liebig zögernd den Rückweg einschlug.

»Das eilt nicht, meine Herren, da habe ich noch ein paar Abzüge von. Falls die Bande im nächsten Jahr wiederkommt, kann ich jedem ein Bild mitgeben. Machen Sie es gut und viel Glück bei Ihrer Suche.«

Schwer atmend lehnte sich Spiekermann draußen an die Hauswand und schloss erleichtert die Augen. Liebigs Stöhnen zeigte ihm, dass es dem Chef nicht anders ging. Beide glaubten schon an Lungenverätzungen, was sich später wieder relativierte. Rita verzog angewidert das Gesicht, als sich die Männer in die Sitze fallen ließen.

»Gott sei Dank, Sie haben ihn gefunden und hoffentlich sofort vergraben. Liege ich da richtig? Das stinkt ja bestialisch. Wo waren Sie? Haben Sie sich in Aas gewälzt?«

Trotz der misslichen Lage, mussten die beiden laut lachen und drehten sich zu Rita nach hinten. Doch sie bemerkte sofort, dass die gute Stimmung nur aufgesetzt wirkte. Liebigs Augen lachten nicht mit.

»Wir haben ihn nur zur Hälfte, Rita«, bemühte sich Liebig um Aufklärung. »Zumindest wissen wir jetzt, wie dieses Tier aussieht. Sie können uns einen Gefallen tun. Fotografieren Sie bitte dieses Foto und machen Sie eine Ausschnittsvergrößerung von diesem Kerl da. Das schicken wir dann an alle anderen Teams. Die müssen sich nur noch auf diese Fratze konzentrieren. Ich will den vor mir sehen, will endlich wissen, dass er keinem Menschen mehr wehtun kann.«

42

»Ich muss wieder zurück in die Ritze. Die Lieferung ist heute fällig. Ich will mich nicht wieder bescheißen lassen. Daniela, bist du noch mit Speed versorgt oder soll ich dir ein paar Tütchen hierlassen?«

Karim stoppte an der Wohnungstür und sah fragend zurück auf Daniela. Die überlegte nicht lange und hielt ihm die offene Hand entgegen.

»Ich habe aber im Augenblick keine Knete. Ich bezahl dich später.«

»Da mach dir mal keinen Kopf drum. Sollten wir dieses Schwein zu fassen kriegen, kannst du dir von der Prämie eine Tonne Koks kaufen. Pass mir bloß auf die Frauen auf, Klaus. Nicht, dass es dir so geht, wie deinen Vorgängern.«

Am liebsten hätte Karim ihm das überhebliche Grinsen aus dem Gesicht geschlagen. Doch er brauchte den Mann jetzt dringender denn je. Außerdem gingen ihm nicht nur die Mädels, sondern auch die Helfershelfer aus. Als die Tür hinter Karim zufiel, zog sich Klaus in das Zimmer zurück, das auf der Rückseite des Hauses direkt vor dem Balkon lag, der einen Blick auf die verfallenen Gebäude der alten Zeche gestattete. Ihm wurde leicht schwindelig, als er auf die Feuerleiter blickte, die auf den verlassenen Hof führte und ziemlich wackelig wirkte. Schon als Kind hatte er mit Höhenangst zu kämpfen gehabt, die ihm immer wieder den Spott der Kameraden bescherte. Er hasste sich selber dafür, konnte es jedoch nicht ändern. Die Dunkelheit legte sich allmählich über die Stadt und tauchte die Gebäude in einen gespenstigen Dunst. Klaus zog sich wieder in den kuschelig wirkenden Raum zurück und schaltete den Fernseher an.

»Erwartest du heute noch einen Freier?«

Daniela sortierte die bereits faulenden Pflaumen aus, während sie die Frage an Ute durch die Räume schickte, die irgendetwas im Schlafzimmer umsortierte.

»Da kommt nur noch um acht ein Stammgast. Mit dem bin ich immer schnell fertig. Der bekommt schon einen Orgasmus, wenn ich dem nur eine Schweinerei ins Ohr flüstere. Maximal zehn Minuten, dann haben wir Ruhe und können deinen Pflaumenpfannkuchen genießen. Freu mich schon drauf. Die habe ich schon als Kind gerne gegessen. Meine Mama hatte dafür ein goldenes Händchen. Huch, haben wir schon acht Uhr? Es hat geklingelt. Könnt ihr euch so lange ins Hinterzimmer verziehen? Der kriegt bestimmt keinen hoch, wenn der weiß, dass jemand da ist.«

Ute behielt recht damit, als sie den Aufenthalt so kurz einschätzte. Zwanzig Minuten reichten vollkommen aus, um die fünfzig Kröten zu verdienen. Sie musste nicht einmal den Slip ausziehen. Kurze Zeit später erfüllte der Duft von frischen Pflaumenpfannkuchen alle Räume. Klaus schaffte es spielend, drei davon in Rekordzeit zu verdrücken. Er erschien dazu lediglich kurz in der Küche, um sich eine frische Ladung abzuholen. Der Krimi in seinem Hinterzimmer schien ihn zu sehr zu fesseln.

»Jetzt ist aber gut, du Fresssack. Der Nächste ist für Ute und dann bin ich auch mal selbst dran«, schrie Daniela Richtung der Tür, hinter der lediglich das Gemurmel der Schauspieler zu hören war.

»Gib wenigstes eine Antwort, falls du mal den Mund leer hast«, legte Daniela nach und erhob sich von ihrem Stuhl. Sie mochte den Kerl absolut nicht und wollte die leeren Teller zurück in die Küche holen. Der spitze Schrei ließ Daniela aufhorchen. Irgendetwas stimmte hier nicht. Das verriet ihr der Instinkt, der sich in den letzten Jahren sehr bei ihr ausgeprägt hatte. Sie konnte es sich nicht erklären, warum sie die Beretta, die auf der Fensterbank ruhte, vorsichtig ergriff und entsicherte. Sie war bemüht, das Zittern zu unterdrücken, das von ihrem Körper Besitz ergreifen wollte. Schritt für Schritt näherte sie sich der Diele, schaltete im Vorbeigehen die Küchenbeleuchtung aus, um einem möglichen Angreifer kein gutes Ziel zu bieten. Immer wieder blieb sie stehen, horchte, fasste die schwere Waffe fester. Sie wusste ... dieser Dreckskerl war in der Wohnung, war nur wenige Meter entfernt und hatte ihre beiden Mitbewohner bereits unschädlich gemacht.

Im Zwielicht, das nun die Wohnung erfüllte, sah sie einen Fuß durch die nur zu einem Schlitz geöffnete Tür auf dem Boden. Zentimeter für Zentimeter wurde Utes Körper weiter in den dahinterliegenden Raum gezogen, ohne dass Daniela den Killer sehen konnte. Aufmerksam verfolgte sie die Richtung, in der das Schwein sein Opfer bewegte und bestimmte so die Position des Mörders. Der Schuss peitschte durch die Räume. Ein großes Loch entstand im Türblatt. Nichts bewegte sich mehr dahinter. Utes Körper lag nun im Nebenraum. Die absolute Stille zerrte an Danielas Nerven. Die Waffe wog nun Zentner und zog den Arm der Frau immer weiter nach unten. Sie musste wissen, was geschehen war, ob sie getroffen hatte und der Killer unschädlich war. Mit der Fußspitze stieß sie gegen die Tür, die mit einem an den Nerven zerrenden Quietschen antwortete. Die aufsteigende Angst drohte von Daniela Besitz zu ergreifen. Mit beiden Händen ergriff sie die Waffe und sah über den Lauf in den Raum. Fast wäre sie ihr aus der Hand geglitten, als sie in die leeren Augen von Klaus blicken musste, der in einem tiefen Sessel saß und aus dessen Stirn ein langer Metallstab ragte, den man ihm von hinten durch den Schädel gestoßen hatte. Das Blut, welches aus der breiten Wunde quoll, hatte sich über das gesamte Gesicht verteilt und floss über die weit ausgestreckten Beine auf den Boden. Darin erkannte Daniela eine ausgestreckte Hand, die nur Ute gehören konnte. Der Magen meldete sich eindringlich und wollte seinen Inhalt loswerden.

Es war eine spontane Bewegung, als Daniela sich mit voller Wucht gegen die halb offen stehende Tür warf. Ein dumpfer Knall zeigte ihr, dass sie etwas getroffen haben musste, was sich direkt dahinter aufhielt. Sie wollte jedoch nicht abwarten, um zu erfahren, was sie genau getroffen hatte. Sie warf sich herum, umfasste ihre Waffe fester und stürzte zur Wohnungstür. Vergeblich zerrte sie an der Klinke, bis sie bemerkte, dass Ute hinter dem Freier wieder abgeschlossen hatte. Mit zitternden Fingern ergriff sie den noch steckenden Schlüssel und entriegelte die Tür. Endlich konnte sie diese aufreißen und in das dunkle Treppenhaus stürzen. Aus den Augenwinkeln bemerkte sie die kleine Bewegung in der Diele. Die Tür zum Hinterzimmer öffnete sich mit einem Ruck. Das Gesicht eines blutüberströmten Mannes tauchte auf, dessen Augen voller Hass auf Daniela gerichtet waren. Ihr genügte der Anblick des überlangen Messers, das in der Hand des Wahnsinnigen aufblitzte, um fluchtartig zur Treppe zu laufen.

Sie verfehlte wegen der fehlenden Beleuchtung die letzten beiden Stufen des obersten Treppenabschnitts und stürzte schwer gegen die Wand auf dem Treppenabsatz. Rasend schnell rappelte sie sich wieder auf, drückte eine Hand gegen eine Wunde, aus der Blut austrat. Den Schmerz spürte sie nicht. Absatz für Absatz bewältigte sie auf dem Weg nach unten, immer wieder das Keuchen ihres Verfolgers im Nacken spürend.

Bitte, lass die Haustür offen sein, lieber Gott.

Erleichtert riss sie die schwere Tür auf und versuchte sich zu orientieren. Dunkelheit umhüllte sie, als sie sich nach rechts wandte und in wenigen hundert Metern Entfernung die Umrisse der ehemaligen Zeche erblickte. Nur in diesen Gebäuden sah sie die einzige Chance, unterzutauchen, sich vor dieser unerbittlichen Bestie zu verstecken. Das Geräusch der aufspringenden Haustür verhinderte, dass sie die Flucht unbeobachtet von ihrem Verfolger fortsetzen konnte. Er würde sie töten, bevor sie die schützenden Mauern erreichen konnte. Mit einem gewaltigen Satz warf sie sich zwischen die stacheligen Disteln, die vor dem Wohnblock standen. Sie unterdrückte den Schmerzensschrei, als ihr die Zweige und dornigen Blätter die Haut aufrissen, richtete ihren Blick nur auf das Haus, das sie gerade verlassen hatte. Wie ein ängstliches Rehkitz rollte sie ihren Körper zusammen, wollte mit der Umgebung eins werden. Obwohl ihre Lungen bereits schmerzten, hielt sie den Atem an und lauschte in die Nacht. Der Schatten des Mannes, der sich ihr geduckt näherte, erzeugte Angst in Daniela, die ihr Herz fast explodieren ließ. Obwohl sie den Atem anhielt, glaubte sie, dass das Herzklopfen sie jeden Augenblick verraten könnte. Immer näher schob sich Marek an den Teil der Hecke heran, hinter der eine Frau auf den Tod wartete. Als Daniela schon glaubte, dass ihre Lungen platzen würden, blieb ihr Verfolger stehen und sah genau in ihre Richtung.

43

»Herr Liebig, hören Sie? Ich kann es nicht mit Bestimmtheit sagen, aber hier in der Schillerstraße stimmt was nicht. Ich meine, da oben in der Wohnung einen Schuss gehört zu haben. Dann hat jemand die Beleuchtung ausgeschaltet und kurze Zeit später sind zwei Personen aus dem Haus gerannt. Wir haben sie allerdings in der Dunkelheit aus den Augen verloren, da hier alle Laternen kaputt sind. Wir brauchen unbedingt Verstärkung vor Ort.«

»Geben Sie her, Spiekermann.«

Fast ungehalten riss Liebig seinem Beifahrer das Telefon aus der Hand.

»Hallo, ich bin`s. Versuchen Sie, die flüchtenden Personen unbedingt zu finden. Greifen Sie allerdings nur ein, wenn unmittelbar Gefahr für Leib und Leben besteht. Das kann nur der gesuchte Kaspar sein. Ansonsten nur beobachten und auf mich warten. Ich bin ganz in der Nähe und werde sofort die Einsatzkräfte informieren. Halten Sie die Stellung und versuchen Sie unbedingt, die beiden Gesuchten zu finden. Spiekermann, rufen Sie die Mannschaften her!«

Während er einen Gang runterschaltete, warf er Spiekermann das Telefon auf den Schoß. Mit irrwitziger Geschwindigkeit raste er in Richtung Schillerstraße, übersah dabei des Öfteren rote Ampeln. Es war seiner Meinung nach kontraproduktiv, jetzt das Martinshorn einzuschalten. Er musste es einfach ohne riskieren. Endlich erreichte er sein Ziel und der Passat kam schleudernd zum Stehen. Noch während er die Tür aufriss, lag schon die Waffe in seiner Hand. Liebig wartete nicht darauf, dass ihm Spiekermann folgte, vergaß sogar seine Praktikantin auf dem Rücksitz. Er verwandelte sich in diesem Augenblick in eine automatisch funktionierende Kampfmaschine, die nur eines im Kopf hatte: Sein Opfer musste endgültig zur Strecke gebracht werden. Jetzt und hier.

Irgendwo in weiter Ferne konnte man das Herannahen der angeforderten Einsatzkräfte hören. Von Hauptkommissar Liebig war mittlerweile weit und breit nichts mehr zu sehen und zu hören. Er war wie ein Phantom in das Dunkel der Nacht eingetaucht.

»Sie bleiben im Wagen, Rita und warten auf das SEK«, wies Spiekermann die ratlose Rita ein, »Zeigen Sie denen, wohin sie sich wenden sollen. Die sollen das gesamte Gelände umstellen, keinen raus- oder reinlassen. Schicken Sie auch ein paar Mann rauf in die Wohnung. Da war dieses Scheusal vorher. Die werden dort bestimmt fündig. Ich suche Liebig, damit der keinen Scheiß baut.«

Plötzlich drehte sich Spiekermann wieder um und kam auf Rita zu. Er drückte der erstaunt dreinblickenden Frau Liebigs Telefon in die Hand.

»Und noch was. Informieren Sie die anderen Teams, mit dem Hinweis, wo wir sind und dass man auf keinen Fall auf meinem Gerät anrufen soll. Ich will absolute Funkstille. Das könnte sonst lebensgefährlich werden.«

Als Spiekermann sich auf den Weg machte, konnte sie noch gut seinen Nachsatz hören.

»Das wird jetzt langsam zur blöden Regel, dass ich dem Alten den Arsch retten muss.«

Rita hoffte inständig, dass genau dies nicht nötig sein würde. Das blaue Blinken der heranbrausenden Einsatzfahrzeuge riss sie aus den Gedanken. Nun würde sie beweisen müssen, wie zuverlässig und umsichtig sie handeln konnte. Sie straffte die Schultern und sah den einbiegenden Fahrzeugen entgegen.

Je näher Liebig den Ruinen kam, umso vorsichtiger bewegte er sich. Die Dunkelheit bevorteilte nur den Killer. Er konnte jeden Augenblick aus irgendeiner Nische springen und ihm den Todesstoß versetzen. Liebig versuchte, jedes verräterische Geräusch zu vermeiden, das seinen Standort anzeigte. Mittlerweile mischten sich seine leisen Schritte mit dem Geräusch, das umherschwirrende Fledermäuse und Ratten auf dem feuchten Boden der Gemäuer verursachten. Immer wieder zog er angewidert die Hand zurück, die sich tastend über die schimmeligen Wände schob. Nach seinem Gefühl versuchten sich unentwegt, Schnecken und Spinnengetier an seine nackten Hände zu klammern. Seine Sinne waren derart geschärft, dass sich Kopfschmerz ausbreitete. Als sein rechter Schuh gegen eine leere Konservendose stieß, glaubte Peter Liebig, dass die gesamte Stadt über seinen Aufenthaltsort informiert worden war. Sein Körper versteifte sich automatisch. Er lauschte mit angehaltenem Atem in die pure und beängstigende Dunkelheit. Ein Scharren hinter ihm ließ ihn herumwirbeln. Fast hätte er auf die fliehende Ratte geschossen, deren Weg er am Fiepsen verfolgen konnte. Erst als er sich wieder auf den Weg machen wollte, weiter durch die undurchdringliche Dunkelheit, war es da. Dieses Keuchen, so wie es nur ein Mensch verursachen konnte. Die Richtung war jedoch nur schwer auszumachen, es konnte von überall herkommen. Geduckt, die Pistole im Anschlag, schlich Liebig weiter hinein in einen dunklen Flur, dessen Seitenwände nicht mehr auszumachen waren. Immer näher kam dieses Keuchen, fast wie ein Kampf, der in absoluter Dunkelheit zwischen zwei Menschen ausgetragen wurde. Vorsichtig tastete der Kripomann nach seiner kleinen Stablampe, die sie alle mitführten. Er legte sie unterhalb des Laufes an und zählte rückwärts bis null. Das grelle Licht fuhr wie ein Blitz durch den schmalen Gang und zeigte ein Bild, das ihm das Blut in den Adern gefrieren ließ.

Vor ihm tauchte das angstverzerrte Gesicht seines Stellvertreters auf, an dessen Hals er ein überlanges Messer ausmachte. Dahinter war die triumphierende Maske des Massenmörders zu erkennen. Sein dünnes Haar hing wirr in sein blutüberströmtes Gesicht. Die Augen ließen nichts Menschliches mehr erkennen. Sie schienen dem Augenblick entgegenzufiebern, seinem Opfer endlich die Kehle durchtrennen zu können. Die Stimme wirkte wie aus einer anderen Welt, mit der er nun seinen Erzfeind ansprach.

»Huch, Herr Hauptkommissar ... Sie sind doch der Liebig, der mich schon so lange sucht, oder? Sehen Sie, jetzt haben Sie mich doch gefunden. Ich habe Sie wohl unterschätzt, mein Freund. Nur ... sagen Sie es mir ... was bringt es Ihnen nun am Ende? Ich kann es Ihnen sagen ... den Tod für euch alle wird es bringen. Ein kleiner Schnitt und es ist vorbei mit diesem tapferen Mann. Ist das ein Freund von Ihnen? Sagen Sie es mir. Es macht mir ansonsten weniger Spaß, ihn umzubringen.«

Noch immer zeigte die Bestie im Strahl der LEDs ein teuflisches Grinsen. Aus der Halswunde des Kommissars tropfte mittlerweile etwas Blut. Allerdings war die anfängliche Angst, die in Spiekermanns Augen zu sehen war, einer tiefen Entschlossenheit gewichen. Er wirkte gelöster. Sogar der Killer reagierte leicht irritiert, als Spiekermann sprach.

»Schießen Sie, Chef. Machen Sie Schluss mit dem Theater. Der bringt uns beide sowieso um. Nur bitte legen Sie nicht die Waffe weg, egal, was er Ihnen verspricht. Wir wissen doch beide, was es bedeutet. Einer wird überleben und das darf nicht dieses miese Schwein sein. Jagen Sie dem Irren eine Kugel genau zwischen die Augen. Sollte ich das hier überleben, werde ich beschwören, dass es Notwehr war. Ich werde sogar aussagen, dass ich den Typen umbrachte. Nur, lassen Sie den nicht lebend davonkommen.«

»Halt jetzt deine Schnauze, sonst stirbst du jetzt gleich. Und Sie, Hauptkommissar Liebig, wissen genau, dass Sie es nicht tun werden. Das Gesetz verbietet es Ihnen, Rache zu nehmen. Ha, ha ... Sie möchten sich doch so gerne für den Tod Ihrer geliebten Frau an mir rächen. Ist es nicht so? Natürlich. Es hat mir übrigens damals viel Spaß bereitet.«

Das Blut schoss in Liebigs Kopf, vernebelte seine Gedanken. Er schrie die Worte heraus.

»Halt jetzt dein verdammtes Maul, du Tier. Glaubst du wirklich, dass ich dich mit einem einzelnen Schuss hinrichten werde? Glaubst du das wirklich? Solltest du meinen Partner wirklich töten, bist du als Nächster dran. Dann hast du keinen Trumpf mehr im Ärmel. Dann gehörst du mir ... mir ganz allein. Ich weiß schon, was ich mit dir machen werde, du dreckiges Schwein.«

»Da wäre noch was, Liebig. Habe ich Ihnen schon gesagt, dass ich es Ihrer schönen Frau zu verdanken habe, dass ich Gefallen an toten Menschen gefunden habe? Als sie damals so vor mir lag und ihr Leben aushauchte, habe ich es zum ersten Mal getan. Ich habe diesen kalten Körper gefickt, habe endlich einen Körper unter mir gehabt, der sich nicht wehrte, mich nicht auslachte, weil ich es nicht so gut schaffte wie andere Männer. Es war einfach nur geil, sage ich Ihnen.«

Spiekermanns Gesicht verzerrte sich vor Hass und er bäumte sich auf.

»Schießen Sie doch endlich. Bringen Sie das Monster zum Schweigen. Er hat keine Verhandlung verdient. Oder noch besser, bringen Sie ihn ganz langsam um, so, wie Sie es vorhatten. Nur, bitte tun Sie es endlich. Ich werde dort in der Hölle auf ihn warten und weitermachen, wo Sie aufhören.«

Nun verzerrte sich auch Liebigs Gesicht. Der zitternde Finger legte sich um den Abzug, während die Augen eine eisige Kälte ausstrahlten. Sie zuckten, als er sah, wie Kaspars Schädel wie eine überreife Melone auseinanderplatzte. Irritiert sah er auf seine Waffe, die immer noch auf sein vermeintliches Opfer zeigte. Der Widerhall des Schusses irrte hundertfach durch die kalten Mauern des Gebäudes. Erschöpft sank Spiekermann auf die Knie und presste die Hände vor das Gesicht. Sein Körper zuckte in einem Weinkrampf. Von überall her flammten nun Taschenlampen auf, hüllten diese unwirkliche Szene in gleißendes Licht. Als Liebig die eigene Waffe sinken ließ und zur Seite sah, erkannte er einen SEK-Beamten, der Daniela Weigel vorsichtig die Beretta aus der Hand wandte. Ihr Blick war wie unter Hypnose auf den blutigen Schädel des Mörders gerichtet, der mit verdrehten Gliedern, das Messer immer noch in der Hand haltend, auf dem kalten Boden lag. Völlig apathisch ließ sie sich Handschellen anlegen und zum Einsatzwagen führen.

Liebig stützte seinen zum Freund gewordenen Stellvertreter auf dem Weg, der sie vom grausamen Geschehen wegführte. Er übergab Spiekermann einem aufmerksamen Sani, der auf den Mann beruhigend einredete. Liebig blieb vor den beiden Frauen stehen, kaum fähig, ein Wort herauszupressen. Daniela, die sich bisher mit Rita Momsen unterhalten hatte, hob stattdessen den Kopf und reichte ihm die Hände, an denen Handschellen glänzten.

»Sie müssen sich nicht bei mir bedanken, Herr Hauptkommissar. Ich weiß, was dieses Schwein Ihnen und auch mir angetan hat. Ich habe nur eine fällige Rechnung beglichen. Er wird das niemals wieder tun können. Sehen Sie das einmal so. Ich werde mein Leben dort weiterführen, wo ich auch die letzten sieben Jahre verbracht habe. Hier draußen finde ich mich nicht mehr zurecht. Ich verstehe die Regeln nicht mehr, nach denen Sie alle leben ... leben müssen. Da drin haben wir eigene Regeln, die ich bestens kenne und mittlerweile auch akzeptiere. Es ist schon gut so, wie es ist. Das mit dem Neuanfang hätte wahrscheinlich nie geklappt. Machen Sie es gut und sorgen Sie weiter dafür, dass die Menschen halbwegs sorglos leben können.«

Liebig blieb ihr eine Antwort schuldig, winkte nur schwach mit der rechten Hand, als Daniela Weigel in das Transportfahrzeug geführt wurde. Er würde versuchen, bei der anstehenden Verhandlung, das Gericht davon zu überzeugen, dass diese Frau mildernde Umstände verdient hatte.

»Ach schau an, da haben wir ja wieder diese dreckige, lesbische Schlampe in unseren Reihen. Habe ich dir nicht gesagt, dass wir uns bald wiedersehen werden? Wir sollten uns auf dem Hof unterhalten, es gibt da immer noch ein Problem zwischen uns.«

Auf Daniela Weigel wartete nicht nur die Drogenkurierin Mara, sondern der geschlossene Vollzug, der ihr eine unangenehme Zellengenossin vorerst ersparte. Noch lange stand sie hinter der Tür und starrte auf die kahlen Wände der Zelle, die jetzt über viele Jahre wieder einmal eine Heimat bedeutete.

– Nachwort –

Liebe Leserinnen und Leser,
hat Sie auch dieses Buch wieder gut
unterhalten können und die erwartete Spannung geliefert?
Das hoffe ich sehr. Weitere Romane aus meiner Feder finden
Sie im Anhang.

Wir Autoren wären oftmals relativ hilflos, wüssten wir nicht
diese wichtigen Helfer im Hintergrund, die vor der Veröffent-
lichung eines Buches den strengen Blick auf die Texte
werfen.
Besonderen Dank richte ich dabei an drei
großartige, von mir geschätzte Frauen:
Andrea Schmidt, Sonja Kindler,
und Anne Philipps.

Persönliche Anmerkungen und ein Feedback können Sie mir
gerne unter h.c.scherf@gmx.de zukommen lassen.
Sie erhalten garantiert zeitnah eine Antwort von mir.

Aber auch Mitglieder, die bei LovelyBooks aktiv sind,
können sich dort gerne zu meinen Büchern äußern.

Ich würde mich sehr darüber freuen, wenn ich Sie auch in
Zukunft spannend unterhalten dürfte.

Ihr H.C. Scherf

Als Taschenbuch und Ebook in allen Buchhandlungen und Online-Shops.

Inhalt:
»Du bist stärker als deine Angst! Sie spürt es und wird nachgeben.«

Die geflüsterten Worte sollen Sarah beruhigen, ihre Höhenangst endgültig
besiegen. Ein Psychopath nutzt die Urängste der Menschen, um sie in den
Tod zu treiben.
Sein perfider Plan geht bei den Schutzbedürftigen einer Selbsthilfegruppe
auf, die ihre Phobien bekämpfen möchten.
Wird Peter Liebig, Hauptkommissar im Essener Morddezernat, die Pläne des
Wahnsinnigen durchkreuzen können?
Der Täter hinterlässt keine Spuren. Erst als der erfahrene Beamte in die Hölle
des Killers hinabsteigt, entdeckt er dessen Geheimnis.
Ein Psychoduell beginnt, das zwei völlig verschiedene Welten
aufeinanderprallen lässt.

ISBN 978-3752892178
Band 5 aus der Reihe Spelzer/Hollmann

Als Taschenbuch und Ebook in allen Buchhandlungen und Online-Shops.

Inhalt:

Der Frieden ist nur Schein - hinter ihm lauert der Tod

Eine ganze Region zittert vor ihr, obwohl sie Schutz versprach. Eine schöne Frau regiert nach
dem Tod des Don unnachgiebig eine italienische Region. Nur einer durchschaut ihr
Intrigenspiel, kennt ihr Geheimnis, das sie angreifbar macht. Geduldig wartet er auf den Tag der
Abrechnung.
Ein grausamer Mafiakrieg, in den die Gerichtsmedizinerin Karin Hollmann, Hauptkommissar
Spelzer und ein Serienkiller unaufhaltsam hineingezogen werden. Sie versuchen, Unschuldige
zu schützen.

Obwohl die Handlungsabläufe in sich abgeschlossen sind, empfiehlt es sich,
die Bücher in der Reihenfolge zu lesen.

Die Spelzer/Hollmann-Reihe:

KALENDERMORD - Band 1
DER SERBE - Band 2
MORDTIEFE – Band 3
BRANDZEICHEN – 4

ISBN 978-3752877953

Band 4 aus der Serie Spelzer/Hollmann

Als Taschenbuch und Ebook in allen Buchhandlungen und Online-Shops.

Inhalt:

» In mir hat der Satan ein Zuhause gefunden. Tust du nicht das, was ich von dir verlange, wirst du genau ihn von seiner fantasievollsten Seite kennenlernen. «

Die Drohungen treiben dem korrupten Polizisten kalte Schauer über den Rücken.

Während Doktor Karin Hollmann und Oberkommissar Spelzer einen Satanisten verfolgen, der im Ruhrgebiet seine Opfer sucht und findet, versucht der Serienmörder Pehling, an seinem Zufluchtsort neue Gegner abzuwehren.

Aber nur, wenn sich die so unterschiedlichen Weggefährten zusammenschließen, haben sie eine verschwindend geringe Chance. Sie müssen verhindern, dass ein Satansjünger seine Visionen vom Reich des Antichristen verwirklichen kann.

Der Weg dahin fordert einen blutigen Tribut, denn der Gegner scheint nicht von dieser Welt.

Obwohl die Handlungsabläufe in sich abgeschlossen sind, empfiehlt es sich, die Bücher in der Reihenfolge zu lesen.

Obwohl die Handlungsabläufe in sich abgeschlossen sind, empfiehlt es sich, die Bücher in der Reihenfolge zu lesen.

Die Spelzer/Hollmann-Reihe:

KALENDERMORD - Band 1
DER SERBE - Band 2
MORDTIEFE – Band 3

ISBN 978-3752834215

Band 3 aus der Serie Spelzer/Hollmann

Als Taschenbuch und Ebook in allen Buchhandlungen und Online-Shops.

Inhalt:

»Da unten ist die Hölle«

Die Taucher der Essener Wasserschutzpolizei müssen weit über ihre
psychischen Grenzen hinausgehen, als sie das Depot eines Killers in der Tiefe
räumen.
Welcher Wahnsinnige versteckt die Toten im Essener Baldeneysee?

Wieder einmal stehen Rechtsmedizinerin Karin Hollmann und ihr Freund,
Oberkommissar Sven Spelzer vor Mädchenleichen, die ihnen viele Rätsel
aufgaben.

Wie weit geht ein skrupelloser Gangsterboss, um den gewaltsamen Tod seines
Bruders zu rächen?

Zwei scheinbar unabhängige Fälle bringen die Ermittler selbst in
Lebensgefahr. Ein friedliches Naherholungsgebiet entpuppt sich als
Spielwiese für einen irren Mörder.

Obwohl die Handlungsabläufe in sich abgeschlossen sind, empfiehlt es sich,
die Bücher in der Reihenfolge zu lesen.

Die Spelzer/Hollmann-Reihe:

KALENDERMORD - Band 1
DER SERBE - Band 2

ISBN 978-3746055879
Band 2 aus der Serie Spelzer/Hollmann

Als Taschenbuch und Ebook in allen Buchhandlungen und Online-Shops.

Inhalt:
»Der ist definitiv ertrunken. Die haben ihn noch lebend ins Wasser geworfen,
dabei nicht mal seine Hände gefesselt.«

Die Aussage der Rechtsmedizinerin Karin Hollmann ist klar und deutlich. Sven
Spelzer, mit dem sie schon den Serienmörder Pehling zur Strecke brachte, weiß
von Anfang an, wen er für diesen Zeugenmord zur Verantwortung ziehen muss.
   Die Soko wurde gebildet, um den ›SERBEN‹, wie sie den Gewaltverbrecher
nennen, nach Jahren der Erfolglosigkeit, endlich zur Strecke bringen zu können.
   Brutalster Drogen- und Menschenhandel wird ihm zur Last gelegt.
   Mögliche Belastungszeugen verschwinden meist spurlos.
   Doch wer ist der unsichtbare Helfer im Hintergrund?
   Gibt es einen Maulwurf in den Reihen der Polizei?

Wieder werden die beiden Ermittler in einen Einsatz hineingezogen, der sie, wie
schon im ersten Band dieser Reihe, an die Grenzen treibt. Als sie bereits an den
sicheren Zugriff glauben, hat der Teufel längst die Falle gebaut.

Alle Thriller der Reihe sind zwar abgeschlossen und könnten auch unabhängig
voneinander gelesen werden. Doch der Spannungsbogen ist größer, wenn die
Reihenfolge eingehalten wird.

ISBN 978-3746067858

Band 1 aus der Serie Spelzer/Hollmann

Als Taschenbuch und Ebook in allen Buchhandlungen und Online-Shops.

Inhalt:

Der Wald rund um die Ruine der Essener Isenburg - eine Oase der Ruhe und des Friedens. Das ändert sich mit dem Fund einer ersten, grausam zugerichteten Leiche.

Kommissar Sven Spelzer, als erfahrener Leiter der Mordkommission, begegnet einem Serienkiller, der präzise seine unvorstellbaren Taten plant.

Der Täter preist seine Morde als Kunstwerke.

Wenn bisher ein System sein Wirken steuerte, so ist es die Gier Außenstehender, die eine unfassbare Lawine der Gewalt auslöst.

Gemeinsam mit der Rechtsmedizinerin Karin Hollmann begibt sich Spelzer auf die Suche nach dem Wahnsinnigen. Sie ahnen nicht, welche Hölle die Bestie schon für sie vorbereitet hat.

Kalendermord - der erste Fall für dieses Ermittlerteam, der sie sofort an ihre Grenzen zwingt.

ISBN 978-3744873024

Als Taschenbuch und Ebook in allen Buchhandlungen und Online-Shops.

Inhalt:
„Gib diese Frau auf, denn die Zeit auf dieser Erde ist endlich ... besonders für sie."

Die Warnung ist eindeutig, die der erfolgreiche Schriftsteller Jan Hellman in dem Umschlag vorfindet.
Niemals wieder hat er eine Verbindung eingehen wollen. Die Trennung von Claudia saß noch wie ein Stachel in seinem Herzen. Sein Single-Dasein war beschlossen.
Doch das Schicksal hatte eigene Pläne gehabt. Sandra veränderte alles.
Jetzt aber hält er diesen Drohbrief in den Händen.
Bei Jan Hellmann und den eingeschalteten Ermittlern keimt der Verdacht, dass ihn der Gegner gut kennen muss.
Lebt der Verursacher dieser Grausamkeiten in einem vertrauten Umfeld?
Ekelige Tierkadaver und weitere Drohbriefe verstärken die Angst.
Perfekt getarnt treibt der Täter sein perfides Spiel. Die Einschläge, die Opfer und Polizei weiter rätseln lassen, kommen immer näher, werden immer brutaler.
Eine Liebe, an deren Erfüllung sich mit jeder gelesenen Seite die Zweifel mehren.
Eine Beziehung, die direkt auf den Vorhof der Hölle zusteuert.

Der Flug der Libellen

ISBN 978-3744869997

Als Taschenbuch und Ebook in allen Buchhandlungen und Online-Shops.

Inhalt:
Seit Jahren verschwinden Prostituierte im Ruhrgebiet.
Keine Leichen. Keine Spuren.
Nichts kann den Killer aufhalten.
Die erst 10jährige Andrea Lesbe und ihr gleichaltriger Freund leiden schon in der
Schule unter Mobbing. Die Mitschüler machen ihnen das Leben zur Hölle.
Was die Kinder zu diesem Zeitpunkt nicht wissen können:
Ein Hurenmörder beginnt gleichzeitig sein perfides Werk.
Unaufhaltsam verbindet sich ihr Schicksal mit dem des irren Killers.
Als Andrea als Erwachsene wieder in ihre Heimatstadt Essen zieht, trifft sie nicht
nur auf den einstigen treuen Freund.
Sie begegnet auch einem geheimnisvollen Fremden, der sie magisch anzieht.
Hauptkommissar Schlicht ermittelt mit seiner Soko seit 16 Jahren erfolglos im Fall
eines vermissten Kindes und der beängstigenden Mordserie. Erst als der Killer die
Abstände seiner grausamen Taten verkürzt, finden sich erste Spuren.
Damit das Geheimnis um den Serienkiller gelüftet werden kann, müssen die Betei-
ligten in den Vorhof zur Hölle hinabsteigen.
Erst dort begegnen sie der grausamen Wahrheit.

»Ein Thriller, der die schmale Kluft zwischen Normalität und dem menschlichen
Wahnsinn spannend beschreibt.«

ISBN 978-3752856873

Als Taschenbuch und Ebook in allen Buchhandlungen und Online-Shops.

Inhalt

Als sich die Zellentür für Dirk Rasper nach vielen Jahren vorzeitig öffnet,
ahnt Hauptkommissar Klare nicht, welche Welle der Gewalt er damit
auslöst. Nach seinen Recherchen saß der Mann über sieben Jahre unschuldig
hinter Gittern.
Ein geheimnisvolles Versprechen aus der Vergangenheit band Rasper daran,
die ihn möglicherweise entlastende Wahrheit zu verschweigen.
Als der Gefangene aus der Hölle des Strafvollzugs entlassen wird, treibt ihn
die Liebe zu seiner kleinen Tochter und der Wunsch nach Rache an. Es
mehren sich Zweifel daran, ob die Entscheidung, den Mann zu entlassen,
nicht ein weiterer Fehler war.
Das Grauen findet einen neuen Anfang und endet im überraschenden
Showdown.

ISBN 978-3741275203

Als Taschenbuch und Ebook in allen Buchhandlungen und Online-Shops.

Inhalt

Täglich gibt es in Deutschland etwa vierzig Fälle von Kindesmissbrauch. Die Dunkelziffer ist jedoch höher, denn viele Opfer und ihre Angehörigen schweigen, aus Scham, aus Angst. Heilt die Zeit diese Wunden? Kann der Mensch erlittenes Leid vergessen? Dani muss sehr bitter erfahren, was es bedeutet, wenn Gespenster der Vergangenheit lebendig werden. Wohlbehütet aufgewachsen, begegnen ihr plötzlich Grausamkeiten, die sie sich nie hätte vorstellen können. Die Gräueltaten eines Sexualtäters verknüpfen sich unaufhaltsam mit dem Schicksal ihrer Familie.
Ein Thriller, der nicht loslässt. Er nimmt den Leser mit in eine Welt, die direkt neben uns existiert. Eine Welt, mit der viele Menschen selbst Erfahrungen sammeln mussten und es aus unterschiedlichsten Gründen totschweigen.
Der Autor möchte mit seiner Geschichte nachdenklich machen und zu Diskussionen anregen. Gibt es hier nur Schwarz und Weiß, nur Gut und Böse?
Eine Geschichte, frei erfunden, doch grausam nah an der Realität.

ISBN 978-3741226458

Als Taschenbuch und Ebook in Online-Shops und im Buchhandel

Inhalt:

Als Nicole Manfred Kirchner begegnet, glaubt sie, den Richtigen für ein bleibendes Glück gefunden zu haben. Als das Monster die Maske fallen lässt, ist es schon zu spät. Nicole muss einen sehr hohen Preis bezahlen: Sexueller Missbrauch, grausame Misshandlung und kriminelle Machenschaften treiben Nicole fast in den Freitod.

Ihr Weg kreuzt den eines älteren Mannes. Nun erfährt sie, dass es auch Menschen gibt, die Hilfsbereitschaft und Freundschaft über ihre eigene Sehnsucht nach Liebe stellen. Doch Manfred Kirchner ist nicht der Mann, der sein Opfer so schnell aus den Klauen lässt. Das Schicksal treibt ein makabres Spiel und zwingt zwei Menschen an die Grenze des Zumutbaren.

Wird Nicole sich befreien können? Erkennt sie das wahre Glück und greift danach? Kennt das Glück wirklich kein Erbarmen?

Der Autor lässt den Leser wie schon in seinen beiden vorangegangenen Romanen tief in die dunklen Seiten des menschlichen Zusammenlebens eintauchen und bietet viel Stoff für Diskussionen.

ISBN 978-3741299056

Als Taschenbuch und Ebook in allen Buchhandlungen und Online-Shops.

Inhalt:

Alfred Reimann, dreiunddreißig, Single, gut aussehend, Jungfrau.
Bis heute lief das Leben des liebenswerten Finanzbeamten und seiner Teddy-
dame Bienchen in geordneten Bahnen. Noch weiß er nicht, dass sich dieser
Zustand mit dem Einzug der süßen Nachbarin Verena ändern wird. Ein glückli-
cher Umstand führt sie zusammen.
Seine Mutter ist davon alles andere als begeistert, denn in ihren Augen wollen
junge Frauen wie Verena nur das Eine. Und dieses Chaos wird sie zu verhindern
wissen!
Mithilfe von Verena und dem kauzigen Pfarrer Hollerberg stolpert Alfred in das
eine oder andere Abenteuer. Ob er auf den Reisen sein Glück findet, bleibt abzuwarten ... Ein rasanter Liebesroman mit dem gewissen Schmunzelfaktor.